GOBAITH MAWR Y GANRIF

Hefyd gan Robat Gruffudd

Nofelau
Y Llosgi
Crac Cymraeg
Carnifal
Afallon

Cerddi
Trên y Chwyldro
A Gymri di Gymru?

Dyddiadur
Lolian

GOBAITH MAWR Y GANRIF

Robat Gruffudd

y olfa

Argraffiad cyntaf: 2024
© Hawlfraint Robat Gruffudd a'r Lolfa Cyf., 2024

*Mae hawlfraint ar gynnwys y llyfr hwn ac mae'n
anghyfreithlon llungopïo neu atgynhyrchu unrhyw ran ohono trwy
unrhyw ddull ac at unrhyw bwrpas (ar wahân i adolygu)
heb gytundeb ysgrifenedig y cyhoeddwyr ymlaen llaw*

Delwedd y clawr: Thom Morgan

Rhif Llyfr Rhyngwladol: 978 1 80099 448 5

Dymuna'r cyhoeddwyr gydnabod cymorth ariannol
Cyngor Llyfrau Cymru

Cyhoeddwyd ac argraffwyd yng Nghymru
ar bapur o goedwigoedd cynaliadwy gan
Y Lolfa Cyf., Talybont, Ceredigion SY24 5HE
e-bost ylolfa@ylolfa.com
gwefan www.ylolfa.com
ffôn 01970 832 304

Rwy'n hynod ddiolchgar i olygyddion y nofel hon, Rhiannon Ifans a Huw Meirion Edwards, am eu gwaith manwl a chraff, ac i Gwenllian Dafydd ac Alun Jones am eu hawgrymiadau defnyddiol – ond arna i mae'r bai am unrhyw wallau sy'n weddill.

Ffrwyth dychymyg yw'r nofel hon.
Mae unrhyw debygrwydd i sefyllfaoedd,
sefydliadau neu bersonau gwirioneddol yn
anfwriadol a damweiniol.

1 BAFTA

Tynnodd Menna ei dillad fesul un a'u gosod yn daclus ar gefn y Relaxator. Gwisgodd ei siwt nofio binc, Tropic of C a chap i amddiffyn ei gwallt rhag y *chlorine*. Gallasai nofio'n noeth – doedd dim posib i neb weld trwy ffenest ei phwll nofio heb dorri i mewn i'r ardd – ond trechodd yr ysfa eto, y tro hwn. Gan afael yn y rheilen arian, gollyngodd ei hun yn araf i lawr gan grynu â sioc bleserus wrth i'r dŵr glaswyrdd oglais ei chroen.

Roedd hi'n benderfynol o fwynhau hoe oddi wrth bwysau'r dydd. Bu'n croesawu dau ymwelydd o Wlad y Basg i swyddfa Corff yr Iaith yn y bore a'u tretio wedyn i bryd mewn bwyty Eidalaidd cyfagos. Roedd un o'r Basgwyr, Romiro, yn golygu papur dyddiol Basgeg yn Bilbao ac yn ddyn hyderus a hoff o'i Fontecristo. Doedd gan Menna mo'r galon i egluro wrtho fod Cynulliad Cymru newydd basio deddf yn gwahardd smygu, a go brin y byddai'n ei chredu.

Trodd Menna ar ei chefn ac ymestyn ei breichiau i rythm ei strôc broga arferol. Gadawodd i feddyliau blysiog am Romiro groesi ei meddwl, ei olygon Mediteranaidd, ei wên ddrygionus a'i sicrwydd tawel yn llwyddiant ei achos a dyfodol ei iaith. Byddai Menna wedi hoffi parhau â'u sgwrs ond roedd hi wedi addo mynd i'r seremoni BAFTA yn Neuadd Dewi Sant y noson honno. Roedd ei ffrind, yr actores

Haf Alaw, wedi ennill un o'r prif wobrau ac roedd Menna wedi ei gwahodd hi a'i gŵr, Hywel, i ddathliad preifat wedyn yn eu cartref yn yr Eglwys Newydd.

Wedi ugain munud o nofio egnïol, camodd Menna o'r pwll i'r gawod. Gadawodd i'r rhaeadrau poeth ac oer ei hymlacio a'i deffro. I edrych yn dda rhaid teimlo'n dda. Nawr gallai wynebu noson y BAFTA a'r cymdeithasu trwm. Byddai hufen y ddinas yno, yn rheolwyr a staff Sianel Cymru yn ogystal â chynrychiolwyr o'r cwmnïau bychain a ddibynnai ar y grant o gan miliwn o Lundain. Yn Brif Weithredwr Corff yr Iaith Gymraeg, roedd hi'n frwd dros gefnogi'r diwydiant – ac i gael ei gweld yn gwneud hynny.

Defnyddiodd hylifau pwrpasol i dylino'i chorff a'i hwyneb, yna trodd ei sylw at ei llygaid, ei hamrannau a'i gwefusau, a liwiodd â'r un coch Bwrgwyn â'i sodlau stileto. Camodd yn noeth o flaen y drych hirsgwar ac edrych yn feirniadol arni'i hun. Gwelai'r gwendidau cyfarwydd ond doedd hi ddim, erbyn hyn, yn trio cystadlu â merched iau na hi fel Haf, ond yn hytrach am greu delwedd wahanol, syml, Barisaidd hyd yn oed. Fel roedd ganddi berffaith hawl i'w wneud: onid oedd ganddi radd anrhydedd mewn Ffrangeg o goleg Aberystwyth?

Roedd wrthi'n chwistrellu persawr y tu ôl i'w chlustiau pan glywodd guriad trwm ar ddrws y baddondy. "Ti'n dŵad? Mae hi wedi troi chwech!"

"Rho dri munud i fi."

"Mae'r car yn rhedag gin i," atebodd Richie. "Mi all fod yn strach ffeindio lle i barcio yn ganol Caerdydd heno 'ma."

"Dwi'n gwybod. Dwi wrthi'n gwisgo."

"Be, wyt ti'n dal wrthi?"

Wedi cymryd cip olaf arni'i hun yn y drych, brysiodd

Menna i lawr y grisiau mewn niwlen o Givenchy wrth
i Richie dapio'r rhifau i mewn i'r blwch diogelwch yn y
cyntedd. Camodd Menna heibio iddo ac eistedd yn sedd
flaen y Range Rover gwyn. Cymerodd Richie gip sydyn ar ei
wraig yn ei choch a du a gwyn trawiadol. Er mai prin oedd ei
ddiddordeb ym myd y cyfryngau, gwyddai y byddai'n falch
o'i chael wrth ei ochr heno yng nghanol llond theatr o sêr y
sgrin a mawrion dinas Caerdydd.

* * *

Roedd bar Lefel Tri dan ei sang a phenderfynodd y pedwar
hepgor y Prosecco rhad a mynd yn syth i'w seddi cadw ar y
llawr gwaelod, lle buont yn fflicio'n nerfus drwy'r rhaglen
wrth ddisgwyl i'r seremoni gychwyn. Trodd Menna at
Hywel a'i gyffwrdd ar ei arddwrn. "Dwi mor hapus dros Haf,
ei bod hi o'r diwedd yn cael y clod mae'n haeddu."

"Dim angen i ti boeni am hynny," atebodd Hywel. "Dyw
hi ddim yn gwywo o ddiffyg sylw."

Ymhen rhai munudau, syrthiodd pelydr llachar y camera
teledu arno ef a'i wraig. Cododd Haf Alaw o'i sedd a
cherdded â swae yn ei gwisg gefn-noeth i lawr y carped coch
tuag at lwyfan Neuadd Dewi Sant. Cynhesodd y curo dwylo
wrth i'r dorf ei hadnabod ac i Emyr Aaron, cyflwynydd y
noson, ei llywio i fyny i'r llwyfan.

"Gyfeillion," meddai, "rhowch groeso tywmgalon i Haf
Alaw, enillydd gwobr BAFTA Cymru dwy fil ac wyth, am
yr Actores Orau yng nghategori Rhaglenni Cyfres. Gwobr
haeddiannol yn wir i'r actores o Fôn sydd wedi'n difyrru ni
ar lwyfan ac ar sgrin dros ddau ddegawd. Does yna neb yma
heno nad ydi o wedi mwynhau gweld Haf yn perfformio yn

ein hoperâu sebon mwyaf poblogaidd, sef *Pobol y Stryd* ac *I Fyny ac i Lawr*. Gadewch i ni yn awr gael cip ar rai o eiliadau mwyaf cofiadwy ei pherfformiadau diweddar."

Dechreuodd y dorf bwffian chwerthin wrth weld clipiau o Haf yn trio rheoli cwsmer meddw yn nhafarn y Dderwen, ac yna'n mynd i helynt – mewn dim ond bicini – wrth drio dal mecryll ar gwch ar y Fenai. Trodd Menna eto at Hywel, ond heb ei gyffwrdd y tro hwn: doedd hi ddim am fod yn rhy hy arno yng nghwmni Richie, ei gŵr, a eisteddai yr ochr arall iddi. Wedi blynyddoedd o lwyddo i guddio eu hen garwriaeth, doedd hi ddim am ddeffro unrhyw amheuon mor hwyr â hyn yn y dydd.

"Mae hi'n udrach yn ffantastig yn y wisg yna, yn tydi," meddai Richie, "– fel seran ffilm go iawn."

"Dyna ydi hi!" atebodd Menna. "Ond ei bod hi'n gweithio yng Nghymru ac nid yn Hollywood."

"*Hollywood*? Ti o ddifri?"

"Mae 'na rai tipyn gwaelach na hi yna."

Derbyniodd Haf replica o fasg aur y pen Groegaidd, y symbol rhyngwladol o gyrhaeddiad yn y byd actio. Wedi araith fer, hwyliog cafodd ddwy gusan arall gan Emyr Aaron cyn camu i lawr y grisiau a chodi'i llaw ar y dorf fel y Dywysoges Diana. Yn wir, tybiodd Menna nad edrychai'n rhy wahanol iddi wrth i'r llifolau greu gwawl angylaidd am ei gwallt blond.

Roedd y camerâu yn dal i'w dilyn wrth i Haf fynd yn ôl i'w sedd ac efallai i rai o'r gwylwyr adref sylwi ar y gŵr hŷn, golygus a lwyddodd i fachu gwraig mor secsi. A'i wallt gwyn yn tonni ar ei wegil, ychydig a sylweddolai mai gŵr proffesiynol llwyddiannus oedd Hywel James, pennaeth cwmni cyfreithiol Cymraeg amlycaf Caerdydd. Ond ni lechai unrhyw eiddigedd yng nghalon Menna. Er gwaetha'u hen garwriaeth, roedd hi'n hapus bod Hywel wedi llwyddo cystal yn ei briodas newydd, ei drydedd.

Pwysodd Menna heibio i Hywel. "Araith berffaith, Haf. Digon byr, dim dagrau ffug – a glam hefyd. Beth yw'r gyfrinach?"

"Does dim. Actoras 'dw i."

"Ond mae mwy i'r peth na hynny," meddai Richie. "Bod yn secsi, dwi'n feddwl. Rhaid ei fod o ynat ti."

"Mae o yn rhywla ym mhawb."

"Dwi'n ama hynny'n gryf," meddai Richie.

"Pwnc i'w drafod nes 'mlaen, ella."

Pan ddaeth yr egwyl, ymunodd y pedwar yn y wasgfa i far Lefel Tri. Cymerodd amryw y cyfle i longyfarch Haf yn bersonol ar ei llwyddiant tra anelodd Richie am y bwrdd *Interval Drinks* â'r cerdyn *Richard Lloyd Jones*. "O'r diwadd, y lysh!" meddai wrth ddosbarthu'r gwydrau: gwin gwyn i'r merched, Penderyn i Hywel, a photel o Beck's iddo fe. "Rwbath i'n cynnal ni trw'r ail hannar, yntê. Gynnon ni stwff dipyn neisiach yn oeri yn y ffrij at nes 'mlaen."

Tyrrodd mwy o'i hedmygwyr o gwmpas Haf, a symudodd Menna i ffwrdd i astudio'r dorf. Y fath ddwndwr a gynhyrchai'r llond stafell o bobl barablus a phwerus. Sylwodd fod ffigwr tal John Lloyd, Cadeirydd Sianel Cymru, yna gyda Iola Thomas, ei Brif Weithredwr, a rhai Aelodau Cynulliad. Yn wir, roedd y Prif Weinidog ei hun yn yfed peint sosialaidd wrth y bar gyda rhai o'i ddilynwyr. Ond sylwodd ar enwau enwocach fyth ym mhen draw'r stafell: tri o actorion o Hollywood, oedd i dderbyn gwobrau yn ail hanner y noson.

Cymerodd Menna ddracht o'r gwin gwyn a gadael i'r alcohol ei hymlacio. Yn ddirybudd, clywodd lais gwrywaidd y tu ôl iddi. "And how's the language of heaven doing down on earth?"

Trodd Menna at berchennog y llais: Jon Sutter, Llundeiniwr tal, penfoel ac aelod o adran gyllid y Cynulliad. "Doing well, I take it, Menna, under your firm guidance?"

"We'll see about that tomorrow, won't we?"

"So you haven't forgotten our meeting?"

"How could I?"

"For the right reasons, I hope?"

"Of course," atebodd Menna. "I always enjoy seeing you tearing our figures apart."

"Now that's not fair, but anyway, it's all for the sake of the language, isn't it? We're in this together, are we not?" meddai Sutter wrth iddo lithro i ffwrdd â gwên wneud.

Yn llai hapus o gofio am eu cyfarfod, symudodd Menna'n ôl at Richie, oedd yn cynnal sgwrs â merch dal â gwallt cynffon poni'n dawnsio'n bryfoclyd y tu ôl i'w phen. Gyda hi roedd dyn byr â barf fel David Beckham. Pan ddychwelodd Richie at y cwmni, fflachiodd eu cerdyn busnes: "Annie ac Alun Afan, Teledu Pow TV. Pâr ar eu ffordd i fyny, yn chwilio am dŷ yn Radur. Maen nhw am alw acw fora Sadwrn."

"Felly busnas yn dal yn fywiog," meddai Hywel, "er gwaetha pawb a phopeth?"

"Mae pobol wastad angan tai."

"Ond pa mor rhwydd yw codi morgej y dyddie hyn, a'r cymdeithase adeiladu'n crasho a phobol yn ciwio wrth y cashpoints i dynnu eu harian allan?"

"Ond gollodd neb eu pres, yn naddo?"

"A beth am Fanc yr Alban? Bydd hi'n Armagedon os ân nhw dano."

Atebodd Richie'n cŵl, "Mae 'na ansicrwydd allan yna, oes, ond mae'r banc arbennig yna'n rhy fawr i fethu."

"Dyna ddywedon nhw am y *Titanic*," meddai Menna gan edrych o gwmpas y stafell orlawn o bobl wridog yn mwynhau eu gwinoedd a'u gwirodydd. "Fel hyn oedd hi ar fwrdd y llong, yntefe: pawb yn mwynhau, neb yn dychmygu bod yna fynydd iâ yn aros amdanyn nhw yn nhrymder y nos, yn barod i suddo pob copa walltog."

"Ti'n siarad yn wirion rŵan. Mae angan mwy nag un storm i chwalu'r systam gyfalafol."

"Gobeithio wir," meddai Hywel. "Pob lwc felly i'r system gyfalafol!"

"Ac i bawb sydd ar ei bwrdd!" meddai Menna gan daro ei gwydryn – efallai'n annoeth – yn erbyn un Hywel.

* * *

Yn ôl yr arfer, cadwyd y gwobrau pwysicaf – Actor Gorau, Prif Ran, Ffilm Orau – tan ddiwedd y rhaglen gan orfodi'r gynulleidfa i roi sylw i wobrau llai fel cerddoriaeth wreiddiol a dillad cyfnod. Ond roedd modd clywed y dorf yn dal ei hanadl wrth i'r camerâu baratoi i symud at y rhan o'r gynulleidfa lle'r oedd Iwan Gruffudd, Gareth Lynch a Rachel Church yn eistedd, i gyd wedi hedfan o Los Angeles ar gyfer y seremoni. Sylwodd Menna pa mor gyffredin oedd golwg y tri yn y cnawd o'i gymharu ag ar sgrin.

Rhoddodd y tri areithiau disgwyliedig o emosiynol ac ecsentrig, a gorffennodd Iwan Gruffudd â rhai brawddegau yn Gymraeg.

"Be ti'n feddwl o hynna, Richie?" prociodd Menna ei gŵr.

"Pob clod iddo fo," meddai Richie heb godi ei lygaid o'i ffôn.

"Ti'n sylweddoli bod yna seremoni wobrwyo ymlaen ar y llwyfan yna! Dangosa 'bach o barch!"

"Ddrwg gin i, gin i betha ar 'y meddwl i."

"Ond *Iwan Gruffudd* yw e!"

"Iawn, dwi wedi clywad, pob lwc iddo fo."

Gwyddai Menna erbyn hyn na allai ymestyn gorwelion Richie, oedd yn un o gyfarwyddwyr cwmni arwerthu Mansel Allen ar Churchill Way. Ei waith oedd ei fywyd. Gwnaeth Menna'n siŵr bod ei ffôn hi, o leia, wedi'i ddiffodd a throdd ei sylw'n ôl at y llwyfan ac araith glo Emyr Aaron. Pan gamodd oddi wrth y meic, fflachiodd y penddelw aur, unllygeidiog, Groegaidd yn fyw wrth i'r llwyfan raeadru gan effeithiau electronig.

Cododd y pedwar i ymuno â'r dyrfa i lawr y grisiau yn y cyntedd, ac unwaith eto torrodd pobl ar eu traws i longyfarch Haf ar ei gwobr. Ar y llawr gwaelod, daeth John Lloyd ei hun ati. Yn ffigwr tal mewn siwt gotwm a chrys pinc, cydiodd ym mraich Haf. "Dwi mor hapus drosot ti, Haf. Hen bryd i ti gael clod am dy waith yn adlonni'r genedl, a'u cadw yn eu seddau ar ddechrau'r noson wylio, sydd mor bwysig i ni fel Sianel."

"Diolch am eich geiriau caredig, John."

"Nid yr enwau mawr sy'n gwneud y cyfraniad mwya, ond y rhai sy'n aros a gweithio yng Nghymru."

Gan droi at Hywel, meddai, "A llongyfarchiadau i ti, Hywel, ar gael cysgodi, am y tro, yn llwyddiant dy wraig dalentog a hyfryd. Gyda llaw, wyt ti'n digwydd bod yn rhydd am sgwrs fach? Ga i dy ffonio di yn y swyddfa bore fory?"

"Ar bob cyfri."

"Sesiwn fach arall dim agenda, dim cofnodion – yn y Marco Pierre, fel o'r blaen?"

"Wrth fy modd yn edrych lawr ar Gaerdydd o'r uchelderau."

"Angen help i wneud hynny sydd arna i, mewn gwirionedd."

Rhoddodd John wên sydyn i Menna cyn dychwelyd at griw o swyddogion Sianel Cymru yn eu siwtiau siarp, glas. Dilynodd Menna weddill y dorf trwy'r cyntedd eang gyda'i gandelabras a'i bosteri o *Phantom of the Opera* a chyngerdd gan Abba. O'r diwedd fe gyrhaeddon nhw'r llecyn lle'r oedd Richie i fod i'w codi. Ond tra oedd Menna'n disgwyl amdano, pwy basiodd heibio iddi ond Gary Rees, pennaeth cwmni dylunio Ffab.

"Menna, lladd fi!" meddai gan daro'i law ar ei frest.

"Pam ddylen i wneud hynny?"

"Ond y *roughs*! Fi mor ar fai. Dylsen i wedi dod nôl atot ti."

"Ond dwi 'di bod yn araf, hefyd. Mae'n hen bryd i ni gytuno ar *branding* newydd y Corff."

"Ffonia fi fory yn y gwaith. Fi mor ar goll heb fy Moleskine Diary," meddai Gary cyn dal i fyny â'i wraig Susan, Saesnes dal, smart ond surbwch. Doedd Menna erioed wedi deall y briodas. Yn gymeriad braf, denim-i-gyd o ddwyrain Abertawe, roedd Gary wastad yn hwyl ac edrychai Menna ymlaen at gael cyfuno busnes a phleser cyn bo hir.

O'r diwedd cyrhaeddodd y Range Rover newydd, gwyn a dringodd Haf i'r sedd flaen a Menna a Hywel i'r cefn. Yno, aildaniodd Menna ei iPhone. Daeth ton o negeseuon newydd i fyny, y rhan fwyaf yn enwau cyfarwydd. Ond yna sylwodd ar un neges gan 'Trystan Dafydd'. Cyflymodd ei chalon. Ai'r un Trystan oedd hwn â'r un roedd hi'n ei nabod slawer dydd yn y coleg yn Aberystwyth? Ei hen gariad. Od iawn. Ond a Hywel yn eistedd wrth ei hymyl, caeodd y ffôn heb ddarllen y neges yn fanwl.

Gyrrodd Richie'r SUV yn llyfn trwy'r heolydd dinesig gyda'u rhengoedd o lampau tal, concrit. Troesant i'r dde o flaen adeiladau gwynion Parc Cathays, ac yna i fyny tuag at ogledd Caerdydd. Yn y cyfamser, cynyddu a wnâi chwilfrydedd Menna. Pa reswm fyddai gan Trystan Dafydd – os fe oedd e – dros gysylltu â hi, wedi chwarter canrif o fwlch? Allai hi ddim meddwl am reswm da. Buon nhw'n gariadon yn y coleg yn Aber, ond roedd y cyfnod yna a'i gonsyrnau wedi'i hen gladdu ym mherfeddion ei chof.

"Neges ddiddorol?" mentrodd Hywel.

"Na, dim byd o bwys."

"Un o'r iPhones newydd, fi'n sylwi?"

"Ie. Maen nhw'n slic iawn, ac yn eitha pwerus."

"Ond ffonau symudol: gwaith y diafol."

"Ond ti'n defnyddio un, wrth gwrs?"

"Ydw, i wneud gwaith y diafol."

"Felly dyna ti'n galw gwaith cyfreithiwr?"

"Dyna farn rhai pobol."

Gwenodd Menna a throdd y ddau at eu gwahanol ffenestri i wylio'r adeiladau cyfarwydd yn gwibio heibio: pwll nofio'r Maendy, *flyover* Gabalfa, yna'r strydoedd o dai tua gogledd Caerdydd. Wrth ruthro drwy'r nos yn seddi lledr y Range Rover gwyn, teimlai'r ddau gerrynt cudd o ddealltwriaeth, ond roedd yn rhaid ei reoli ar noson fel hon, o bob noson, a hwythau'n dathlu llwyddiant Haf Alaw, trydedd wraig Hywel James.

2 **Plas Dinas**

Trodd y Range Rover i'r dde oddi ar Ffordd y Gogledd ac eto nifer o weithiau i gyfeiriad yr Eglwys Newydd cyn llithro rhwng pileri gwynion mynedfa Plas Dinas. Arhosodd o flaen y portico neo-Sioraidd gan danio goleuadau diogelwch y tŷ. Tapiodd Richie rif cyfrin i'r blwch rheoli a chroesawu ei westeion i'r tŷ ac i'r lolfa eang.

"Croeso i Blas Dinas. Steddwch tra 'mod i'n cael trefn ar y lysh. Gen i Dom Perignon yn oeri yn y ffrij 'cw yn sbesial i ti, Haf."

"Os cyma i fwy o alcohol, bydd fy systam yn colapsio!" protestiodd Haf.

"Dy systam yn edrach yn ddigon 'tebol i fi," meddai Richie gan sylwi ar y wisg isel, gefn-noeth a wnaeth y fath argraff yn y seremoni. Roedd Hywel yntau mewn siaced wen, crys *navy* a throwsus llwyd golau. Er yn bennaeth cwmni cyfreithiol, anaml y byddai'n gwisgo siwt y tu allan i'r swyddfa. Wrth iddo suddo i gysur un o'r cadeiriau meddal, taniodd llwybr llaethog o fylbiau bychain ar draws y nenfwd gan oleuo'r planhigion gwyrdd a safai hwnt ac yma yn eu potiau terracota.

"Mae hi mor braf yma," meddai Haf. "Jyst be dwi angan ar ôl y sbloet heno."

"Braf iawn eich croesawu," meddai Menna. "A hen bryd, hefyd. Pryd oeddech chi 'ma ddwetha?"

"Mis Ebrill, yntefe," atebodd Hywel. "Y noson gwin a chaws i godi arian i daith cerddorfa'r ysgol i'r Almaen. Parti da, hefyd."

"Roedd 'na fwy o fynd ar y gwin na'r caws, dwi'n cofio hynny," meddai Richie gan symud tuag at y bar.

"Ond chwe mis!" meddai Menna. "Gwarthus. Dyw Rhiwbeina ddim mor bell â hynny."

"Y'n ni i gyd yn rhy fishi i fyw," meddai Hywel cyn sylwi ar lun olew ar y wal. "A doedd hwnna ddim yna y tro dwetha. Kyffin, tybed?"

"Glyn Elwyn, mae arna i ofn," meddai Menna, yn ymateb i'r sgwrs ond yn ysu i ailddarllen y neges ffôn. "Fe welon ni'r llun yn y Martin Tinney ac roedd yn rhaid i Richie 'i gael e."

"Pen Llŷn, wrth gwrs."

"Wrth gwrs. Ond yn anffodus, buodd Glyn Elwyn farw'n ddiweddar."

"Mwy anffodus iddo fe nag i chi," meddai Hywel.

Dychwelodd Richie o'r bar â hambwrdd o wydrau grisial a photel o siampên. Gwenodd Hywel wrth sylwi ar y bar derw, urddasol roedd Richie wedi ei sefydlu yng nghefn y lolfa: celficyn rywsut yn eglwysig yr olwg, oedd yn groes i chwaeth fodern gweddill y stafell.

"Dom Perignon," cyhoeddodd Richie. "Ffrwyth y winwyddan, yn eplesu yn y botal. Gwahanol i Prosecco, nad ydi o ond math o bop." Dadbiliodd y wifren oedd am wddw'r botel, a gadael i'r corcyn ffrwydro at y nenfwd. Yna prysurodd i lenwi'r gwydrau â'r gwin byrlymus. "Llongyfarchiada i Haf Alaw, Actoras Ora BAFTA Cymru 2008!"

"Dim cweit, Richie!" meddai Haf wrth i'r gwydrau dincial ar ei gilydd. "Actoras Ora *Cyfresi* ges i. Fel mae'n digwydd mae gin i gyfweliad dydd Llun efo cwmni o Fryste o'r enw

Boulevard. Wnes i ddim disgwyl o gwbl. Gynnon nhw gytundeb i wneud cyfres sebon *on location* ym Mryste i Sianal Pedwar. Croesi bysedd, yntê."

"Ia, wir. Mi ddaw'r BAFTA yna'n handi, dwi'n siŵr."

"Ga'n ni weld. Dwn i ddim faint o wahaniaeth neith gwobr fach Gymraeg."

"Ond mae'n fwy na hynny. Mae BAFTA'n sefydliad Prydeinig, ydi o ddim?"

"Gobeithio'r gora, yntê?"

Wedi saib yn y sgwrs, trodd Hywel at Richie. "Felly shwd mae byd busnes y dyddie hyn? Oeddet ti'n swnio'n ddigon jocôs gynne fach am argyfwng y bancie."

"Ydi, mae hi'n reit ansefydlog allan yna oddar i Lehman fwrw'r creigia. Ond 'dan ni'n lwcus fel cwmni: gynnon ni dipyn o waith i'r Cynulliad yn dŵad i fyny."

"Pa fath o waith fase hynny?"

"'Dan ni'n handlo tir yn ochra Casnewydd ar gyfar eu Cronfa Ddatblygu nhw. Mi fydd yn codi ceiniog i'r pwrs cyhoeddus ond hefyd yn diwallu'r angan am stada newydd o dai – a mae o'n gyfla i fuddsoddi. Mi fydd pawb ar ei ennill: y Cynulliad, y diwydiant adeiladu, a'r werin bobol. Galwa heibio os liciat ti wybod mwy."

"Falle gwna i. Soniodd John Lloyd am gwrdd yn y Marco Pierre dydd Sadwrn. Gallen i daro mewn ar y ffordd."

"Fysa hynna'n berffaith, Hywal. Mi fydda i yn ein swyddfa ni ar Churchill Way."

"Dishgwl mla'n."

Sylwodd Hywel fod Menna'n dal i astudio'i ffôn. Doedd hyn ddim fel Menna. Gallai ddelio â'r rhan fwyaf o sefyllfaoedd â hyder a steil – a doedd dim prinder hynny ganddi heno yn ei sgert fer ddu, y sodlau coch oedd o'r un lliw â'i blows a'r toriad gwallt byr yn steil y tridegau. Ond yna sylweddolodd Menna fod y lleill yn edrych arni, ac meddai, "Sorri, neges wirion. Mwy o'r bybli i bawb? Ydi Richie'n gofalu amdanoch chi?"

"Be ti'n feddwl wrth 'gwirion'?" gofynnodd Hywel.

"Do'n i ddim wedi bwriadu sôn. Daeth hi yn ystod y seremoni BAFTA."

"Negas gas?" holodd Haf.

"Ydi, os yw'r dyn o ddifri. Dwi ddim yn deall sut maen nhw'n ffeindio rhifau rhywun."

"Mae o mor hawdd y dyddia yma, efo'r we."

"Ti'n cael nhw hefyd, Haf?"

"Gen i ddau neu dri *stalker* sy'n mynd a dŵad. Dwi'n eu blocio nhw i ffwr'. Mae o'n dŵad efo'r job os w't ti ar y bocs neu yn llygad y cyhoedd. Ac fel Prif Weithredwr Corff yr Iaith Gymraeg, rwyt ti i fyny yna efo nhw."

"I fyny ble? Paid â gneud i fi chwerthin."

"Felly be mae o'n ddeud?" gofynnodd Richie.

"Blacmel yw e."

Syrthiodd ton o dawelwch dros y cwmni, yna meddai Richie: "Pwy ydi'r bastard, 'lly? Rhywun ti'n nabod?"

"Mi oeddwn i, yn Aber, chwarter canrif yn ôl. Trystan Dafydd. Alla i ddim credu'r peth. Mae e mor bell yn ôl."

"A faint mae'r diawl isio?" meddai Richie.

"Ugain mil o bunnau."

Chwibanodd Richie ond meddai Hywel, "Diflas, ond gallai fod yn waeth."

"Ond be mae o'n fygwth?"

"Dyw e ddim yn hollol glir," atebodd Menna. "Rhyddhau straeon drwg amdana i i'r *Welsh Eye*, mae'n debyg. Cystal i fi ddarllen y peth i gyd i chi."

Yn nerfus, blasodd y pedwar eu siampên gan edrych ar ei gilydd. Nid fel hyn yr oedd noson ddathlu gwobr BAFTA Haf Alaw i fod i orffen.

★ ★ ★

Darllenodd Menna o sgrin ei iPhone. "Wel dyma hi. *Ti'n cofio fi – Trystan? Rhywun o'r gorffennol, o ddyddiau Aber, dyddiau'r Chwyldro…*"

"Dyddiau'r Chwyldro?" torrodd Richie ar ei thraws. "A be ffwc mae hynna i fod i feddwl?"

"Gad i ni glywed y gweddill," mynnodd Hywel.

"*Ti'n gwybod ges i chwe mis o garchar ar ôl achos Caerfyrddin. Bues i'n gweithio am ugain mlynedd yn Lloegr ac rwy nawr nôl yn y Cwm. Mae Beca a fi am ddechre bywyd newydd ac angen help i brynu tŷ. Rwy'n credu gelli di fforddio £20,000 mas o'r ffortiwn ti'n ennill ar gefn yr iaith. Rwy wedi dilyn dy yrfa'n fanwl ac yn tanysgrifio i'r Welsh Eye. Y cyfri banc yw* – ac yna'r *sort code* a rhif y cyfri. Be wnewch chi o'r fath beth?" meddai Menna wrth gau ei ffôn.

"*Blast from the past?*" cynigiodd Haf.

"Yn union," meddai Menna. "Mae'n anodd credu. Rhaid bod 'na chwarter canrif ers i ni siarad ddwetha."

"Ond be ddigwyddodd?"

"Be ddweda i? Buon ni'n caru am bron i flwyddyn ond roedd 'na 'bach o wleidyddiaeth coleg yn y pictiwr hefyd, oedd mor bwysig ar y pryd. Mae'r cyfan yn perthyn i'r cynfyd."

Syrthiodd tawelwch ansicr dros y cwmni. Sut dylen nhw ymateb? Ai cydymdeimlo â Menna, neu wneud yn fach o'r peth?

"Mae'n ymddangos bod gynnon ni chwyldroadwr yn y dre," meddai Richie o'r diwedd. "Ond nid un llwyddiannus iawn, hyd y gwela i: rhyw Nashi bach yn byw yn y gorffennol."

"Trio'i lwc mae o," meddai Haf. "Dilea'r neges, blocia'r rhif, a dwi'n eitha siŵr na chlywi di byth eto gan y sglyfath."

"Hynny ydi," meddai Hywel yn bwyllog, "os nad oes 'na ryw sgandal penodol y galle'r dihiryn 'i ddatgelu i'r byd. Allwn ni gymryd nad oes 'na anghenfil mawr blewog yn cwato yng nghefn dy wardrob di, Menna?"

"Nag oes, ar wahân i ddol Mistar Urdd!"

"Wel dyna setlo hynny, 'te!"

"Ond mae'n siŵr bod 'na fwydyn neu ddau yn cuddio yn rhywle rhwng y trawstiau."

"A phwy sy heb y rheini," meddai Richie gan estyn am baced o Hamlets o boced ei siwt ddu. "Mae hyn yn gofyn am fwgyn bach. Gobeithio nad oes gynnoch chi otsh. Dwi'n ystyriad bod gin i'r hawl i fwynhau smôc yn fy nhŷ fy hun."

"Dim angen i ti boeni," meddai Hywel. "Mae'r hawl yna'n mynd nôl i Hywel Dda."

Taniodd Richie ei fwgyn a phwyso'n ôl yn ei sedd. "Mi adawn ni i'r diawl stiwio, felly. Peth prin ydi blacmel ond peth prinnach ydi blacmeliwr sy'n sgriwio hen gariad. Roeddach chi'n gariadon, dwi'n cymryd?"

"Oedden."

"Am ba hyd?"

"Rhyw ddeg mis, i fod yn fanwl."

"Oeddach chi'n ffwcio, 'lly?"

"*Come on*, Richie, wyt ti ddim wir yn gofyn ydi stiwdants yn ffwcio?" meddai Haf.

"Ond chwartar canrif yn ôl?"

"Dim ots pryd, mae stiwdants yn ffwcio."

Anesmwythodd Hywel yn ei sedd ac edrych ar ei wats. Roedd ganddo sawl rheswm dros ei throi hi am Riwbeina. Ar wahân i ddiflastod y blacmel, gwyddai o hir brofiad nad yw dod rhwng gŵr a gwraig yn syniad da – yn sicr os ydi'r wraig honno'n hen gariad. Cliriodd ei wddw a pharatoi i godi. "Wel cystal torri'r noson yn ei blas, yntefe. Mae hyn yn fater preifat a chi ŵyr ore sut i ymateb – os ymateb o gwbl."

Cododd Menna'n sydyn ar ei thraed. "'Rhoswch am funud! Bydde barn gyfreithiol yn ddefnyddiol iawn i fi."

"Dwi'n cyfadda," meddai Richie, "y baswn i'n licio gwybod mwy am dy giamocs di yn Abarystwyth. Ond gawn ni lenwi'r gwydra'n gynta. Pwy sy isio mwy o'r bybli?"

"Fy *spritzer* arferol i fi," meddai Menna.

"Dŵr i mi," meddai Haf, "– efo lemwn a iâ."

"Dwi'n dallt nad ydi pawb yn yr hwylia gora. Mi gyma i Beck's. Beth amdanat ti Hywel?"

"Bydde Penderyn bach yn ddymunol."

"Diolch i chdi, Hywal, am ddal dy dir. Mi gyma i Becksyn, felly."

Trodd Haf at Menna wedi i bawb eistedd eto. "Felly sut un oedd o: *tall, dark and handsome*?"

"Na. *Medium height*, gwallt golau, o Gwm Tawe, chware rygbi i'r coleg."

"Waw! Tipyn o *hunk*?"

"Na, dim felly. Roedd e'n faswr i'r ail dîm – pan oedden nhw'n brin."

"Felly beth ddigwyddodd, i chware droi'n chwerw?"

"Politics coleg, oedd mor bwysig ar y pryd. Dynnes i mas o ryw weithred roedd cell y coleg o'r Gymdeithas wedi'i threfnu a doedd dim maddeuant wedyn."

"Cymdeithas yr Iaith, 'lly?" atebodd Richie. "Oeddach chdi'n aelod?"

"Roedd pawb."

"Ddeudist ti 'rioed o'r blaen dy fod ti'n aelod o ffwcin Gymdeithas yr Iaith."

"Wnes i erioed gelu'r peth."

"Ond beth yn gwmws ddigwyddodd?" gofynnodd Hywel.

Cymerodd Menna ddracht o'i *spritzer*. "Mae'r cyfan mor bell yn ôl. Roedd yna gynllun i ymosod ar lyfrgell y coleg. Wyth deg tri oedd hi, cyfnod cyffrous yn ei ffordd. Roedd siom y refferendwm y tu ôl i ni, a Sianel Cymru wedi dechre darlledu, a'r Gymdeithas wedi dechre ymgyrch newydd dros addysg Gymraeg ac yn ymosod ar swyddfeydd y Torïaid."

"Ond pam y Torïaid?"

"Thatcher oedd mewn grym."

"Felly dyna lle'r oeddach chi, yn eich crysa Che Guevara, yn ymosod ar yr union bobol roeddach chi angan cael eu cefnogaeth nhw?"

"Dyna o'n i'n feddwl, hefyd."

"Felly be ddigwyddodd yn llyfrgell y coleg?"

"Paentio sloganau ar y waliau a malu rhai o'r ffenestri."

"Oeddan nhw'n *hen* ffenestri?" gofynnodd Richie.

"Oedden, y rhai Gothig gwreiddiol."

"Hollol boncyrs," meddai Richie, gan ladd ei Hamlet yn y blwch llwch. "Felly roeddach chi'n cwffio dros addysg Gymraeg trw falu llyfrgell a'i llond hi o lyfra Cymraeg?"

"Rhywbeth fel'na. Dyna pam dynnes i mas. Doedd e'n gneud dim synnwyr. Gawson nhw eu dal gan y porthorion a'u dirwyo mewn achos cynllwynio yng Nghaerfyrddin, pawb heblaw am Trystan. Gafodd e'i garcharu."

"Ond pam fe?"

"Fe oedd yn digwydd cario'r ordd. Cafodd pawb arall fynd nôl i'w cyrsiau academaidd."

Ar ôl i bawb gael cyfle i dreulio'r stori, meddai Hywel, gan swilio'i chwisgi'n araf, "Diflas, yntefe. Buodd e'n anlwcus. Ond ydi tynnu mas o weithred chwarter canrif yn ôl yn ddigon o reswm iddo fe dy flacmelio di? Ife dial mae e?"

"Anodd credu, ar ôl cyfnod mor hir. Dyw 'nghariadon eraill ddim wedi dial arna i. Gorffennon ni rai wythnosau cyn yr achos llys a weles i mohono fe byth wedyn. Dwi'n cofio'r noson yn glir."

"*The End of the Affair?*" meddai Haf.

"Ie, dyna ddigwyddodd, un noson dywyll, lawog yn y Llew Du Bach. Roedd criw'r Gymdeithas – yr arwyr i gyd – yn cysuro'i gilydd yn y bar bach a cherddais i mewn gyda Cathy, fy ffrind, ar ôl bod yn gweld *Octopussy* yn y Commodore, a throdd dadl fach, wirion am hynny yn un gasach a llawer mwy personol."

Cymerodd Richie lwnc o'i botel Beck's. "Roeddat ti – wrth gwrs – yn berffaith iawn i dynnu allan o weithred mor ffwcin gwirion. Ond roeddach chi'n cwffio, medda chdi, dros addysg Gymraeg?"

"Ie, Corff Datblygu Addysg Gymraeg."

"Rwbath reit debyg, felly, i Gorff yr Iaith Gymraeg? O'i safbwynt o, mi aeth o i'r jêl er mwyn ennill y Corff rwyt ti rŵan yn ei redag."

"Ma' hynna'n orsyml."

"Ond gofyn ydw i – fel Hywal – ydi o'n dal dig. Mae'n bosib, yn tydi? Am faint fuodd o yn y jêl?"

"Pedwar mis, y rhan fwya mewn carchar agored."

"Braf arno fo. Roedd hi fatha Butlins yna, dwi'n siŵr. A

be fasa gynno fo ar ei CV? *1983 to 1984: Guest of Her Majesty the Queen, HM Prison, Walton. Job experience: sewing mailbags, cleaning toilets and shovelling shit.* Tipyn gwahanol i dy CV di, Menna, efo dy 2:1 mewn Ffrangeg."

"Sorri am beidio cael trydydd!" chwipiodd Menna, yn methu deall pam fod Richie mor gas, fel petai hi'n gyfrifol am gael ei blacmelio. Trodd at y lleill. "Wel dyna ni, dyna i chi synopsis o'r saga. Nid Shakespeare, ond yn cynnwys rhai golygfeydd dramatig."

"Dwi'n siŵr," meddai Haf, "bod yma botensial am ddrama neu nofal."

"Ond hen hanes yw'r cyfan erbyn hyn. Beth y'n ni'n neud nawr am y blacmeliwr sy'n 'y mhoeni i – os gneud unrhyw beth o gwbl."

"Ti wedi atab dy gwestiwn dy hun," meddai Richie. "Ti'n gadal i'r ffwcar stiwio."

"Ond ddylen i siarad ag e? O'n i'n nabod e'n dda."

"Dwi ddim yn ama hynny am eiliad. Ond be fasat ti'n ddeud 'tho fo? 'Pnawn da, Menna 'dw i, yr hogan ti'n flacmelio. Oes siawns am sgwrs? Dwi'n gweld yr ugian mil 'ma fymryn yn hallt, oes gobaith am ddisgownt?'"

"Cyngor cyfreithiol dwi angen. Mae'n rhaid ei fod e'n torri'r gyfraith."

"Gallen i whilo mewn i'r pwnc," meddai Hywel heb frwdfrydedd.

"Pa mor fuan?"

Cymerodd Hywel ei ffôn bach o boced ei siaced. "Cystal i ni setlo'r peth nawr. Mae nos Lun nesa'n rhydd 'da fi, yn hwyr. Tua naw, yn tŷ ni?"

"Iawn," meddai Menna.

"Iawn 'da ti, Richie?"

"Wela i ddim pwynt i'r peth, fy hun."

Edrychodd Hywel i lygaid y ddau, ond o weld nad oedd Richie am barhau i wrthwynebu, gofynnodd i Menna, "Nei di gopïo neges y boi draw i'n ffôn i?"

"Wrth gwrs."

"Dwi'n cytuno efo Richie," meddai Haf. "Anwybydda'r diawl. Fel mae'n digwydd, mi fydda i ym Mryste nos Lun p'run bynnag ar gyfer y cyfweliad efo cwmni Boulevard. Mae'r profion sgrin dydd Mawrth."

"A phob lwc gyda hynny!" meddai Menna. "Mi gei di weld, dim ond cam cynta oedd y wobr BAFTA i bethe llawer mwy."

"Neu lawer llai. Cawn weld, yntê."

"Dwi ddim yn credu hynny, Haf!"

Yn falch o weld y sgwrs yn dirwyn i ben, cododd Hywel o'i sedd gan fflicio llychyn dychmygol oddi ar ei siaced wen. "Cofia alw yn y swyddfa 'cw," meddai Richie. "Mae 'na gyfla i wneud puntan hawdd yng Nghasnewydd – ond gawn ni sgwrs am yr holl beth."

"Bydde hynny'n ddymunol. Fe ffonia i ar ôl clywed gan John Lloyd. A diolch am y croeso, yntefe, a'r noson anghyffredin o ddiddorol. Mae hynny'n wir, o leia."

"Dwi'n cytuno," meddai Haf. "Does 'na ddim byd o'i le ar 'chydig bach o ddrama!"

Cododd Menna i ffarwelio â'i gwesteion a'u gwylio yn cerdded fraich ym mraich i lawr y dreif, yn eu dillad perlog, fel dau gymeriad mewn opera gan Mozart. Fflachiodd sodlau Haf yn sydyn wrth ddal golau'r stryd cyn diflannu heibio i'r pileri carreg ac i fyny'r strydoedd llydain o'r Eglwys Newydd i Lys yr Ardd, Rhiwbeina.

3 Tensiynau

Caeodd Richie'r drws blaen a chydgerdded â Menna mewn tawelwch yn ôl i'r lolfa. "Noson dda i Haf," meddai Richie o'r diwedd gan suddo i mewn i'r soffa.

"Noson well iddi hi nag i fi."

"Ella wir, ond mi ddysgis i dipyn," meddai Richie. "Doedd gin i ddim syniad am dy strancia yn Abar."

"Strancie? Tynnes i mas o'r rheini. Dyna'r rheswm dros yr helynt."

"Ond gest ti hwyl yna, yn do?"

"Dim mwy na gest ti ym Mangor."

"Yng Ngholeg Menai? Dim cweit 'run fath â'r Coleg ger y Lli, ydi o? Sgin NVQ mewn Busnas ddim yr un awra iddo fo â gradd anrhydadd mewn Ffrangeg."

"Does dim angen i ti actio'r mynach, chwaith."

"Na chditha'r santas. Roeddat ti efo nhw felly, criw Cymdeithas yr Iaith?"

"Doedd e ddim fel ti'n meddwl. Stwffio amlenni oedden ni y rhan fwya o'r amser, mewn swyddfa o dan y palmant, ar bwys y Prom."

"Felly *roeddat* ti'n wleidyddol?"

"Na, ddim felly."

"Ond roeddat ti am ddechra chwyldro, dyna mae dy hen ffrind di'n ddeud yn ei negas."

"Fe sy'n dweud hynny."

"Diod?" cynigiodd Richie wedi saib yn y sgwrs.

"Dim mwy o alcohol i mi. Gen i gyfarfod â Jon Sutter fory."

"Wn i amdano fo. Mae o efo ni yng nghyfarfodydd y Gronfa Ddatblygu. Watsia fo. Boi uchelgeisiol, rhy glên."

Daeth Richie'n ôl o'r bar â photel o Beck's iddo'i hun a glasied o ddŵr i Menna. "Ia, Haf a Hywal: pâr llwyddiannus, dwi'n rhoi hynny iddyn nhw."

"Rwy'n falch dros Haf. Mae actio'n yrfa ansicr iawn."

"Ond y pâr perffaith yntê: yr actoras ifanc, hardd a'r gŵr busnas hŷn, llwyddiannus."

"Dyw Hywel ddim mor hen, na Haf mor ifanc â ti'n feddwl."

"Ac nid dim ond efo merchaid mae o'n llwyddo. 'Chydig o gyrff Cymraeg sy'n y ddinas 'ma nad ydan nhw ar 'i lyfra fo. Mae'r geiniog wastad yn syrthio pen i fyny efo Hywal."

"Ond mae'n fwy na lwc. Mae'n deall busnes, ac yn cyflogi pobol abal."

"Ydi, fel yr Anna Savage yna. Does neb tebyg iddi am larpio dynion sy'n ysgaru."

"Ti'n ei beio hi am hynny?"

"Ac ydi o ddim yn eistadd ar fwrdd Stage Wales, hefyd? Wnaeth o ddim drwg i yrfa Haf, dwi'n siŵr."

"Ond dyw hi erioed wedi actio iddyn nhw – ac mi fydd hi ym Mryste chwap, cei di weld."

"Dwi ddim yn ama hynny."

"Ond mae'n ffantastig i awgrymu bod Haf wedi ennill ei gwobr am unrhyw reswm ond am ei hactio."

Cymerodd Richie lwnc o'r botel Beck's. "Wnes i ddim deud hynny, chwaith – ond dwi'n sylwi dy fod ti'n amddiffyn

Hywal bob gafal... ti'n licio Hywal, twyt?"

"Be ti'n feddwl wrth hynny?"

"Ro'n i'n sylwi bod ei rif ffôn personol o gin ti."

"A tua mil o ddynion eraill!"

"Deuda, oedd o ar fwrdd Celf i Bawb pan gest ti'r swydd efo nhw?"

"Na, dim o gwbl, dim ar y bwrdd. Dyw Hywel ddim yn deall llawer am gelf, fel sylwaist ti'n gynharach. Doedd e erioed wedi clywed am Glyn Elwyn."

"Pwy sy? Ond mae o'n dal ar fwrdd Corff yr Iaith?"

"Ydi, ers blynyddoedd."

"Cyn i ti gael dy apwyntio?"

"'Sda fi ddim syniad pryd ymunodd e â'r bwrdd. Wrth gwrs, mae e'r math o enw fase'n apelio at Wyn, y bòs."

"'Dach chi'n cydweithio'n dda, dwi'n siŵr."

"Unwaith y chwarter dwi'n ei weld e, yng nghyfarfodydd y bwrdd."

"Ond wnaeth o dy gyfweld di, on'd do?"

"Do, gyda saith o rai eraill."

Cymerodd Menna lwnc hael o'r dŵr, a pharatoi i godi. "Wel dyna ddigon o holi am un noson, dwi'n credu. Ces i'r Basgiaid dros ginio a trwy'r pnawn. Dwi'n mynd i 'ngwely."

"Ond wnest ti ddim atab 'y nghwestiwn i. Oeddach chi'n ffwcio, chdi a'r boi yma?"

Ochneidiodd Menna. "Dwi ddim yn bwriadu ateb cwestiwn mor dwp, a dwi chwaith ddim yn deall dy obsesiwn â hyn. Dyw e ddim yn bwnc ti wedi arbenigo arno'n ddiweddar, ydi e?"

"Na chditha."

"Be ti'n feddwl?"

"Dydi o ddim mor hawdd, ydi o, os ti'n diflannu i dy stafall o hyd."

Gafaelodd Menna yn ei bag lledr. "Mae 'na le ac amser i drafod pethe, on'd oes e? Nos da!"

Trodd am y grisiau a gwyliodd Richie ei choesau hirion yn diflannu wrth i'r sgert ddu ddringo i fyny'i chluniau. Fe wnaeth hynny ei styrbio am ennyd. Oedd, roedd hi'n dal yn secsi – ac yn gweithio'n galed ar hynny – ond pam, ac ar gyfer pwy?

* * *

Cliriodd Richie'r gwydrau i sinc y bar cartref; yna cydiodd yn y *Telegraph*, meddiannu cadair esmwyth, a throi at y tudalennau busnes. Mwy o och a gwae ariannol, yr un hen stori ddiflas, a'r llywodraeth yn awr, ar ôl achub Northern Rock, yn gorfod delio â Banc yr Alban gyda'i drigain biliwn o ddyled. Trigain *biliwn*! Beth fyddai pen draw'r cyfan, i'r wlad ac i gwmni Mansel Allen yn benodol? Ond yn ŵr busnes profiadol, doedd Richie ddim yn un i boeni'n ofer a throdd ei sylw at y tudalennau ôl.

Ac yntau wedi ymgolli yn sylwadau rhyw golofnydd pêl-droed, clywodd sŵn meddal traed yn dod i lawr y grisiau. Grug oedd yna, yn ei phyjamas llaes, dwyreiniol, yn dal rhywbeth lliwgar yn ei llaw. "Sorri i dorri ar draws," meddai. "O'n i'n chwilio am siswrn bach crwn, y math sy'n gallu torri rownd corneli."

Rhoddodd Richie ei bapur i lawr. "Mae'n rhaid bod gin dy fam ddrôr ar gyfer petha felly. Gofyn iddi hi."

"Mae hi wedi mynd i'r gwely."

"Mae'n un ar ddeg, a fanno ddyliat ti fod, hefyd... mi fuon ni'n trafod rhyw betha."

"Pa bethe?" gofynnodd Grug, yn synhwyro bod rhywbeth o'i le.

"Rhyw negas wirion gafodd dy fam heddiw, dyna i gyd. Dim byd i boeni amdano fo. Dyna'r draffarth efo'r we, fedar unrhyw grinc dy ffeindio di, a mae digon o'r rheini o gwmpas – be ar y ddaear sy gin ti fan'na?"

"Breichled," meddai gan ddal band clymog i fyny, wedi ei weu o saethau yn lliwiau'r enfys. *"Macramé."*

"Ond dwyt ti ddim am wisgo peth felly trw'r dydd?"

"Bydd Rosie a fi'n gwisgo un, i ddangos ein bod ni'n ffrindie. Dyw gwneud un ddim mor anodd, pan ti'n gwybod sut."

Edrychodd Richie'n feirniadol arni. "Dwi'n licio'r syniad. Ond ti ar dy draed yn hwyr. Sgin ti ddim ysgol fory, a llyfra i'w darllan a ballu?"

"Well 'da fi wneud rhywbeth iawn na darllen o hyd."

"Tria'r drôr pella ar y chwith. Dwi'n weddol siŵr na fan'no ma'r sisyrna a'r nodwydda a phetha felly."

Edrychodd Richie arni'n chwilio'n amyneddgar trwy'r droriau yn y gegin. Yna diflannodd i fyny'r grisiau mor sydyn ag y daeth. Nid fel ef ei hun, meddyliodd, gyda'i ddiffyg amynedd a'i duedd i balu trwy bethau. Yn wir, roedd e weithiau'n cael gwaith credu ei bod hi'n ferch iddo. Roedd angen rhyw fath o gwlwm *macramé* ar Menna ac yntau, rhyw ddyfais liwgar, hudol i'w clymu at ei gilydd. Ailagorodd y papur ond doedd ganddo ddim amynedd i ddarllen mwy o newyddion drwg, ac aeth i'r ffrij i nôl potel arall o Beck's.

* * *

Llyncodd y cwrw ysgafn ond roedd neges Trystan yn dal i'w gorddi. Wyddai e ddim am fodolaeth y crinc tan ddwyawr yn ôl, nac am bethau eraill yng ngorffennol ei wraig. Iawn os tynnodd hi allan o'r weithred wirion yna, ond yn amlwg mi fuodd hi'n ymhél â gwleidyddiaeth coleg. Roedd yna gwestiynau oedd yn dal heb eu hateb, on'd oedd? Yna craciodd rhywbeth ynddo. Pa hawl oedd gan Menna i ddiflannu mor sydyn i'w stafell a chau'r sgwrs i lawr mor swta? Cododd a dringo'r grisiau â chamau trymion a gwthio drws ei stafell.

Trodd Menna'i phen yn sydyn wrth weld cysgod Richie, a pharhau i drin ei hwyneb o flaen y bwrdd gwisgo. Roedd hi yn ei blows goch a'i dillad isaf a disgleiriai dwy res o fylbiau o boptu'r drych gan greu silwét siâp feiolin o'i chorff. Teimlodd Richie bwl o flys, a dagodd ei ddicter am ennyd. Roedd hi'n cadw'n dda am bump a deugain. Wrth gwrs, edrychai ar ôl ei hun gyda'i deiet llysieuol a'i jogio – ac onid beic ymarfer oedd y ddyfais biws a *chrome* o dan y ffenest?

Gan weld ei bod hi am ei anwybyddu, eisteddodd Richie ar gornel y gwely yn cydio yn ei botel Beck's. Roedd hi'n parhau i fwytho'i chroen fel pe na bai e'n bodoli. Gwyddai Menna ei bod hi'n bishyn a gallai fod yn benstiff. Yn unig ferch i feddyg o Landeilo a mam oedd yn athrawes uwchradd, fe gafodd y manteision, yr hyder a'r llwyddiant.

Edrychodd Richie o gwmpas y stafell roedd hi wedi ei chreu iddi'i hun, y 'gofod personol' roedd hi wedi bod yn swnian amdano. Doedd gan Richie ddim problem â'r syniad. Doedd ganddo ddim i'w ddweud wrth y priodasau Siôn a Siân yna lle na welwch chi un heb y llall. Ond dyma'r canlyniad o'i flaen: silffoedd isel o bren golau gyda'u rhengoedd o lyfrau clawr meddal, y MacBook Pro arian yn sgleinio ar y bwrdd gwisgo, y sgrin deledu gul gyferbyn â'r gwely, y posteri o Blodeuwedd ac o'r Tebot Piws – un hyll a ffeindiodd hi mewn ffair Nadolig flynyddoedd yn ôl.

"Be ti moyn, Richie?" meddai Menna gan droi ato'n sydyn.

"Sgwrs fach."

"Ond buon ni'n sgwrsio drwy'r nos."

"Gin i gwestiwn neu ddau am y ffwcin boi yma, dyna i gyd."

"Richie, dwi wedi cael yffach o ddiwrnod. 'Sda fi ddim mwy i'w ddweud am y pwnc nes ca i farn Hywel James."

"At hynny ro'n i'n dŵad. Wela i ddiawl o ddim pwynt i'ch cyfarfod chi."

"Ond rwyt ti newydd gytuno iddo fe!" meddai Menna, yn troi'n sydyn ar ei stôl, ei bronnau'n bownsio yn ei bra lliw gwin.

Triodd Richie ganolbwyntio ar y ddadl. "Ond ydi blacmel yn fatar i'r gyfraith? Dyna dwi'n ofyn. Ydi blacmeliwr yn sylwi ar lythyra twrna, 'ta'n eu lluchio nhw i'r bin sbwrial? Roeddan ni'n sôn am ddyddia colag, toeddan? Ro'n i weithia'n ei hel hi am Fangor ar nos Sadwrn, jyst am *change*. Roedd 'na dafarna reit arw ar waelod y Stryd Fawr ac roedd 'na hogia o Lerpwl yn yfad yna weithia, hogia go galad, un ohonyn nhw'n gweithio i gwmni hel dyledion. Mi fasa'r hogia yna'n gallu sortio dy Drystan di allan mewn matar o ddeg munud a fasat ti byth yn clywad gynno fo eto."

Dychrynodd Menna. "Alla i byth ystyried dim byd fel'na. Galle fe alw'r heddlu."

"Go brin, ac ynta'n torri'r gyfraith ei hun ar raddfa go fawr. A mae 'na ffordd o'i neud o, sy'n gadal dim hoel. Wrth gwrs, dim ond dychryn y bastad fasa isio, i'w gael o i ollwng y peth."

"Ti'n gwylio gormod o ffilmie gangster. Dwi'n mynd i'r gwely."

Cododd Menna o'r stôl a diosg ei blows a llithro'n benderfynol o dan y *duvet*, ond doedd dim symud ar Richie. Rhoddodd Menna gic iddo fel hen botel dŵr poeth. Cododd Richie'n flin a chymryd joch o'i botel Beck's a dechrau cerdded o gwmpas y stafell.

"Gin ti MacBook yn fan'na," meddai gan symud tuag at y bwrdd gwisgo. "Ac un neis iawn ydi o. Ond oes gin ti syniad o'r drwg y gallsa'r bastard Trystan yna'i neud tasa fo'n dechra palu celwydda amdanat ti? Ti wedi gwglo dy hun erioed?"

"Naddo, Richie – wyt *ti*?" meddai Menna gan ragweld beth oedd am ddigwydd. Neidiodd o'r gwely yn ei noethni ond roedd Richie wedi gafael yn y gliniadur – a'i roi yn ôl pan sylweddolodd na allai ei danio.

"Diolch yn fawr," meddai Menna'n sarcastig wrth ailfeddiannu'r MacBook. "Nawrte, beth am i ni brofi dy bwynt. Am ba un chwiliwn ni gynta, Richard Lloyd Jones neu Mansel Allen – neu beth am gwmni Wideacre? Rhaid bod 'na domen o stwff amdanyn nhw a'u ceisiade cynllunio."

Gadawodd Richie iddi agor y gliniadur a tharo'i bysedd ar yr allweddellau. Yna sylweddolodd ei fod yn dadlau yn erbyn ei achos ei hun, ac y gallai rhywbeth twp amdano ef ddod i'r golwg, gan brofi Menna'n gywir. "Ocê," meddai'n frysiog, "wnawn ni brofi dim mewn gêm wirion fel hon."

"Yn hollol," meddai Menna gan gau'r MacBook yn glep. "Gêm drosodd – felly plis ga i lonydd?"

Dychwelodd Menna i'w gwely a chymerodd Richie lwnc arall, hael o'r Beck's, y gwahanol alcoholau a yfodd heno yn codi i'w ben. "Iawn, mi a' i o 'ma, os nei di atab un cwestiwn reit syml i mi. Dwi'm yn disgwyl dallt popeth fuo rhyngoch chi fel cariadon, a dwi ddim isio dallt chwaith. Ond nei di egluro i mi, be mae'r boi'n feddwl, pan mae o'n sôn am 'chwyldro'?"

"Sut wn i? Gofyn iddo fe."

"Hen air diystyr ydi o, yntê, yn dŵad o'r chwedega. Roedd y boi'n gwybod, on'd oedd, y basa'r gair yna yn tynnu tant ynat ti, yn agor pwrs hyd yn oed. Dwi'n gweld rŵan na Welsh Nash fuast ti erioed. Ti'n ffitio'r patrwm, twyt? Cefndir parchus dosbarth canol, cogio bach rebelio yn y colag, cael sylw, cael shags, wedyn llithro i mewn i'r system, symud o sefydliad i sefydliad a gorffan ar y brig yn rhedag cwango iaith."

"Wnest ti ddim cwyno am hynny o'r blaen! Ydi hi'n broblem i ti, 'mod i mewn swydd dda? A gyda llaw, sut alla i fod yn Welsh Nash, os na wnes i 'rioed ymuno â Phlaid Cymru?"

"Ond fan'no mae dy galon di."

"A ble mae dy galon di? Digon hawdd dyfalu. Duw a ŵyr be sy'n mynd ymlaen rhyngot ti a'r Blaid Lafur yng Nghasnewydd."

"Cwlia i lawr, Menna. Rhaid i ti ddallt, fasa fo'n beth gwirion iawn i gwmni fel ni fachu'n cotia wrth un blaid wleidyddol. Mae'r diawlad mor llwgr â'i gilydd. Yr unig wahaniath rhyngddyn nhw ydi oes gynnon nhw rym neu beidio. A'r Blaid Lafur sydd mewn grym heddiw yn Llundain, yng Nghaerdydd ac yng Nghasnewydd. Sgynnon ni ddim dewis."

"Iawn, ocê," meddai Menna'n ddiamynedd. "Ti 'di gneud dy bwynt. Nawr nei di plis ddiflannu?"

"Dwi ddim yn siŵr pam ddyliwn i," atebodd Richie, ei wrychyn yn codi'n sydyn. "Dwi yn fy nhŷ fy hun. Rwyt ti'n wraig i mi."

"Ac yn eiddo i ti? Ai dyna ti'n ddweud?"

"Ga'n ni sbario dadl ffeministaidd arall?"

"Â chroeso, os ei di o 'ma," atebodd Menna, yn eistedd i fyny yn y gwely.

Edrychodd Richie arni, yn edrych yn ôl ato'n heriol. Fe'i styrbiwyd eto gan ei bronnau a'i bra lliw Bwrgwyn a chafodd ei demtio i chwipio'r *duvet* i ffwrdd, ond nid oedd yn rhy feddw i sylweddoli nad oedd hynny'n syniad da. Cymerodd lwnc olaf o'r Beck's a thaflu'r botel i'r bin sbwriel Ikea, a roliodd yn swnllyd ar draws y llawr pren.

4 Corff yr Iaith Gymraeg

Banc oedd adeilad Corff yr Iaith Gymraeg yn Stryd y Santes Fair cyn iddo symud i mewn i'w loriau uchaf ddeng mlynedd yn ôl. Roedd naws syber ac urddasol y banc i'w deimlo o hyd yn Ystafell y Bwrdd, gyda'i nenfwd uchel *stucco* a'i gloc mawr Rhufeinig, ac i'r ystfaell hon y cyrhaeddodd Jon Sutter a'i gynorthwyydd, Javed Khan, am ddau o'r gloch pnawn dydd Gwener ar gyfer eu harchwiliad chwemisol o gyfrifon y Corff.

Eisteddodd pawb o gwmpas y bwrdd derw gan gynnwys Gareth Bebb, swyddog ariannol y Corff, a Mari Caron, PA Menna. Sgleiniai poteli gleision, plastig o ddŵr Tŷ Nant ar ganol y bwrdd ac wrth i bawb lanw eu gwydrau, meddai Sutter, "Nice to meet so soon after the BAFTA evening, Menna. Did you enjoy the event?"

"Yes, indeed. A friend of ours, Haf Alaw, won one of the prizes."

"Yes, I remember, the striking blonde lady. She made an attractive stage appearance. Did you celebrate her achievement?"

"Yes, we had a little party at our house."

"I'm sure you had a fantastic time. And by the way, I like your graphics, these bubbles that are hovering magically above us," meddai gan edrych i fyny at y swigod oraens oedd yn troelli'n ddiog o'r nenfwd. Roedd yna bosteri lliwgar hefyd ar y waliau yn pwysleisio manteision dwyieithrwydd. *Joio Byw / Loving Life* meddai un ohonynt oedd â merch ifanc yn neidio i fyny'n ecstatig i'r awyr las, ei breichiau ar led.

"Thank you. We use Fab Design down at the Bay and we're lucky to have a good working relationship with them."

"I can see that."

Agorodd Jon Sutter ei gês du a bodio drwy'r allbrintiau. Wedi dweud rhai geiriau cyffredinol, sebonllyd am waith y Corff, meddai, "The figures of the last six months seem to follow a familiar pattern. The devil, as usual, is in the detail. Could you please explain, Menna, why, once again this year, we have these empty boxes against the Nant y Cewri language centre? Frankly it's quite frustrating that we can't close the accounts just because a translator has caught a cold – or whatever the reason was."

Ochneidiodd Menna. Roedd Canolfan Nant y Cewri yn bwnc sensitif iddi byth ers ymweliad y Tywysog Siarl â'r lle yn fuan wedi iddi ddechrau yn ei swydd. Roedd y Tywysog am alw yno ar ei ffordd i'r Fali a gwrthododd Menna fynd, ond yna cafodd gwas suful air tawel â hi, gan egluro bod angen atgoffa Nant y Cewri o'u dibyniaeth ar grantiau'r Corff, a bod diddordeb y Tywysog yn yr iaith yn bropaganda da drosti. Y canlyniad oedd i Menna gael ei dal yn gwenu fel gât ar y Tywysog, mewn lluniau a gyhoeddwyd ar flaen y *Western Mail* a *Llais y Ddraig*.

A fyddai hynny, meddyliodd Menna, wedi ei gwneud hi'n amhoblogaidd ymhlith rhai pobl – fel Trystan Dafydd? Ai dyna pam yr arhosodd mor hir cyn anfon ei neges atgas? Ond yn dal ei meddwl yn crwydro, trodd ei sylw'n ôl at Sutter gan ddweud mor bendant ag y gallai fod gan Nant y Cewri bob hawl i ddelio â'u cais trwy'r Gymraeg.

"That's all very well," atebodd Sutter, "but it's the Welsh language itself that's losing out here. I support the language wholeheartedly but this is really a bit silly. We're talking about an internal meeting that could be in any language, Latin even."

"This is not, Jon, an internal meeting but one with an external client who has the right to use the language when dealing with a public body whose very purpose is to promote the language. It would be disastrous PR for us if the word got out that we can't conduct our own meetings in Welsh."

"There we go again," meddai Sutter. "PR is God, image is all."

Yn ffodus ymyrrodd Javed, bachgen ifanc deallus, ac awgrymu bod y cyfarfod gyda'r Nant yn cael ei aildrefnu a'u bod yn ystyried cael cyfieithwyr wrth gefn.

Symudodd y cyfarfod at gostau'r Corff a chostau un swyddog yn arbennig, sef Meirion Passmore, pennaeth yr Adran Fusnes. "These meals are pretty spectacular," meddai Sutter, "or is it the vino that's pushing up the bills?"

"It's all there," meddai Gareth Bebb yn hamddenol. Er nad oedd yn dda â ffigyrau, roedd ganddo ffordd hawddgar a oedd yn ddefnyddiol mewn cyfarfodydd fel hyn. "Nobody's hiding anything. Meirion travels a lot and this level of expense is normal in the business world that we're trying to impress."

Chwarddodd Sutter yn sychlyd. "These meals are certainly impressive, but not, I think, in the sense that we require."

Dywedodd Menna, "We have to put personal expenses in their wider context. There is a credit and a debit side to it. We have to measure the success of our Business Section by their long-term results."

"Quite so," meddai Sutter, gan droi ati. "Can you let us see them in some sort of cost/benefit analysis?"

"What do you mean?"

"Let's have an idea of how you measure the results of your Business Section activities."

Brwydrodd Menna i ddod allan o'r twll roedd hi wedi ei agor iddi'i hun ond ni allai feddwl am ateb clyfar, a chytunodd yn wannaidd i'w gais.

"Don't worry about it," meddai Sutter yn dadol. "Show me something in a couple of weeks. The Language Body's finances won't be affected but it would show the powers that be that proper scrutiny is being carried out."

Ar y ffordd allan, a'r cyfarfod ffurfiol ar ben, cydiodd Sutter yn ysgafn ym mraich Menna. "Please don't take any criticism personally. You know I'm a Londoner, but I support your valiant efforts for the language of heaven."

"I know, Jon. Thank you." Ond gwyddai Menna nad oedd ganddo'r diddordeb lleiaf ym miliau gwin rhyw damed o swyddog maes oedd yn gorfwynhau wrth ei waith. Nawr byddai'n rhaid iddi wastraffu amser yn cynhyrchu tablau o ffigyrau ffals na fyddai neb yn eu darllen. Beth bynnag, sut ddiawl oedd mesur 'llwyddiant' gwaith yr Adran Fusnes? Roedd y peth yn amhosibl a fuasai hi byth wedi addo'r fath beth petai hi ar ben ei phethau.

* * *

Cerddodd Menna i lawr y coridor o Ystafell y Bwrdd at y peiriannau coffi a dŵr. Roedd ganddi bolisi o gael ei gweld yn defnyddio'r cyfleusterau cymunedol. Wrth iddi ddisgwyl i'r cwpan plastig ddisgyn, daeth Gareth Bebb ati i wneud sylw joclyd am gostau cynnal a chadw Sutter ei hun, ond ei hatgoffa a wnaeth hynny o wendid ei pherfformiad. Mae'n debyg y gallai Gareth ei helpu i greu'r adroddiad diangen – os byddai hi'n rhoi'r ffigyrau iddo, a'r testun.

Yna dihangodd gyda'i phaned i breifatrwydd ei swyddfa a suddo'n ddiolchgar i gawell rhwydog ei chadair ergonomaidd. Wrth gwrs, y noson hwyr a'r ffrae neithiwr achosodd ei gwendid – ynghyd ag ail ymddangosiad Trystan Dafydd yn ei bywyd. Yn awyrgylch brysur y gwaith, roedd yn anodd credu i beth mor hyll a swreal ddigwydd o gwbl. Onid dal ati i fyw a gweithio fel arfer y dylai hi nawr, gan wneud ei gorau i anghofio'r peth? Ac oedd angen iddi gael y cyfarfod yna â Hywel? Onid oedd yna beryglon amlwg yn y syniad?

Rhoddodd ei ffeil ariannol yn ôl ar y silff. Roedd ganddi nifer o alwadau i'w gwneud. Gan iddynt gwrdd neithiwr yn Neuadd Dewi Sant, cystal taro'r haearn â Gary Rees tra oedd yn boeth.

"Dylunio Ffab Design," atebodd y ferch ar ben arall y ffôn. "Can I help you?"

"Ga i Gary Rees, os gwelwch yn dda. Menna Beynon yma, Corff yr Iaith Gymraeg."

"Hold the line, I'll put you through to Gary."

"Gary, ti'n OK?"

"Yn well ar ôl clywed llais ti, Menna."

"Falch i glywed hynny. Nawr ydi dy Moleskine Diary wrth law? Wyt ti'n cofio'n sgwrs ni neithiwr yn y noson BAFTA?"

"Fi'n meddwl am ddim byd arall ers 'ny."

"Da iawn, achos mae'n bryd i ni symud ymlaen â'r brandio newydd. Rwy dan bwysau trwm gan fy mòs i – Wyn Elis-Evans – i gael y logo newydd lan ac yn gweithio."

"Fi'n gwybod y boi. 'Bach o *dinosaur*, os fi'n cofio."

"Falle hynny, ond mae e'n iawn am y logo. Nawrte, beth am bnawn dydd Mercher nesa? Gallen i ddod draw i'r Bae. Neith chwa o awyr y môr fyd o les i fi."

"Syniad da. Aros funed. Nawr, mae 'da fi ffenest yn dod lan pnawn dydd Iau mewn tair wythnos. Sut mae hwnna'n siwto ti?"

"Sorri, alla i ddim aros tan hynny."

"Y broblem yw, 'da fi stwff personol yn chwythu lawr 'y ngwddw."

"Gary, gynnon ni i gyd ein *stwff personol* ond gynnon ni hefyd ein stwff gwaith. Nawr dwi wedi gweld y *roughs* ond y'ch chi wedi'n bilio ni'n barod am ran o'r gwaith, cyn i ni gytuno arno fe. Dyma ni," meddai Menna, ei thymer yn codi wrth glicio ar ddogfen oedd ganddi ar agor ar ei sgrin, *"Fab/Ffab Design Partnership, Corporate Branding, Concept Development and Pilot Meetings…"*

"Os ti ddim yn hapus," meddai Gary ar frys, "cei di gredyt am hwnna, dim probs. *Accounts* weithie'n gwylltu. Sef Jasmine. Mae hi'n gwd ond mae'n mynd trwy'r *timesheets* unweth y mis fel Ferrari. Y peth ola fi moyn yw ypseto ein *customer relationship*. Mae Corff yr Iaith yn fwy na dim ond cleient i ni, achos mae e amdano'r iaith Gwmra'g, on'd yw e?"

"Felly gwrddwn ni pythefnos i heddiw, tri o'r gloch? Fydd hynny'n iawn?"

"Fi'n rhoi e lawr nawr yn fy Moleskine Diary. Bydda i'n gorfod jyglo pethe rownd. Rhaid cadw'r sioe ar yr hewl – a'r iaith Gwmra'g, wrth gwrs."

"Ond wrth gwrs!" cytunodd Menna, yn clywed feiolinau'n canu wrth iddi roi'r ffôn i lawr.

* * *

Yn fodlon ag ymateb Gary ond ar yr un pryd yn ansicr a fyddai'n cadw at ei air, trodd ei meddwl at ei bòs, Wyn Elis-Evans. Roedd ei neges yn yr *inbox* ers tridiau ac allai hi ddim gohirio eu cyfarfod misol ddim mwy. Er bod ganddi blac acrylig ar ei drws yn datgan *Prif Weithredwr*, roedd Menna'n atebol i Fwrdd Corff yr Iaith Gymraeg ac i Gadeirydd y Bwrdd, sef Wyn. Yn ddyn yn ei chwedegau, roedd e wastad yno yn yr ysbryd, os nad yn y cnawd, fel hen wardrob mewn fflat fodern, sy'n eiddo i'r perchennog.

"Braf clywad dy lais di, Menna! Braint yn wir!" atebodd Wyn y ffôn yn ei lais gweinidogol, os â thinc sarcastig y tro hwn. "A sut mae petha efo'r Hen Gorff? Hynci dori?"

"Ddweda i mo hynny."

"Problema, 'lly?"

"Dim mwy nag arfer, o ran y gwaith."

Cynhesodd Wyn at y pwnc. "Fysa rwbath mawr o'i le – a'n bywyda ni'n go ddiflas – tasa gynnon ni ddim problema i ddelio efo nhw. Dyna be ydan ni dda ar y ddaear 'ma, yntê? Rŵan mi fydda i'n disgwl adroddiad gin ti ar y sefyllfa ddiweddaraf parthed y logo a bydd gin i amball fatar i'w godi fy hun. 'Dan ni angan aeloda newydd ar y bwrdd a 'dan ni angan gwaed newydd, a chdi sy'n nabod y genhedlaeth ifanc…"

"Ond fel aelod o'r staff, does 'da fi ddim hawl i awgrymu enwau fy hun," atebodd Menna'n bendant.

"Nid yn uniongyrchol, wrth gwrs…"

Deallodd Menna, ond doedd hi ddim am gael ei thynnu i mewn i wleidyddiaeth y bwrdd. Roedd yn ddigon anodd bod Hywel yn aelod. Fyddai e ddim yn dweud llawer, ond roedd yn straen weithiau i esgus pellter, fel petaen nhw'n ddau fynach o Tibet oedd newydd gyfarfod.

Aeth Wyn ymlaen. "Ac roedd gin i un matar arall ar yr agenda, a fydd o ddiddordab i chdi'n bersonol. Matar cyfrinachol na fysa'n addas i mi ei drafod o dros y ffôn."

"Allwch chi gynnig awgrym?"

"Wyt ti'n sylweddoli dy fod ti, yr hydraf yma, wedi bod efo ni ers pum mlynadd. 'Dan ni wedi cyflawni llawar dros y cyfnod yna, a mae o'n addas i ni gydnabod hynny."

"Ym mha ffordd, os ca i ofyn?"

"Mae o'n fatar o *anrhydadd*, Menna," meddai'n enigmatig. "Fasa fo ddim yn iawn i mi ddeud mwy dros y tonfeddi. Felly i ble'r awn ni nesa? 'Dan ni wedi profi'r maes yn o lew yn Nhreganna – ond wyt ti wedi bod yn y Māe Maria, y lle bach newydd Portiwgeaidd? Mae fy ffrindia'n ei ganmol o'n arw, a mae'r rheini'n griw go feirniadol, 'sti. Wyt ti'n rhydd nos Ferchar nesa?"

Ochneidiodd Menna. Oedd raid i'r cyfarfodydd yma fod dros swper bob tro? "Dwi dan bwysau ar y funud," meddai. "Materion personol. Buasai at ddiwedd y mis yn fy siwtio'n well – yn fy swyddfa."

"Ond dydi cyfarfod mewn swyddfa ddim mor gyfrinachol na chwaith mor ddymunol."

Doedd Menna ddim yn siŵr pa mor gyfrinachol oedd cyfarfod mewn bwytai yn Nhreganna a Phontcanna, ond ildiodd rhag pechu Wyn a pheryglu'r 'anrhydadd' oedd ganddo mewn golwg. Ond yna, wrth roi'r ffôn i lawr, sylweddolodd iddi fod yn siarad â Wyn ar ei ffôn bach, sef y rhif a ddefnyddiodd Trystan. Arferiad gwael: roedd hi'n rhy hoff o'i iPhone newydd. Yn amlwg, roedd ei rhif personol yn llawer rhy gyhoeddus: dylai gael rhif arall, preifat ar gyfer galwadau personol.

Ond cyn gwneud dim byd arall, rhaid blocio Trystan. Rhedodd ei bys drwy'r negeseuon a dyna lle'r oedd y neges ffiaidd yn dal i lechu gyda'r gweddill. Cliciodd ar *Info* a gwasgu *Block This Caller*. Yna cymerodd ochenaid o ryddhad a thaflu ei phen yn ôl yn ei chadair rwydog, ddu.

Caeodd ei llygaid, ond yr eiliad y gwnaeth hi hynny, mynnodd Trystan ymwthio – yn rhes o ddelweddau – i'w phen: ei wyneb agored, ei wallt golau tonnog, ei gorff ystwyth a'i acen Cwm Tawe. Ceisiodd ond methodd atal llif yr atgofion am haf hir '82 a'u troeon ar ei hen BSA i fyny Cwm Nedd, ac i lawr i Benrhyn Gŵyr, ac yna i bentrefi gogledd Sir Benfro gyda'i babell fach neilon. Triodd ladd yr atgofion am eu caru: ansicr ond taer, a gonestach na charu erotig, dychmygus Hywel…

Gwyddai y byddai'n dipyn haws blocio Trystan o gof ei ffôn nag o'i chof ei hunan.

5 Mansel Allen

Syllodd Richie drwy ffenest ei swyddfa ar y traffig a lifai i fyny ac i lawr Churchill Way. Gyferbyn ag ef codai bloc uchel y Premier Inn: ugain llawr o baneli gwydr a choncrit a weddai'n well i Efrog Newydd nag i ganol Caerdydd. Ond roedd Richie wedi dysgu'i hun i anwybyddu'r hylltod o gysur swyddfeydd traddodiadol, Fictoraidd ei gwmni ei hun, sef Mansel Allen. Byddai'n mwynhau taro i mewn yno ar fore Sadwrn i gael blas o'r farchnad dai ac i dynnu coes Vicky a Denise yn y swyddfa flaen.

Y bore 'ma, doedd ei hwyliau ddim cystal ag arfer. Roedd digwyddiadau'r wythnos yn dal i wasgu arno, yn enwedig ffrae nos Iau. A fuodd e'n rhy gas? Roedd e wedi gobeithio cymodi â Menna ond diflannodd hi nos Wener at ei rhieni yn Llandeilo. Efallai iddo orymateb i'r blacmel – neu'n hytrach y blacmeliwr – gan ddiystyru teimladau Menna wedi iddi dderbyn bygythiad personol mor ddiflas. Tra oedd yn ystyried dulliau o gymodi – pryd go wych, efallai, yn y Bont-faen – sylwodd ar bâr ffasiynol yn craffu ar y lluniau yn ffenest ei swyddfa. *Brunette* dal oedd un, a'i gwallt cynffon poni'n dawnsio y tu ôl i'w phen. Annie Afan, wrth gwrs!

Cododd ei galon. Felly doedd hi ddim wedi anghofio am eu sgwrs nos Iau yn y theatr. Arwyddodd i'r ddwy ysgrifenyddes y byddai ef yn delio â'r cleientiaid arbennig yma.

Yn bâr golygus tua'r deugain oed, eisteddodd y ddau ar y seddi sbwng llachar. Edrychai Annie fel Catherine Zeta Jones yn ei sbectols *tinted* ond nid Kirk Douglas mo Alun, oedd yn fyrrach na hi ac yn gwisgo siaced swed olau a jîns tywyll ac â barf *astroturf*. Dros y coffi, eglurodd Alun eu sefyllfa. "Fel y sonies i nos Iau, y'n ni'n trafod symud mas o Dreganna i ardal 'bach mwy gwledig fel Radur, a ni'n dishgwl ar stad Cae'r Dderwen, a rhif tri yn arbennig – sy gyda chi yn y ffenest, o'n i'n sylwi."

"Dewis doeth, os ca i ddeud."

"Ond pa mor rhwydd yw benthyg arian y dyddie hyn o ystyried argyfwng y bancie, crash Northern Rock a gyda Banc yr Alban, hyd yn oed, mewn trwbwl?"

Yn hapus bod y prae yn ei rwyd, pwysodd Richie'n ôl a throi'r beiro'n ddiog rhwng ei fysedd. Doedd dim angen brysio a doedd dim ots mawr be ddwedai: creu hyder oedd yn bwysig, a'u cadw yn y rhwyd. "Alun, beth bynnag sy'n digwydd efo'r bancia, mae yna hen wirionedd sy'n dal ei dir: mae brics a mortar yn saffach na phres yn y banc, a mae tai Cae'r Dderwen mor ddiogal â phyramidia'r Aifft."

"Ond maen nhw'n gofyn pedwar can mil!" dywedodd Annie. "Mae hynny mas o'n gafael ni."

"Tybad? Ydach chi wedi gneud y syms? Mae gynnoch chi dŷ braf yn Nhreganna a chwmni teledu llwyddiannus, Pow TV, sy'n enw blaenllaw ym maes rhaglenni plant. 'Dach chi ar flaen y ciw am unrhyw bres o goffra Sianal Cymru. Ac os 'dach chi am symud i fyny'r farchnad, wnewch chi ddim curo ardal Radur. Mae yna drena'n mynd i'r canol bob chwartar awr, cystal â Berlin, a mae hi'n ardal boblogaidd gin y Cymry Cymraeg, sydd ynddo'i hun yn rhoi sicrwydd i chi."

"Sut allwch chi weud hynny?"

Aeth Richie i hwyl. "Roeddach chi yna nos Iau, on'd oeddach, yn y seremoni BAFTA? Doedd 'na neb yn llwgu yna, oedd 'na, neb ar ei linia mewn carpia. Mae Sianal Cymru, fel gwyddoch chi, yn derbyn can miliwn o bunna'r flwyddyn gin y llywodraeth. Mae gin y Cymry Cymraeg glowt ariannol, a mae hynny'n ffactor yn y farchnad dai."

"Ond a'r argyfwng fel mae e, gostwng mae prisiau tai."

"A gostwng wnaiff y tŷ 'dach chi'n prynu yn Radur, hefyd. Mae'r tai yna'n fargian mewn gwirionadd. Mi ga i'r manylion i chi rŵan," meddai gan godi'i law ar Vicky. "Gynnon nhw dair stafall wely *en suite*, stafall ffitrwydd, cegin fodern, garej ddwbl, a mae yna bwll nofio yn rhif tri. Fel mae'n digwydd, gynnon ni ein pwll bach ein hunain yn yr Eglwys Newydd, a fasa'r wraig, sydd mewn swydd reit gyfrifol, ddim yn medru byw hebddo fo."

"Os hynny," meddai Annie, yn meddalu, "cadwch ni yn y pictiwr ynglŷn â'r tŷ arbennig yna. Mae gynnon ni ddiddordeb ac mi awn ni ati nawr i wneud y syms."

Rhoddodd Richie'r taflenni i Annie. "Mi wna i, a dyma i chi fanylion cwpwl o dai eraill yn Radur. Mae gynnon nhw i gyd eu rhinwedda arbennig ond gynnon nhw un pwynt gwerthu yn gyffredin: *location*."

"Felly y'ch chi wir yn gweud nad oes angen i ni boeni am y morgais?" gofynnodd Alun.

Yn fwy hyderus nag roedd e'n ei deimlo, atebodd Richie, "Gadewch i ni boeni am y morgais pan ddaw'r amsar. Gynnon ni ein cysylltiada proffesiynol ac mi drefna i eich bod chi'n cael dewis eang o gynigion."

Bu rownd o ysgwyd llaw wrth i'r ddau adael y swyddfa yn

magu eu taflenni. Rhoddodd Richie ei gerdyn busnes i Annie gan ddweud, "Mae fy rhif personol yn fan'na, Annie. Teimlwch yn rhydd i fy ffonio unrhyw adag o'r dydd neu'r nos."

"Diolch, Richard," meddai Annie gan ddal ei law yn hirach nag y dylai. Doedd gan Richie ddim gwrthwynebiad i hynny. Roedd yn arwydd o hyder y dosbarth newydd, dinesig, ffyniannus Cymraeg ac os oedd eu ffyniant yn cyfrannu at drosiant Mansel Allen, pwy oedd ef i gwyno?

* * *

"Croeso i'r ymerodraeth," meddai Richie, awr yn ddiweddarach, wrth lywio Hywel i fyny i'w swyddfa ar y llawr cyntaf gydag arwydd o bren sgleiniog â'r geiriau *Richard Lloyd Jones, Director*. "Ti ddim wedi bod yma o'r blaen, yn naddo, Hywal?"

"Na, ond fi'n barnu bod yr ymerodreth ei hun yn dipyn mwy na hyn."

"Dynion canol ydan ni, dyna'r oll, yn prynu a gwerthu dros bobol erill."

"Ond yn fan'na mae'r elw, yntefe – yn y *cut*?"

"Yn yr eiddo'i hun mae'r elw, ddeudwn i."

Wrth iddynt sgyrsio, fe drawodd Richie ei bod yn rhyfedd braidd mai dyma'r tro cyntaf i Hywel ac ef drafod busnes. Yn y gorffennol, roedd e wedi teimlo bod Hywel yn ei osgoi pan oedden nhw'n digwydd taro ar ei gilydd, efallai mewn achlysur Cymraeg yn y ddinas. Ond mae'n siŵr iddo fod yn orsensitif. Defnyddiai Mansel Allen gyfreithwyr yng nghanol Caerdydd ar gyfer eu gwaith trawsgludo tra bod cwmni Hywel, yn eu swyddfa ddeiliog ar Heol y Gadeirlan, yn canolbwyntio ar gyfraith ddomestig ac ysgariadau.

Eisteddodd Richie tu ôl i'w ddesg lydan a chodi ei ffôn. "Two coffees, please, Emily. I have a special guest with me this morning."

Edrychodd Hywel o gwmpas y stafell foel a thraddodiadol ei chwaeth. Hongiai llun olew o Stryd Bute ganrif a hanner yn ôl ar y wal y tu ôl i Richie, ynghyd â rhai tystysgrifau o wobrau busnes. Ar wahân i flwch llwch gwydr, sylwodd mai dim ond un cyfrifiadur trwm, hen ffasiwn oedd ar ei ddesg dderw, ynghyd â dau ffôn: arwydd o reolwr da, yn cadw'i ddesg yn glir ar gyfer galwadau a phenderfyniadau, a gadael y gwaith manwl i'w staff.

Cryfhawyd yr argraff ffafriol pan ddaeth Emily i mewn yn cario hambwrdd o goffi a bisgedi Belgaidd a jwg fach o hufen. Nid oedd hi'n ifanc ond sylwodd Hywel yn syth ar ei ffordd urddasol o gario'i hun, ei chwrteisi awgrymog, a'r mwclis perlog ar ei harddwrn.

"My friend Hywel," meddai Richie, "runs a leading legal company in Cathedral Road – you've heard of Hywel James Associates of course – and sits on a few boards."

"That sounds too grand," meddai Hywel. "We mainly do family law, estates and divorces."

"Divorces must be a profitable line of business here in Cardiff?"

"Yes, it's quite dependable, very much like death in that respect."

Gwenodd Emily'n enigmatig ar Hywel a Richie yn eu tro wrth iddi adael; yna meddai Hywel, "Lico dy chwaeth di, Richie."

"Ydi, mae'n hogan dda. Dwi'n dibynnu llawar arni."

"Dim gormod, gobeithio."

"Dwi'n gwybod be ti'n feddwl, Hywal, ond sgin i ddim bwriad dod yn un o dy gleientiaid."

"Dda 'da fi glywed. Felly sut mae Menna'r dyddie hyn?"

"Cwestiwn da. Mae hi wedi ffoi i Landeilo am y penwythnos. Mae busnas y blacmel yna wedi ei styrbio hi fwy na wnes i ddisgwl, o negas destun fach fudur gin fastard oedd yn trio'i lwc."

"Fe wna i 'ngore i dawelu pethe nos Lun, ond yn gyfreithiol, 'sa i'n siŵr pa opsiyne sydd yna."

"Ro'n i'n dŵad at hynny. Fy hun, wela i ddim pwrpas i'ch cyfarfod chi. Trio'i lwc mae'r cythral. Isio claddu'r holl beth sydd. Fedri di ganslo'r cyfarfod?"

"Gallen i, ond rwy mewn sefyllfa anodd. Menna ofynnodd am y cyfarfod. Falle taw ti ddyle siarad â hi am y peth."

"Neith hi ddim gwrando arna i, yn y stad mae hi ynddo fo rŵan."

"O leia galla i ei chynghori i ollwng y mater."

"Ia, gwna hynny," meddai Richie'n anfodlon. Yna trawodd ei feiro i lawr ar wyneb y ddesg, ac agor un o'r droriau. "Gynnon ni betha difyrrach i'w trafod, yn does, Hywal?"

Estynnodd ffolder gwyn, sgleiniog i Hywel. Roedd logo gwyrdd ar y clawr yn dangos coeden ddeiliog, a chaeau'n llifo odani gyda'r geiriau *Wideacre Investment Opportunities*. "Gwybodaeth gyffredinol sy gynnon ni fan hyn am y cwmni a rhai o'u datblygiada nhw ar draws y Deyrnas. Maen nhw'n gwmni solat a sylweddol."

"Diolch, wna i ddishgwl drosto fe."

"Y Prosbectws Cynnar, pan ddaw o, fydd yn gosod allan y telera buddsoddi, y matha o siârs a'r lloga. Os oes gin ti ddiddordab, mi fydd Danny Goldberg ei hun yn dŵad i lawr mewn rhyw bythefnos i'w gyflwyno fo ac i atab cwestiyna gin ddarpar fuddsoddwyr."

"Ond i ddyall ein gilydd: 'sa i'n addo buddsoddi."

"Do'n i ddim yn disgwyl i chdi roi unrhyw addewid. Cyfarfod anffurfiol fydd o, a mae gin i hen ffrindia o'r Gogladd – hen lawia yn y byd ariannol – yn dŵad i ymuno hefo ni."

Agorodd Hywel y ffolder a fflicio trwy'r tudalennau cyntaf. "'Sa i'n amau pedigri'r cwmni yma, ond ga i ofyn: oes 'na ganiatâd cynllunio i'r datblygiad yng Nghasnewydd?"

"Dim eto – ond 'dan ni ddim yn rhagweld problem efo'r Cyngor. Rydan ni'n gweithio ar y peth, wrth gwrs."

"Beth am y tir? Onid oes raid i'r Cynulliad ei roi e ar y farchnad agored?"

"Dyna lle 'dan ni'n dŵad i mewn," meddai Richie gan fynd ymlaen i egluro'r broses dendro. Er ei fod yn broses agored, byddai'r Cyngor yn debyg o ffafrio datblygwr a allai gynnig un tendr am y pecyn cyfan, yn hytrach na nifer o fân adeiladwyr yn cynnig am un amlen o dir ar y tro.

"Ac am faint o dai y'n ni'n sôn, 'te?"

"Ella mil," meddai Richie'n cŵl. "Yn y diwadd, 'lly – ond cant neu ddau ar y tro, yntê. Dow-dow pia hi. Dydan ni ddim am ddychryn ein ffrindia gwyrdd na chwaith yr hen sosialwyr chwith galad, y mae rhei ohonyn nhw'n dal i ista ar y Cyngor."

"Ond oes angen yr holl dai? Pwy fydd yn eu prynu nhw?"

"Pwy a ŵyr?" meddai Richie gan godi'i law. "Nid fi, nid chdi, nid y Cynulliad, nac adran gynllunio Cyngor Casnewydd chwaith fydd yn penderfynu, ond y farchnad. Dim ond dynion canol ydan ni, yntê. Os ydi'r galw yna, pwy ydan ni i ymyrryd efo fo?"

Gorffennodd Hywel ei baned a'i fisged Felgaidd. Nid dyma'r lle na'r amser am ddadl ideolegol – a doedd Richie chwaith ddim am godi gwrychyn Hywel. "Felly stecan efo John Lloyd yn dŵad i fyny?"

"Oes, yn y Marco Pierre. Ni'n cwrdd bob hyn a hyn, lan ar y chweched llawr."

"Felly be sy'n ei boeni o, os ca i ofyn?"

"Cawn weld. Rwy'n gwybod ei fod e'n becso am gan miliwn y Sianel. Mae'n siŵr o gael ei docio gan y llywodraeth, fydd yn creu pobleme iddo fe ac i rai o'r cwmnïe bychain."

"Mi fyddi di'n gorod gweithio am dy stecan, felly."

"Mae'r cyfan yn answyddogol wrth gwrs. Does dim cofnodion. Buon ni'n trafod probleme staffio tro dwetha. Alla i ddim â gweud gormod, ond dyw e ddim cyfrinach bod ei Brif Weithredwr yn rhoi pen tost iddo fe."

"Iola Thomas ti'n feddwl?"

Ymlaciodd Hywel yn ei sedd. "Ie. Nage'r gyllell siarpa yn y gegin. Roedd hi'n Bennaeth Newyddion pan syrthiodd Wal Berlin, ond penderfynodd hi nad oedd y stori'n ddigon pwysig i'w rhoi mas, felly cafodd gwylwyr ffyddlon Sianel Cymru glywed am gwymp yr ymerodraeth Sofietaidd bedair awr ar hugen ar ôl pawb arall."

Chwarddodd Richie. "Pob hwyl 'ta efo John Lloyd – ac efo Menna, wrth gwrs."

"Paid â phoeni, fe weda i wrthi i gadw'n glir o'r blacmcliwr fel pla'r Aifft."

"Ia, gwna hynny. Roedd Menna'n ffwcio'r bastard am flwyddyn a dwi ddim yn ei thrystio hi i ddelio'n gall efo'r sefyllfa."

Sylweddolodd Hywel fod yn union yr un peth yn wir amdano ef ond doedd wiw i Richie amau iddo fod yn ymhél â'i wraig, er bod hynny bymtheng mlynedd yn ôl, erbyn hyn. Doedd e ddim yn hoffi'r cyfrinachedd ar y pryd ac roedd yn dal i'w boeni o dro i dro.

Cododd Hywel o'i sedd a chodi ei het wellt oddi ar y

bachyn. "Diolch am y gwahoddiad i'r cyfarfod. Fi'n dishgwl mla'n at gwrdd â'r bachan Goldberg 'ma."

"A dwi'n licio'r het yna, gyda llaw."

"Mae'n dal yn hydref cynnar a chystal manteisio ar yr hinsawdd ffafriol. Dim ond gobeithio na fydd yr hinsawdd ariannol yn dirywio'n rhy gyflym, yntefe?"

"Yn union. Ac mi gei di air â Menna, yn cei?"

"Dim angen i ti boeni am hynny. Fe wna i ei rhybuddio hi rhag y blacmeliwr, fel y gwnes i addo. Y peth pwysig yw ein bod ni'n dyall ein gilydd."

"Yn union," meddai Richie gan godi ac estyn ei law i Hywel. "Dwi'n cymryd hynny'n ganiataol."

6 Yn ol i Argoed

Caeodd Menna wregys ei chot PVC yn un cwlwm mawr a thaflu ei bag LouLou dros ei hysgwydd. Edrychai ymlaen at gerdded y filltir i Argoed yn awel ysgafn yr hydref cynnar. Er gwaetha'i hamheuon, ni allai ladd cyffro bach wrth feddwl am gyfarfod â Hywel eto. Ei gobaith oedd cael cyngor ar sut i ddelio â neges ffiaidd Trystan Dafydd – pwnc na allai, bellach, ei drafod gyda'i gŵr. Dim ond un safbwynt oedd gan Richie: cerdded i ffwrdd oddi wrth y broblem. Ond beth petai Trystan yn dechrau gweithredu ar ei fygythiad, ac yn dechrau hau straeon maleisus amdani i'r *Welsh Eye* ac i'r we?

Ni fu mor annoeth â thrafod y pwnc â'i rhieni yn Llandeilo. Roedd ganddyn nhw eu problemau eu hunain. Roedd ei thad newydd ymddeol o fod yn feddyg ond yn awr yn gorfod diodde'r triniaethau yr oedd e wedi eu hargymell i eraill. Roedd yn cwyno am ei *pacemaker* ond roedd Menna'n siŵr y byddai'n cwyno llai petai e'n deall llai. Yn ffodus roedd ei mam – cyn-athrawes – yn amyneddgar, ac fe gawsant ginio Sul rhesymol o braf yn y Plough, Rhos-maen.

Cerddodd yn gyflym heibio i Barc Caedelyn a thrwy'r strydoedd llydain i Riwbeina. Er bod pymtheng mlynedd oddi ar ei hymweliad diwethaf ag Argoed, mynnai atgofion o'r cyfnod dorri ar ei thraws. Roedd hi'n ddeg ar hugain ar y pryd, ac â phriodas Hywel ac Olivia newydd chwalu, fe arweiniodd un peth at y llall. Doedd dim angen i Hywel, o bawb, ymhél â gwraig briod, felly daeth y berthynas i ben mewn tua naw mis, a phan briododd Hywel â Haf dipyn wedyn, Menna oedd y cyntaf i'w longyfarch.

Safai Llys yr Ardd mewn cilfach goediog, werdd ychydig oddi wrth y ffordd fawr ac er mor gyfleus ydoedd at eu pwrpas, roedd yn rhaid i Menna fod yn ofalus yn ei symudiadau. Byddai'n galw fel arfer ganol wythnos pan oedd hi i fod mewn pwyllgor hwyr. Doedd y tai ddim yn rhai i dynnu sylw atynt eu hunain, ond roedd yna urddas tawel i'r bensaernïaeth draddodiadol, y lawntiau esmwyth, a'r coed cerfiedig. Yn gyfeiriad i gyn-Brif Weinidog, roedden nhw'n awgrymu pŵer a dylanwad yn hytrach na'i floeddio.

Cyflymodd calon Menna wrth iddi groesi'r bont bren dros Nant Rhydwaedlyd a lifai wrth odre'r gerddi. Agorodd y glwyd a chamu dros y dail gwlyb a llithrig ar y llwybr. Roedd yn dechrau nosi ac oedodd Menna wrth y gât. Rhyfedd cyn lleied oedd wedi newid: y perthi tywyll, y goeden gron ar ganol y lawnt, ond roedd yna ddwy fainc yn lle'r un oedd yna o'r blaen. Cerddodd ymlaen a churodd y drws yn benderfynol a siarsio'i hun i ganolbwyntio ar bwrpas y cyfarfod.

Yn y man gwelodd gysgod niwlog Hywel ei hun yn symud yn hamddenol tuag ati o'r ochr arall i'r cwareli gwydr, yn union fel y gwnâi bymtheng mlynedd yn ôl. Cyflymodd ei chalon eto. Mae hyn yn hollol wirion, rhybuddiodd Menna'i hun. Mae hi nawr yn 2008 ac mae gan Hywel wraig newydd ifanc. Onid oedd popeth wedi newid?

* * *

Safodd Hywel yn y drws agored am rai eiliadau, a gwên lydan ar ei wyneb.

Ni wyWyddai Menna ddim sut i ymateb. Roedd yna sawl Hywel. Nid yr un siwtiog, cyfreithiol oedd o'i blaen heno, na'r un *smart casual* mas ar y dre, ond un syml, Tony Blairaidd mewn crys lliw hufen a jîns tywyll. Fel pobl olygus yn gyffredinol, doedd ar Hywel ddim angen dillad drud i edrych yn dda, a gwenai'n hapus a bachgennaidd wrth groesawu Menna i'r tŷ.

"Croeso nôl i Argoed!" dywedodd gan hoelio'i lygaid gleision arni. "Rwy'n cyfadde, ges i bwl o amau a faset ti'n mentro."

"Ges i bwl tebyg. Ydi hyn wir yn syniad da?"

"Mae hynny lan i ni, on'd yw e?"

Edrychodd Menna arno â gwên amheus wrth iddo dynnu ei chot a'i llywio i'r lolfa oedd yn awr ar ei newydd wedd. Roedd y trawstiau derw'n dal i rychwantu'r nenfwd, ond roedd y stafell erbyn hyn yn fawr ac yn olau. Rhaid bod Hywel wedi cael caniatâd i chwalu'r wal – roedd 'na reolau cadwraeth llym ar dai Llys yr Ardd – ond os na allai Hywel gael caniatâd, pwy allai? Sylwodd Menna fod y *baby grand* yn cymryd ei le yn dda yn y gornel bellaf. Cerddor gwan oedd Hywel ond ni allai gadw'i hun, wedi gormod o Vinho Verde, rhag rhoi cynnig ar ei *repertoire* byr o donau *jazz*.

Gan eistedd gyferbyn â Hywel, gofynnodd Menna, "Felly sut aeth cyfweliad Haf? Wyt ti wedi clywed ganddi?"

"Do. Ges i alwad yn gynharach. Aeth pethe'n 'weddol' medde hi – sy'n golygu ethon nhw'n dda. Ond mae'r profion sgrin eto i ddod."

"Chaiff hi ddim problem 'da'r rheini, a'r holl brofiad sy 'da hi."

"Cawn weld. Ond yn y cyfamser, cystal i ni setlo'r bwydach a'r gwin," meddai Hywel gan godi o'r soffa.

"Ond cyfarfod busnes yw hwn i fod?"

"Hollol gywir. Mae bwydach ysgafn yn gyffredin mewn cyfarfodydd busnes."

"A gwin?"

"Vinho Verde. Ti'n gyfarwydd ag e, rwy'n credu: gwin ysgafn, alcohol isel, o Bortiwgal."

"Alcohol isel? Felly pan y'ch chi'n trafod achos anodd o ysgariad, ydi pawb ar y Vinho Verde?"

Gwenodd Hywel cyn dychwelyd â hambwrdd o greision a bara ffres a chaws a phate garw. Synnai Menna at yr ymdrech. Gwyddai nad oedd e'n fawr o gogydd. Yn ystod ei flynyddoedd yn ŵr sengl, neidiai at unrhyw esgus i ffoi i'w hoff fistro dros y briffordd yn Rhiwbeina – yr oedd y *chef* o Sir Benfro, ac yn ffrind iddo.

"A sut mae Richie erbyn hyn?" gofynnodd Hywel.

"Dy'n ni ddim wedi siarad yn iawn ers nos Iau dwetha. Byth ers y neges yna mae e wedi cael chwilen yn ei ben 'mod i'n eithafwraig Gymreig, a'i bryd ar ddechre chwyldro."

"Galle fe dy gyhuddo o bethe gwaeth."

"Ond pam bod mor flin am y peth?"

"Ti'n ei nabod e'n well na fi, ond mae agwedd ymosodol yn gallu cuddio ansicrwydd neu eiddigedd. Ti'n cael hynny weithie mewn pobol sy wedi colli mas ar addysg brifysgol."

"Falle hynny... ond oes raid i briodas fod yn *tug-of-war* tragwyddol?"

"Mae rhywbeth amheus ynglŷn â phriodas dawel."

"Ti a Haf i'ch gweld yn ddigon hapus."

"'Da ni'n ddigon gwahanol, dyna pam."

"*Rhy* wahanol y'n ni," atebodd Menna.

"Mae'ch priodas chi'n fwy diddorol, felly."

"Gallen i wneud â phriodas lai diddorol, a mwy… wel – cariadus."

Rhoddodd Hywel ei wydryn gwin ar y bwrdd coffi, a dweud, "Ond mae 'da chi Grug."

Atebodd Menna'n dawel, "Mae 'da *ni* Grug."

Sobrodd Hywel. "Paid byth â gweud hynny! 'Da ti a Richie mae Grug. A sut mae hi'r dyddie hyn?"

"Mae hi'n tyfu mor gyflym, ac yn fwy annibynnol nawr. Mae'n cadw ati'i hun a'i stafell ond mae 'da hi ddwy neu dair o ffrindiau clòs. Mae'n hwylio trwy ei gwaith acadamaidd ond yn hoffi arlunio a gwneud gwaith llaw: dwi ddim yn busnesu gormod. Ac mae'n chwarae'r soddgrwth yng ngherddorfa'r ysgol."

"Mae'n dalentog, ni'n gwybod hynny."

"A sut mae Gaia?"

"Gaia?" atebodd Hywel yn niwlog.

"Ie, Gaia, dy ferch dy hun: sut mae hi y dyddie 'ma?"

Cymerodd Hywel y gyllell pate. "Mae hi – fel Grug – yn ferch ifanc hardd erbyn hyn, ac yn byw yng ngogledd Llundain gyda'i mam, Olivia. Ond 'sa i wedi'i gweld hi ers chwe mis. Ches i ddim gwahoddiad i'w pharti deunaw oed. Do'n i ddim yn disgwyl un, mae'n wir. Does 'da fi ddim hawl gyfreithiol i'w gweld hi, er 'mod i'n dad iddi."

"Mae deunaw yn oedran anodd. Daw pethe'n well pan fydd hi'n hŷn. Roedd Olivia'n ferch arbennig ac o'n i'n synnu na wnaeth pethe weithio mas."

"Fe dries i 'ngore, ond wnaeth hi ddim setlo yng Nghaerdydd. Roedd hi'n Saesnes a wnes i ddim sylweddoli pa mor gryf oedd yr atyniad i Lundain. Fan'na oedd ei ffrindiau a'r theatrau a'r orielau oedd mor bwysig iddi fel artist."

"Felly mae'n llwyddo'n dda?"

"Ydi hi? 'Sa i'n cadw'r torion papur newydd."

"A Lois wedyn, ti'n cadw cysylltiad â hi?"

"O ryw fath. Ni'n cwrdd ddwywaith y flwyddyn, dros bryd o fwyd. Mae hi'n gweithio mewn ysbyty yng Nghaer ac yn dair ar hugain erbyn hyn. Wrth gwrs, er nad yw hi'n sôn am y peth, mae'n dal i 'meio i am yr ysgariad." Cofiodd Menna am Heddwen, ei wraig gyntaf. Er ei natur fywiog ac agored, merch gyffredin oedd hi, gwahanol iawn i Olivia. A Hywel nawr ar ei drydedd briodas, mae'n siŵr bod poenau'r ysgariad yna yn perthyn i blaned arall erbyn hyn.

Craffodd Menna ar ei ben golygus a'i drwyn Rhufeinig. "Ti'n gwybod, mae Grug yn debyg i ti. Mae'n fy nharo i weithiau, pan mae hi'n dod lawr i'r lolfa i wylio'r teledu gyda'r nos, ac rwy'n cael cyfle i sylwi arni o'r ochr, ar y ffordd feirniadol mae'n craffu ar y sgrin, ac yn plethu'i thalcen, fel 'se hi'n amau popeth mae hi'n ei weld."

"Gad hi, Menna," meddai Hywel mewn llais tawel ond pendant. "Does dim pwynt i'r sgwrs yma. Gadawn ni bethe man lle maen nhw."

"Dyna rwy'n gwneud."

"Mae pawb yn hapus â'r *status quo*. A ta beth, does dim unrhyw brawf fel arall."

"Ond mae'n rhyfedd meddwl na fydd Grug byth yn gwybod pwy yw ei thad, na bod Gaia'n hanner chwaer iddi."

"Gad hi, er mwyn Duw!" plediodd Hywel. "Richie yw tad Grug."

Caeodd Menna ei llygaid. "Sorri. Ond rhag ofn na cha i gyfle arall, fe ddyweda i hyn am y tro ola: rwy'n fythol ddiolchgar am be ddigwyddodd. Ges i saith mlynedd ddiffrwyth cyn geni Grug. Dim ond diolch i ti ydw i'n fam."

"Dyna ddigon, Menna. Gadawn ni i'r gorffennol fod, y pethe ddigwyddodd, a'r pethe na ddigwyddodd."

"Un ofn sy 'da fi: y bydd Richie, ryw ddydd, yn cael chwiw yn ei ben – a mae'n cael y rheini, fel y gwyddon ni – ac yn mynnu prawf meddygol. Byddai'n ddiwedd arnon ni wedyn."

"Dim o gwbl," atebodd Hywel. "Byddai'r niwed wedi digwydd cyn i Richie benderfynu dilyn trywydd fel'na."

"Ti ddim yn nabod Richie."

"Wir, Menna, symuda mla'n. Mae 'da ti Grug, ei phrydferthwch a'i thalent, a phopeth mae hi wedi ei roi i ni, ac i bawb o'i chwmpas."

"Wrth gwrs – ond alla i ddim peidio meddwl, beth tasen i wedi ysgaru yr adeg yna, pan oeddet ti'n rhydd, ac Olivia a Gaia wedi symud i Lundain. Ond nethon ni ddim trafod y peth unwaith, do fe? Buase hynny wedi normaleiddio popeth."

"Dim o gwbl. Fe fuase wedi creu tswnami o broblemau newydd. Meddylia beth fase effaith ysgariad ar fywyd Grug. Rwy'n digwydd rhedeg cwmni cyfreithiol sy'n arbenigo yn y maes ac rwy'n gyfarwydd â'r llanast mae ysgariade'n gallu creu."

"Ond gest ti ysgariad dy hunan!"

"Roedd hynny'n wahanol. Ro'n i'n ddieuog, o leia yn achos 'yn ail briodas. Olivia aeth dros y tresi. Mae'r gorffennol yn llawn petai a phetase. Y presennol sy'n bwysig, yntefe. Rwy'n hapus gyda Haf, mae Grug yn blodeuo – a Gaia hefyd, hyd y gwn i – ac ry'n ni i gyd yn byw bywydau llawn a diddorol yng ngogledd Llundain a fan hyn yng ngogledd Caerdydd."

"Ti'n iawn, wrth gwrs."

Edrychodd y ddau ar ei gilydd yn y tawelwch llwythog,

wrth i hen atgofion eplesu'n araf. Estynnodd Hywel ei law i Menna, a'i thynnu'n dyner, gerfydd ei braich, at y soffa. Synnodd nad oedd hi'n gwrthwynebu i'w gyffyrddiad – am y tro cyntaf ers pymtheng mlynedd. Mor gyffrous oedd torri'r tabŵ. Gadawodd hi iddo'i chusanu a dechreuodd yr hen deimladau lifo'n ôl a thaflodd Menna ei braich amdano. Ymatebodd Hywel trwy ei thynnu ato a rhedeg ei law i fyny ei chefn noeth. Caeodd Menna'i llygaid wrth i'r ddau ildio i rai munudau o felyster anghyfreithlon. Yna'n sydyn, gydag ymdrech o ewyllys pur, ymryddhaodd Menna, a hercio'n ôl i'w sedd.

Yn adennill ei hanadl, ac yn tacluso'i hun, meddai Menna, "Doedd hynna ddim fod i ddigwydd."

"Fy mai i oedd e."

"Fe rannwn ni'r bai. Nethon ni ddigon o bethe dwl, on'd do fe? Lwcus i'r ddamwain yna ddod â ni at ein coed, cyn i bethe fynd dros ben llestri, ac i chwarae droi'n chwerw."

"Roedden ni mas o'n pennau."

"Roedd rhaid i rywbeth twp ddigwydd i ddiweddu'r peth."

Cofiodd y ddau am y digwyddiad anffodus. Roedden nhw wedi mwynhau cinio estynedig yn y Sun Inn yn Clun a Hywel wedi mwynhau peint yn ormod o gwrw traddodiadol ac – yn rhesymegol bob amser – wedi gofyn i Menna yrru'r car yr ychydig filltiroedd i'r llety. Ond wrth lywio'r BMW trwy lonydd culion y Gororau, fe laddodd fuwch oedd yn crwydro'n rhydd a bu'n rhaid iddi, rai misoedd wedyn, dystio mewn achos yn erbyn y ffermwr – fel yr adroddwyd yn fyr yn y *County Times*, ymhlith achosion eraill.

"Dim siawns y daw'r adroddiad yna lan ar y we?" gofynnodd Menna. "Ydi e mewn rhyw fath o archif?"

"Roedd yn embaras ar y pryd, ond does dim byd i'n cysylltu ni'n dau."

"Ond beth am foi'r garej wnath drwsio dy *bumper* di nôl, a'r garej yng Nghaerdydd? Mae'r manylion ar ffeil yn rhywle."

"Wir, Menna, ti'n gorboeni. Pa ots am ddamwain fach ddigwyddodd ym mherfeddion y Gororau bymtheng mlynedd yn ôl? Cymer fwy o'r Vinho Verde."

Diolchodd Menna am agwedd ysgafn Hywel. Byddai'r digwyddiad twp ymhell o dan unrhyw radar. Ond doedd hi ddim yn hoffi'r syniad o rywun yn mynd â chwyddwydr dros ei gorffennol. Duw a ŵyr beth allai ei ffeindio yna. Ond os poeni o gwbl, nid ar ei gorffennol ond ar ei phresennol y dylai edrych. Oedd Hywel yn cofio am bwrpas eu cyfarfod? Beth oedd ei wir reswm dros ei denu hi yma i Argoed yn hytrach nag i'w swyddfa yn Heol y Gadeirlan?

"Hywel," dywedodd gan droi ato. "Wyt ti'n sylweddoli bod 'na flacmeliwr yn y dre sydd am fy ninistrio i?"

"Un peth ar y tro, Menna."

"Ond pethe cynta gynta?"

"Oes ots am y drefn?"

7 **Cyngor**

Cododd Hywel o'r soffa ac estyn am lyfr cas caled o'r cwpwrdd gwydr. "Rhag ymddangos yn *fraud* llwyr, a hefyd i fodloni'n hunan, bues i'n pori yn y compendiwm yma o dermau cyfreithiol. Mae'n cynnig diffiniadau syml o'r prif fathau o droseddau, yn cynnwys," – agorodd y llyfr gerfydd slip o bapur – "*blackmail, bullying, extortion, harrassment, intimidation.*"

"Felly *mae* blacmel yn drosedd?"

"Dim amheuaeth am hynny. Mae'n drosedd ddifrifol sy'n gallu arwain at achos llys, a dyfarniad, a chosb. Dyma'r diffiniad cyfreithiol: *Blackmail is the crime of threatening to reveal embarrassing, disgraceful or damaging information about a person to the public, family, spouse or associates unless money is paid to purchase silence.*"

"Sy'n ddisgrifiad gweddol o'r sefyllfa…"

"… os ydi'r wybodaeth dan sylw yn embaras, yn warthus neu'n niweidiol. Y broblem yn yr achos yma yw nad yw'r bachan yma'n dweud yn glir pa fath o wybodaeth mae e'n bygwth ei datgelu amdanat ti."

"Ond mae'r bygythiad ei hun yn drosedd?"

"Ydi, ond petai e'n cario mas ei fygythiad, beth alle fe ddatgelu a fase'n creu embaras i ti?"

Ystyriodd Menna. "Rwyt ti wedi gofyn y cwestiwn o'r

blaen, ond alla i ddim meddwl am ddim byd jiwsi. Roedd 'na helynt pan adewais i swydd yr Academi. Ti'n cofio hynny dy hun. Roedd 'na gynhadledd yn Llundain ond treuliais yr amser gyda ti yn hytrach na thrafod dyfodol ieithoedd lleiafrifol Ewrop. Aeth hi'n ddadl ynglŷn â chostau a phenderfynais i adael yn y diwedd, cyn iddyn nhw fy nisgyblu i. Gwnes i gamsyniad, wrth gwrs, ond dysgais i 'ngwers."

"Ond pwy y tu fas i'r blaned Mars fuase â diddordeb mewn peth fel'na erbyn hyn?"

"Felly beth wyt ti'n awgrymu?"

"Y dewis amlwg yw mynd ag e mla'n."

"Allan o'r cwestiwn. Hyd yn oed petai e'n cael carchar am oes, bydde'r niwed yn dipyn mwy i fi nag iddo fe."

"Yn gwmws. Y gwir yw, mae Cymru'n wlad ry fach i weinyddu cyfiawnder."

"Nid cyfiawnder rwy angen, Hywel – ond cael y cythrel bant o 'nghefen i."

"Felly nid cyngor cyfreithiol ti moyn?"

"Nid o angenrheidrwydd."

"Rwy'n gweld."

Pwysodd Hywel yn ôl yn ei sedd ac edrych arni'n synfyfyriol. Neu ai edrych heibio iddi yr oedd e, at y rhes o brintiau hela ar y wal? Beth oedd yn troi yn ei feddwl? "Felly dyna ddiwedd ein cyfarfod busnes ni?" meddai Menna. *Short and sweet?*

"Na, dim eto. Ond cyn symud mla'n, licen i ofyn cwestiwn neu ddau i ti am y Trystan yma."

"Ges i ddigon o'r rheini nos Iau. Beth yn fwy wyt ti eisie gwybod?"

"Mewn achos o flacmel, mae'n handi gwybod pa fath o berson ti'n delio ag e. Rwy'n ffaelu creu darlun clir o'r boi

yn fy mhen. Alla i ddim cysoni beth ddywedaist ti amdano
fe – bachan oedd yn ymladd dros yr iaith, yn chware rygbi –
gyda'r blacmeliwr. Pa bwnc oedd e'n studio?"

"Cemeg."

"Felly doedd e ddim yn dwp. Beth oedd ei gefndir e?"

"Digon cyffredin. Teulu Cymraeg o waelod Cwm Tawe,
mynd i'r capel, ei dad yn löwr wedi ymddeol yn gynnar.
Bues i lawr yna ddwywaith. Cinio Sul, pwdin reis, tro i Barc
Glantawe gyda'r teulu – ces i'r *works* i gyd. Ac roedd e'n
chware gitâr i safon isel, hefyd. Dwi ddim yn siŵr beth mwy
alla i ddweud."

"Wrth gwrs, mae pobol yn gallu newid dros chwarter
canrif. Ond allwn ni weud ei fod e'n dod o gefndir da ac o
gymeriad da?"

"Dyna o'n i'n feddwl ar y pryd. Ond yn amlwg, ces i
'nhwyllo."

Cymerodd Hywel y gyllell a thaenu'r pate dros un o'r
crystiau. "Nagyw hwn yn achos o flacmel cyffredin. Dyna'r
broblem. Roeddech chi'n nabod eich gilydd yn dda iawn –
ac mae yna'r dimensiwn gwleidyddol. Oes 'na elfen o ddial
yma?"

"Ar ôl chwarter canrif? Ydi hynny'n bosib?"

"Mae popeth yn bosibl, i rywun sy'n magu teimlad o gam."

"Ond wnes i ddim cam ag e. Nid fi garcharodd e."

"Wrth gwrs nage. Ond mae 'na ochr wleidyddol i'r peth,
sy'n cymhlethu'r sefyllfa. Nawr dyw ugain mil ddim yn
ffigwr bach, ond beth yw e? Pris car?"

"Ie, pris BMW 7 falle, y math ti'n gyrru!"

"Bydde un ail-law yn costi hynny."

"Felly ti'n dadlau bod ugain mil yn ffigwr rhesymol i
flacmeliwr ei ofyn?"

"Na, ond rhaid ei roi e yn ei gyd-destun. Tybed oes 'na ddadl dros 'i dalu e bant?"

"*Beth?*"

"Wel," meddai Hywel yn hamddenol, "bydde hynny'n bennu'r peth am byth."

"Beth ti'n feddwl? Ildio, felly?"

"Wel byddai'n un ffordd o setlo'r peth."

"Ond nid setlo yw ildio!"

Dechreuodd tymer Menna godi. "Alli di ddim bod o ddifri, Hywel. Cyn dod yma heno, ro'n i wedi dychmygu y bydden ni o leia'n trafod bygwth y gyfraith ar y dyn, i'w gael i ollwng ei fygythiad. Ond nid erioed hyn! Mae ugain mil yn ddiawl o swm i'w dalu am ddim byd o gwbl."

"Wel, bydde fe'n cynnig *closure*. A beth yw e i ti, Menna? Cyflog mis?"

"Nefoedd, na. I ti, falle, ond nid fi."

"Ond rhwng y cynllun pensiwn a'r costau teithio a'r car a'r *perks*?"

"Ond mae yma bwynt o egwyddor, on'd oes e? Tase fe wedi gofyn am ddim ond ugain punt, basen i ddim yn ei dalu e. Pam ar y ddaear ddylen i?"

"Digon teg – ond mae hwn yn achos mwy cymhleth nag arfer, achos y ffactore personol. Est ti drwy'r hanes y nosweth o'r bla'n. Diflas. Mae'r Trystan yma wedi bod yn anlwcus, o fod yr unig un i gael ei garcharu yn sgil y fandaliaeth yna. Ar y llaw arall, ti wedi gwneud yn dda iawn yn dy yrfa. Ac roeddech chi mewn cariad. Buoch chi'n caru am biti flwyddyn, meddet ti. O'ch chi'n nabod eich gilydd yn dda iawn. Falle ei fod e'n teimlo bod arnat ti ddyled iddo fe. 'Bach o *unfinished business?*"

"A dyna dy 'gyngor' di am heno?"

"Dim ond awgrym, i ti feddwl drosto."

"Ond mae'n hollol groes i beth ddywedaist ti nos Iau, yn tŷ ni. Ar ba blaned ariannol wyt ti'n byw, Hywel?"

"Ond rhaid i ni ystyried pob opsiwn."

"Ond alla i ddim meddwl am y peth. Tase Richie'n hanner clywed, buase'n fy lladd i."

"Does dim angen iddo fe glywed. Bydde fe'n hanfodol cadw'r taliad yn gyfrinachol, ta beth. Gallen i roi cyngor i ti ar hynny."

Cymerodd Menna ddiferyn o'r gwin, heb ei flasu. "Rwy'n dal yn hollol *shocked*, Hywel, ac yn methu credu'r sefyllfa rwy ynddi."

"Cysga drosto fe."

"Hunlle ga i os wna i hynny."

Cododd Hywel yn hamddenol o'r soffa. "Coffi?"

"Diolch. Awgrym call o'r diwedd."

* * *

Tra oedd Hywel yn berwi coffi yn y gegin, cymerodd Menna'r cyfle i archwilio'r stafell lydan, drawstiog. Doedd dim byd ecsentrig na henlancaidd amdani nawr: dim crysau'n hongian y tu ôl i'r drws na llyfrau ar hanner eu darllen ar y piano. Roedd blychau sain Bang & Olufsen yn dal rheng o lyfrau celf sgleiniog, clawr caled a gwelai mai Kyffin go iawn oedd y llun olew yna gyda'i dalpiau o baent llwyd a du. Roedd Haf yn ddewis da o drydedd wraig i Hywel.

Daeth Hywel yn ôl yn cario *cafetière,* cwpanau a jwg fach liwgar i ddal y llaeth poeth – swfenîr o'r Algarve, eglurodd.

"Wedi bod draw yn y *timeshare* yn ddiweddar?" holodd Menna.

"Naddo, ond buon ni yna am wythnos ym mis Mai. Roedd y gwres fel ffwrn dân. Roedd tridiau'n ddigon i fi ond roedd Haf wrth ei bodd ar y traeth trwy'r dydd ac yn y bariau disgo yn yr hwyr. Yn wir, 'sa i'n siŵr pam brynes i mewn i'r lle. Dilyn ffasiwn rhai o'n ffrindie yn y gyfraith ar y pryd, siŵr o fod, oedd â mwy o arian nag o synnwyr."

"Felly beth sy wedi newid, Hywel? Ble mae'r synnwyr wedi mynd heno? Ro'n i wedi meddwl y byddet ti wedi awgrymu cysylltu â Trystan i gau'r peth."

"Ond dyna rwy *wedi'i* awgrymu!"

"Be ti'n feddwl?"

"Cysylltu ag e er mwyn cau'r mater."

Gwylltiodd Menna at yr ateb llwfr a gorglyfar. Dyma nodwedd waethaf Hywel. Roedd 'na ochr i'w feddwl oedd yn rhydd o foesoldeb cyffredin, a byddai hi'n gofyn weithiau o ble gafodd e'r oerni yna, ai o'i addysg yn Lloegr, neu gan ei dad, peiriannydd llawrydd a benderfynodd symud yn ôl i Gymru? Ond tybed, meddyliodd Menna, oedd yna fwy y tu ôl i'w awydd amlwg i olchi dwylo o broblem y blacmel. Tybed nad haelioni ond cyfrwystra oedd y tu ôl i'w awgrym gwallgo: nid awydd i'w helpu hi, ond i achub ei groen ei hun.

"Ocê," dywedodd Menna, "beth tasen i'n talu. Beth wedyn? Llai o beryg o bobol yn hau straeon amdanon ni ar y we neu yn y *Welsh Eye*. Neb yn ymchwilio i apwyntiadau i Gelf i Bawb a Chorff yr Iaith a chysylltiadau'r cyrff yna â chwmni Hywel James."

Culhaodd Hywel ei lygaid. "Ti'n anghofio un peth, Menna: *ti* mae e'n ei flacmelio, nid fi! Bydde gyda'r boi ddiddordeb yn dy ddyddiau olaf yn yr Academi a'r gynhadledd Ewropeaidd yn Llundain – fel pwynt cychwynnol…"

"Ond ti'n anghofio pwy oedd gyda fi! Beth tase 'na luniau

graenllyd yn ymddangos ar wefan y *Welsh Eye* o bâr yn edrych yn gariadus i lygaid ei gilydd yn Pizza in the Park tra'n gwrando ar ferch ddu yn canu 'Smoke Gets in Your Eyes'?"

Cynhyrfodd Hywel. "Gawn ni *reality check* fan hyn? Doedd neb yn defnyddio ffonau bach ganol y nawdegau, ac yn wahanol i ti, do'n i ddim yn briod. Wyt ti'n cofio'r pwynt bach yna? A ta p'un, dyw'r *Welsh Eye* ddim yn gwneud affêrs a does dim siawns y byddai chwiliad Google i 'Menna Beynon' yn arwain ata i."

"Ti'n siŵr? Roedden ni'n cnychu'n gilydd am naw mis. Ac os ydi dy awgrym di mor wych, pam na dali di'r blydi arian dy hun? Ti'n ennill tipyn mwy na fi – a dyna bawb yn hapus byth wedyn!"

"Wel," atebodd Hywel yn araf, "... oes cymaint o ots pwy sy'n talu'r arian?"

"Beth? Wyt ti mas o dy ben?"

Cododd Hywel ei Vinho Verde'n fecanyddol at ei wefusau. "Anghofiwn ni am hwnna, 'te. Dim ond dy brocio di o'n i – neu dy bryfocio. Beth am roi'r dwli yma i gadw am rai dyddie? 'Sa i am i ryw neges hyll o'r gorffennol pell beri rhwyg rhyngon ni."

"Wel cystal gorffen y job! Mae e'n barod wedi creu rhwyg rhwng Richie a fi. Cystal chwalu un berthynas arall."

"Ti'n siarad yn dy gyfer, Menna."

"Ti sy'n gwneud hynny gyda dy awgrym gwallgo!" meddai Menna, gan baratoi i godi. "Dylsen i ddim fod wedi dod yma heno. Ro'n i'n ffôl i ddod yn agos at y tŷ, am sawl rheswm."

"Cŵla lawr, Menna. Fi oedd ar fai am ildio i demtasiwn. Gyda llaw, pryd mae Richie'n cyrraedd nôl heno?"

"Richie?" atebodd Menna fel petai'n sôn am ddyn y lleuad. "Duw a ŵyr."

"Wel dyna setlo'r mater. Stedda lawr a gawn ni baned ffres ac ailddechre â llechen lân."

"Mae'n rhy hwyr, Hywel," meddai Menna, yn estyn am ei chot. "Ti wedi mynd gam yn rhy bell. Nid i gael fy mhryfocio y des i yma heno."

Ceisiodd Hywel ei rhwystro ond gwthiodd Menna ef o'r ffordd a sefyll yn y cyntedd a lapio'i chot ddu, blastig amdani. "Ti'n ddyn clyfar, Hywel James, ond pan gyll y call, fe gyll ymhell. Ac mae yma egwyddor hefyd, on'd oes? Ar ddiwedd y dydd, nid peth i'w drafod yw blacmel."

"Ie, *egwyddorion*," ochneidiodd Hywel. "Mae mor bwysig cael y rheini."

"Dwi mor naïf â chredu bod."

"Tase'r Bod Mawr yn ein marcio ni am gadw at egwyddorion, 'sa i'n credu y buasai un ohonon ni'n dod mas ar ben y dosbarth."

"Siarada drosot dy hun. Falle nad ydw i wedi cadw at bob un o'r Deg Gorchymyn, ond mae gen i fy egwyddorion, a dwi'n bwriadu cadw atyn nhw."

Wrth weld Menna'n llithro oddi wrtho, gafaelodd Hywel yn dynn ym môn ei braich. "Menna, aros! Ni'n nabod ein gilydd yn llawer rhy dda i nonsens fel hyn ddod rhyngon ni."

Cafodd Menna ei themtio i bwyllo. Roedd Hywel yn iawn. Dyna'n union oedd y broblem: roedden nhw'n nabod ei gilydd yn rhy dda. Gallai'n hawdd wastraffu awr arall yn rwdlan â Hywel rhwng difri a digri. Ond roedd unwaith mewn noson yn ddigon i ildio i'w lygaid glas. Gydag un hergwd, gwthiodd Hywel oddi wrthi a'i adael i sefyll mewn sioc yn y cyntedd.

Gan adael dim ond cwmwl o Givenchy ar ei hôl, slamiodd Menna'r drws allanol nes bod y cwareli gwydr lliw yn crynu yn eu fframiau plwm. Yna brasgamodd dros y bont bren a thrwy'r pwll o ddail mwdlyd, hydrefol a sblasiodd dros ei sgidiau. Wrth droi am y briffordd tua'r Eglwys Newydd, cododd goler ei chot yn erbyn y gwynt, oedd wedi troi'n aeafol erbyn hyn.

8 **Pontcanna**

Cafodd Menna rai nosweithiau o gwsg gwael yn dilyn ei chyfarfod â Hywel. Roedd ei gyngor yn llai defnyddiol na dim cyngor o gwbl. Ond gwnaeth iddi feddwl: os nad oedd ateb i'r broblem, pam trafferthu â hi o gwbl? Onid ei hanwybyddu oedd ymateb cyntaf, greddfol Haf a Richie ar noson y BAFTA – a'i hadwaith cyntaf hi pan ddarllenodd hi'r neges yn sedd ôl y Range Rover: allai'r dyn ddim bod o ddifri. Roedd angen iddi garthu Trystan Dafydd o'i chyfansoddiad, ac i wneud hynny, roedd arni angen help gan hen ffrindiau.

Nos Wener fyddai'r noson berffaith i ddelio â'r mater, fe benderfynodd. Oherwydd y rhybudd byr, doedd Elwen Morus, ei hen ffrind a'i chymydog, ddim yn rhydd, ond roedd Siwan a Marianne yn agored iawn i wahoddiad i noson allan ym Mhontcanna. Roedd y cynllun gweithredu yn syml a phwrpasol: diod gychwynnol yn y Conway am saith, Stefano's, y bwyty Eidalaidd, am hanner awr wedi wyth, a bar hwyr y Cameo wedyn, tan bryd bynnag. Dylai hynny wneud y tric.

Paratôdd ei hun yn ofalus. Nid plesio unrhyw ddyn oedd ei hamcan heno. Gweithiodd ar ei chroen cyn trin ei llygaid gyda'r brws masgara, yna dewisodd flows lac o liw coch Swyddfa'r Post yn lle'r lliw Bwrgwyn arferol ynghyd â sanau rhwydog, llwyd. Cyn ymadael, safodd o flaen y drych a chraffu eto ar y ferch dal, denau ond sylfaenol siapus oedd o'i blaen. Fersiwn ychydig yn rhatach ohoni'i hun nag arfer, mae'n wir, ond nid y Menna gorfforaethol oedd yn bwrw'r ddinas heno: nid y ferch yr oedd Trystan wedi dychmygu ei fod yn ei blacmelio, ond Menna arall, wahanol: rhywun mwy fel hi ei hun.

Synnodd, ar ei ffordd allan o'r tŷ, o weld Richie i lawr yn y lolfa, yn gorwedd ar ei hyd ar draws y soffa gyda bwndel o ffolderi plastig a photel o Beck's. Roedd rygbi ymlaen yn fud ar y teledu a chanwr gwlad yn cwynfan ar y system sain.

"Nos Wener i mewn?"

"Gin i'r dogfenna 'ma i'w tsiecio erbyn bora Llun. Poen, ond mae angan i'r cytundab rhyngon ni a Danny Goldberg fod yn deg efo ni fel cwmni."

"Pob lwc gyda hynny."

"Ond beth amdanach chdi? Ar y randibŵ heno 'ma, ia? Lle ti'n mynd? Studio 54?"

"Na, Stefano's, 'da Siwan a Marianne. Elwen methu dod."

"A wedyn?"

"Cawn weld, yntefe? Mynd gyda'r llif. Dwi angen clirio'r wythnos ddwetha 'ma allan o 'mhen. Mae wedi bod yn wythnos go uffernol yn ei ffordd."

"Syniad da. Chwara ar y meddwl: dyna sut mae blacmel yn gweithio. Anghofia am y bastard," meddai Richie gan droi'n ôl at ei ffeiliau a chymryd llymaid o'r Beck's.

Edrychodd Menna ar ei wats. Byddai Capital Cabs yn cyrraedd mewn rhai munudau i fynd â hi i'r Conway. Edrychai ymlaen at hynny: cwrdd â ffrindiau, gollwng gwallt ac yfed poteli o Sol trwy dafelli o leim. Yr awr gyntaf, rydd, hwyliog, dafarnol yna oedd, yn aml iawn, y rhan orau o'r noson, cyn y gorfwyta a'r goryfed a'r digwyddiadau twp, anochel.

* * *

Gosododd Alessandro'r botel o Pinot Grigio yn y bwced arian a rhoi cadach drosto a fflachio gwên sydyn i Marianne. Gyda'i gwallt blond a'i hysgwyddau noeth a'i *bra straps* o linynnau feiolin, hi oedd wastad yn denu sylw'r gweinwyr – a llygaid slei y dynion wrth y byrddau nesaf. A'r gwin a'r archeb fwyd wedi eu setlo, trodd y merched eu sylw at fywyd stryd Pontcanna. Roedd eu safle yn y ffenest yn berffaith i astudio'r parau cariadus, y dynion ifainc yn eu crysau traeth, y bobl hŷn oedd, trwy ofal manwl, yn llwyddo i edrych yn iau na'r bobl ifainc – a chriw bach talog o fois y BBC. Cododd un ohonynt ei law ar Menna, a chododd hi ei llaw yn reddfol yn ôl.

Roedd yn rhaid i Siwan falu 'mlaen am ei gwyliau yng Nghreta. Hen ffrind i Menna o ddyddiau Ysgol Tre-gib oedd hi, merch fawr, hwyliog oedd yn nyrs uwch yn Ysbyty'r Waun. Mynnodd ddangos lluniau ffôn o'i choncwest, rhyw Kevin o Doncaster, mewn crys-T Superdry a chap *baseball* tu chwith yn dal can o gwrw Keo. Doedd Menna chwaith ddim am glywed am y rhyw 'anhygoel' gawson nhw ar eu noson ola a thrwy drugaredd, glaniodd y platiau pasta.

Gan blygu dros ysgwydd Marianne, chwalodd Alessandro'r caws Parmesan o bastwn pren ac wedi i'r tair ymosod ar y bwyd, dywedodd Marianne yn annisgwyl, "Fi mor falch bo' ti wedi'n tynnu ni mas, Menna. O'n i angen e. Gwell na popo Prozacs."

"Ti o bawb ddim ar y rheini? Beth yw'r broblem?"

"Blydi Gareth…"

Manylodd ar yr hanes. Roedd 'ffrind' iddi oedd yn gweithio yn Howells am iddi wybod iddi weld Gareth yn prynu blodau yn y siop – peth reit anhygoel, roedd yn rhaid i Marianne gyfadde – ac erbyn holi ymhellach, roedd e wedi colli rhai o sesiynau ymarfer y clwb rygbi lleol ar nos Fercher. Plediodd Gareth yn ddieuog ond gorfododd Marianne ef i gysgu ar y soffa am rai nosweithiau. Roedd nifer o bethau am y stori nad oedden nhw'n taro Menna'n gywir a doedd hi ddim yn siŵr pa mor glaerwyn oedd ymddygiad Marianne ei hun yn y maes yma. Yna dywedodd Siwan, "Blydi dynion! Maen nhw i gyd 'run fath, yn tynnu mas o *commitment*."

"Glywest ti gan y Kevin yna wedyn?" gofynnodd Menna.

"Naddo. O'dd ei rif e'n *Unavailable*."

Roedd yna saib, a'r ddwy arall fel petaen nhw'n disgwyl i Menna sôn am ei helyntion hi. Ond wyddai Menna ddim ble i ddechrau. Roedd hanes y blacmel yn rhy eithafol, yn rhy bell o'u profiad nhw. A pha ddiddordeb fyddai gan ei ffrindiau mewn gwleidyddiaeth coleg chwarter canrif yn ôl? Oedd ganddi hi'r nerth i fynd drwy'r cyfan eto? Gwell anghofio'r holl beth. Onid dyna pam ddaeth hi mas?

"Felly pam y'n ni'n cwympo am y diawled?" gofynnodd Marianne.

"Ein bai ni yw e," atebodd Menna. "Fe werthon ni'n hunain yn rhy rad, yn rhy fuan, i'r dynion anghywir."

Cymerodd Menna'r botel win oer o'r bwced, a'i rannu rhyngddynt. "Chi'n cofio ugain mlynedd yn ôl? Dyddiau da. Roedden ni newydd lanio yn y ddinas fawr ac roedd 'na barti bob nos Sadwrn yn nhai newydd ein ffrindiau, a'r ffrijys yn llawn *six-packs* o Foster's a plonc o Tesco…"

"A roc a rôl ar y system sain…"

"Amser 'ny," meddai Siwan, "roedd pobol yn dawnsio hyd yn oed pan o'n nhw'n sobor!"

"Dwi ddim yn cofio hynny fy hun," atebodd Menna.

Teimlodd Menna don o hiraeth am y tair neu bedair

blynedd yna o ryddid, cyn priodi a phopeth a ddilynodd mor anochel â chamu ar *escalator*. Nid cyfnod coleg oedd yr un rhamantus iddi hi, ond cyfnod y New Ely a'r Conway a Chlwb Ifor Bach, lle cwrddodd hi â Richie. Roedd hi wedi dychwelyd i Aber i wneud ymarfer dysgu, ond y blynyddoedd wedyn yng Nghaerdydd oedd y rhai mwyaf gwyllt a rhydd. Cofiodd am y carwriaethau byrion, melodramatig eraill a gofynnodd: tybed oedd ganddi hi'r un obsesiwn â Trystan ynglŷn â'i hieuenctid?

Roedd ei swydd gyntaf gyda'r Academi. Roedd Richie, oedd ychydig yn hŷn na hi, yn gweithio ar y pryd yn y Principality ac yn fwy hyderus na'i chriw hi. Ac yn hwyl, hefyd, yn y cyfnod yna: fe fyddai'n tynnu pawb i glybio ar nos Sadwrn ar ôl dilyn yr Adar Gleision yn y pnawn. Fe syrthiodd hi amdano, a'i briodi yn y Cawdor ar bnawn perffaith o haf, cyn dilyn gyrfa a fyddai'n gorffen lle'r oedd hi nawr, yn Brif Weithredwr Corff yr Iaith Gymraeg.

Oedd hi'n yrfa ar gefn yr iaith Gymraeg? Wnaeth hi erioed feddwl amdani yn y ffordd yna. Doedd dwy o'i swyddi – gyda Celf i Bawb a'r corff addysgol Ymlaen – ddim yn ymwneud â'r iaith fel y cyfryw, felly pam fod cyhuddiad Trystan yn brifo?

Gwyliodd Alessandro a Lorenzo yn llithro rhwng y byrddau fel dawnswyr bale, y platiau'n sbinio uwch eu pennau. Yna sylwodd, ar draws y stafell, ar ddyn ifanc golygus yn ei dridegau hwyr yn eistedd wrth fwrdd gyda merch dal â sbectols a gwallt fflamgoch. Doedd dim modd camgymryd Amelia Marsh, pennaeth newydd Celf i Bawb, na chwaith ffigwr Gary o gwmni dylunio Ffab. Ai dyma'r rheswm pam fod Gary mor 'brysur' yn ddiweddar? Gwyliodd Gary'n gweithio'n galed ar Amelia gyda'i ystumiau deniadol

– ond tybiodd ei fod, heno o leia, yn ergydio uwchlaw ei bwysau.

Am ryw reswm, teimlodd Menna bwl bach o eiddigedd. Doedd dim byd rhyngddi hi a Gary, yn arbennig wedi eu cyfarfod diwethaf, ond heb ddeall pam, roedd hi am iddo sylwi arni heno. Gwyddai ei bod yn edrych yn dda. Doedd hi ddim am blesio unrhyw ddyn – dyna'i phenderfyniad – ond, a'r gwin yn dechrau mynd i'w phen, pam na ddylai'r Menna go iawn gael tipyn bach o hwyl? Felly pan gyflwynodd Lorenzo *grappa* i'r tair ohonynt 'ar y tŷ', llyncodd Menna'r ddiod ar ei phen.

* * *

Camodd y tair ffrind yn sigledig allan ar y palmant, a throi i lawr am Stryd Pontcanna cyn ymuno â'r rhes fywiog o bobl y tu allan i glwb y Cameo. Roedden nhw'n gwybod am y polisi 'dim ond aelodau ar ôl deg', ond pan daerodd Marianne ei bod hi'n ffrind personol i Dafydd Evans, y perchennog, roedd hynny'n ddigon da i'r porthor. Ond roedd yna wasgfa wrth y bar ac yn y lled-dywyllwch sylwodd Menna ar y lluniau o actorion ac eraill mewn fframiau ar y waliau. Bar i gyfryngis oedd hwn, wrth gwrs, a'r rhan fwyaf o'r cleientiaid bymtheng mlynedd yn iau na hi. Sylwodd ar rai yn ciledrych arni, efallai'n synnu gweld Prif Weithredwr Corff yr Iaith Gymraeg allan ar y randibŵ, heb ei gŵr.

Llwyddodd o'r diwedd i godi tri Manhattan, ond yn niffyg seddi rhydd, parciodd y merched eu hunain mewn lle braidd yn amlwg wrth y ffenest. Wrth sganio'r dyrfa, sylwodd Menna ar ambell gwsmer hŷn, bohemaidd, yn eu plith ffigwr barfog Iolo Llywelyn, y bardd-gyhoeddwr o Gaernarfon.

Roedd ganddi resymau da dros ei osgoi, yn codi o'r cyfnod pan oedd hi newydd ddechrau gweithio i'r Academi. Cawson nhw berthynas wyllt, mlân-a-bant ac fe roddodd Menna grant mawr iddo er mwyn lansio cylchgrawn llenyddol o'r enw *Agweddau*, na wnaeth ond un rhifyn ohono ymddangos. Trodd Menna'n ôl at y bar, ond pwy oedd yn pwyso arno ond y boi yna o'r BBC a gododd law arni ynghynt.

"Mas ar y ddinas fawr heno, Miss Beynon?" gofynnodd gan gymryd joch o'i San Miguel.

"Ydw, fel chi – a gallwch ollwng y teitl."

"Yn hapus i wneud hynny, Menna."

"Felly sut mae gwaith? Unrhyw gyfweliadau da'n ddiweddar?"

"Ddim cystal â'r un gawson ni."

"Trueni i chi gymryd eich safbwynt Prydeinig arferol. Dy'ch chi byth yn cwestiynu grantiau i'r iaith Saesneg – a does neb yn derbyn mwy o nawdd cyhoeddus na'r BBC!"

"*Cool down*, Menna. O'n i jyst yn gneud fy job. Ni'n gorfod cadw balans."

"Balans o ddiawl, chi jyst yn rhan o'r sefydliad," atebodd Menna, yn annisgwyl o ffyrnig.

"Ond dwyt ti ddim?"

"Falle 'mod i, ond dwi ddim yn Brit."

Cymerodd y dyn lwnc arall o'i San Miguel gan graffu'n hirach nag y dylai ar flows goch, isel Menna. "Fi'n lico chi pan chi'n gwylltu, Menna. Fi'n gwbod bod pobl fel chi â pholisi o byth golli limpin yn gyhoeddus, ond mae hynny'n golled i bawb. Ac os ca i ddweud, chi'n fenyw ry ddeniadol i redeg corff mor boring â Chorff yr Iaith Gymraeg."

"Nid y Corff sy'n boring, ond agwedd rhai pobl at yr iaith."

"'Sda fi ddim problem 'da'r iaith, *actually*, na'r Corff, i fod yn onest. Problem fi, Menna, yw eich corff chi. Ddylech chi ddim dod mas ar nos Wener yn edrych mor *stunning*, am eich oedran. Chi'n creu problemau i ni i gyd," meddai, a swagro i ffwrdd a gwên front ar ei wyneb.

"Y sglyfeth!" meddai Siwan, oedd wedi sylwi ar y ffrwgwd. "Ddylet ti fod wedi'i fwrw fe."

"Na," meddai Marianne. "Roedd e'n feddw. Yn ei ffordd *sick* ei hun, roedd e'n dweud bo' ti'n secsi. A fi bia'r rownd yma…"

Yn y cyfamser sylwodd Menna fod dau ddyn yn eu chwedegau yn gosod offer sain ym mhen arall y stafell ac yn plygio gwifrau i'r wal. Cododd ei chalon. Gallai wneud y tro â dos o fiwsig byw. Ond pwy gymerodd y meic ond Dafydd Evans ei hun, perchennog y clwb, a gyhoeddodd yn ddwyieithog ei fod yn taro'r hanner cant oed heddiw, ac am ddathlu'r achlysur gydag ychydig bach o fiwsig.

"Pen blwydd hapus, Dai boi!" gwaeddodd llais meddw o'r bar. "A shwd mae'i bla'n hi?"

A Manhattan newydd o'r diwedd yn ei dwylo, symudodd Menna'n araf tuag at y ddeuawd, oedd wedi dechrau canu *covers* Americanaidd. Sylwodd fod Marianne erbyn hyn yn eistedd wrth fwrdd gyda chynhyrchydd teledu aeddfed mewn crys llwyd agored yn dangos ei flewiach gwyn. Hongiai ei law chwith dros fraich ei sedd yn dal sigarét farw mewn protest lipa yn erbyn y ddeddf wrth-smygu newydd. Ond ble'r oedd Siwan? Oedd hi wedi cael bachiad – neu wedi ffoi i'r nos? Teimlodd Menna bang o gydwybod am beidio â meddwl amdani.

Trueni os dyna ddigwyddodd – ond roedd yn rhy hwyr. Cystal mwynhau na pheidio. Roedd dau gwpwl wedi creu llecyn dawnsio o flaen y ddau ganwr. Trawodd y gitarydd gyfres o gordiau lleddf: 'Dance Me to the End of Love'. Roedd Leonard Cohen yn fwy cydnaws â'i chwaeth a dechreuodd symud ei chorff i 'Let me see your beauty when the witnesses are gone, Let me feel you moving like they do in Babylon...'

Yna gafaelodd rhywun yn ei braich a'i thynnu allan i'r llecyn dawnsio. "Shans am ddans?" Gary oedd yna â gwên ddrygionus ar ei wyneb gwridog.

Beth oedd hyn? Ai cydwybod, tybed? Gwyddai Menna nad oedd hi'n sobor ond ildiodd i'r gwahoddiad ac i swyn y miwsig. Chwifiodd ei breichiau er gwybod fod y boi BBC yna'n craffu arni o gyfeiriad y bar. Ond pwy sy'n poeni? Penderfynodd roi gwerth ei arian iddo. Os oedd e wedi cael problem â'i chorff o'r blaen, fe roddai fwy o broblem iddo nawr. Gan afael ym mysedd Gary, mentrodd ar *pirouette* – a baglu ar wifrau'r system sain a syrthio ar wastad ei chefn.

Peidiodd y miwsig a rhuthrodd meddyg ati o gyfeiriad y bar a'i chodi'n ofalus ar ei heistedd ar y llawr. "Mynnwch gael *X-ray*," rhybuddiodd yn ddifrifol. Roedd Dafydd Evans ei hun hefyd wedi sylwi ar y ddamwain a chynigiodd ffonio am ambiwlans, ond derbyniodd Menna gynnig Gary o dacsi adre gan Capital Cabs. Er mor boenus ei migwrn, roedd unrhyw boen yn well na bod stori'n mynd o gwmpas bod Prif Weithredwr Corff yr Iaith Gymraeg angen ambiwlans i'w chludo o glwb nos ym Mhontcanna yn hwyr iawn un nos Wener.

9 **Buffalo Bar**

"Karen – Hywel James," meddai Richie wrth gyflwyno Hywel i'r ferch nobl tu ôl i'r bar. "Gynno fo gwmni cyfreithiol llwyddiannus yn Cathedral Road, ond dyma'r tro cynta iddo fo d'wyllu'r Buffalo Bar."

"Neis i cwrdd," meddai Karen.

"Fy ngholled i yw e," atebodd Hywel yn hapus wrth sylwi ar y ferch lond ei chroen â blows wen, bra du, a gwallt lliw copr. "Gwastraffes i gyfnod rhy hir mewn clybie golff, ond nid yn chware'r gêm."

"Wel ni gyda darts a pŵl i chi yma!"

"Galla i ddelio â hynny," atebodd Hywel, er na allai Richie ei ddychmygu'n chwarae un o'r ddwy gamp. Ond roedd Hywel yn amlwg yn ymateb ac yn ymlacio yn naws braf llawr cyntaf y Cardiff & City. Doedd dim *musak*, dim ond clecian tawel peli'n dod o gyfeiriad y byrddau snwcer ac ambell waedd o wae neu o lawenydd o'r byrddau darts. Mewn un gornel sylwodd ar lyfrgell fach lle'r oedd dynion hŷn yn pori ym mhapurau'r dydd.

"So beth fi gallu gneud i ti, Hywel?"

"Penderyn plis, un sengl ar iâ. Braf cael gwasanaeth Cymraeg."

"Dim probs," meddai Karen wrth estyn am yr *optics*. "Fi'n caru siarad Cymra'g."

"Hogan o Grangetown 'di Karen," eglurodd Richie, "wedi dysgu iaith y nefoedd yn Glantaf."

"A chi'n mwynhau gweithio yma?"

"Fi'n caru'r gwaith, ond tâl fi'n *peanuts*. Fi ar saith mil y flwyddyn ond mae'r *jerk* sy'n rhedeg yr RBS ar saith miliwn y flwyddyn – a maen nhw'n crashio! Chi methu gneud e lan."

"Ydi, mae'n gwilydd o beth," meddai Richie gan gymryd llymaid hael o'i Worthington Creamflow. "Rhei yn morio mewn arian, ac eraill yn byw ar wellt eu gwlâu. Tydi'r byd 'ma ddim yn deg, yn nacdi?"

"Nag yw wir," cytunodd Hywel â wyneb hir. Yna sylwodd ar y pen byffalo uwchben y pentan, ei ddau gorn fel dau gorcsgriw anferth yn troelli allan o'i ben. Trodd at Richie. "Licen i ddim cwrdd ag e ar noson dywyll. Beth yw 'i hanes e?"

"Dwn i'm. Rhaid bod rhywun wedi dŵad â fo o Affrica ganrif neu ddwy'n ôl."

"Ysbail o'r Ymerodraeth Brydeinig?"

"Ella wir."

"Ond masgot iawn i glwb busnes, symbol o fôn braich?"

Cymerodd Richie lwnc o'i Worthington. "Dwn i ddim am hynny. Yn wahanol i sut ma' pobol yn meddwl, nid felly mae busnas yn gweithio. Mae cyfrwystra, a gneud ffrindia efo pobol, yn bwysicach na bôn braich. A dyna, mewn ffordd, 'dan ni'n neud pnawn 'ma, yn y cyfarfod efo Danny Goldberg: matar o ddallt ein gilydd ydi o, a gweld be sgin pawb i'w gynnig."

"A phwy fydd yna?"

"Gin i gwpwl o hen ffrindia'n dŵad: Tom Slater o Nationwide – mi fu's i'n gweithio efo fo yng Nghaernarfon ac wedyn yn y Principality yng Nghaerdydd – a Dewi Hardman, perchennog y cwmni arwerthu. Bydd Les Jones yna hefyd, cynghorydd o Gasnewydd, ac un neu ddau arall."

"Â phob parch, nage mater o ffrindie'n cwrdd yw hyn. Bydd y datblygwr yna, yr arwerthwr, yr awdurdod cynllunio, a rhai buddsoddwyr."

"Does dim angan i chdi boeni, Hywal. 'Dan ni'n penderfynu dim. Y Cyngor fydd yn gneud hynny, yn hollol ddemocrataidd wrth gwrs. Y prif fatar pnawn 'ma fydd cyflwyno'r Prosbectws Cynnar – yr ydw i newydd ei roid i chdi – a chael sgwrs anffurfiol am ochr gynllunio'r prosiect."

"Diolch," meddai Hywel gan daro'i law ar y *zipper*. "Caiff Jeremy edrych ar hwn, fy nghynghorydd ariannol. Ond yn y cyfamser, wna i ddishgwl mla'n at glywed Danny'n traethu."

"Dwi'n gwybod byddi di'n 'i licio fo. Boi calad ond cymêr efo'i hiwmor sych ei hun; o wreiddia tlawd yn nwyrain Llundan ac wedi tyfu ei gwmni allan o ddim."

"'Sa i'n amau ei fod e'n dipyn o foi... ond gwed wrtha i, sut mae Menna y dyddie hyn? Dylsen i fod wedi gofyn."

"Menna?" atebodd Richie, yn synnu at y newid pwnc sydyn. "I fyny ac i lawr. Glywist ti am y busnas yna yn y Cameo, mae'n siŵr? Mae 'na glip ohoni'n fflio rownd y we, yn jeifio'n wirion ac yn glanio ar ei thin."

"Do, fe glywes i. Anffodus braidd."

"Dydi o ddim diwadd y byd ond dwi'n ofni bod y Trystan Dafydd uffar' yna'n dal i chwara ar 'i meddwl hi ac yn ei gyrru hi i neud petha gwirion. Pa gyngor roist ti iddi nos Lun?"

Trodd Hywel ei chwisgi, y darnau iâ yn clecian. "Wnes i ddim rhoi cyngor cyfreithiol iddi – fel cytunon ni. Er bod y Trystan yma'n torri'r gyfraith, nid y gyfraith yw'r ffordd ore o ddelio â mater fel hyn, felly wedes i wrthi i anghofio am yr holl beth."

"Da iawn gin i glywad," atebodd Richie â rhyddhad. "A Hywal, be dwi wedi'i glywad am Haf? Dyna newyddion ffantastig am y swydd ym Mryste. Mi soniodd Menna ond ches i ddim cyfla i'w llongyfarch hi. Rhaid bod y BAFTA wedi gneud y tric wedi'r cyfan."

"Wnath e ddim drwg, o leia."

"Fydd hi'n teithio'n ôl a blaen i Fryste?"

"Ni'n trafod yr opsiyne. Ni'n dishgwl ar brynu fflat fach draw 'na, fel buddsoddiad."

"Go dda, Hywal!" atebodd Richie'n frwd. "Mae pawb yn gwybod nad ydi fflatia ym Mryste yn rhad, felly cofia gadw ceiniog wrth gefn ar gyfar Casnewydd!"

"Cawn weld gynta a fydd 'da fi geiniog ar ôl."

Tra oedd y ddau'n sgyrsio, daeth rhes o gwsmeriaid newydd i mewn yn sychedu am wasanaeth – ond doedd yna neb tu ôl i'r bar. Roedden nhw'n dechrau anesmwytho pan ymddangosodd Karen o'r diwedd mewn tipyn o ffrwst.

"Popeth yn iawn?" gofynnodd Richie. "Un Worthy arall a Penderyn ar iâ i Hywal."

"Problem wrth y drws," meddai Karen, yn fyr ei hanadl. "Rhywun yn gofyn i gweld ti, Richie."

"'Chydig yn gynnar," atebodd Richie gan edrych ar ei wats. "Pwy sy 'na, tybad, Danny 'ta Les Jones?"

"Neb o nhw," atebodd Karen. "*It's a lady.* Ti'n gwybod y *House Rules*. Ti gorfod seino hi mewn fel *guest*."

"Ond be sgin y peth i'w neud efo fi?"

"Hi yn gwraig ti," meddai Karen gan ddangos cerdyn busnes du-ac-oraens i Richie. Mewn arswyd, darllenodd y geiriau: *Menna Beynon, Prif Weithredwr/Chief Executive, Corff yr Iaith Gymraeg/The Welsh Language Body.*

Rhegodd Richie dan ei anadl, cyn codi'n anfodlon o'i

sedd a chamu'n ansicr tua'r drws. Be ddiawl oedd yn mynd ymlaen? Oedd 'na argyfwng go iawn neu ryw godi cnec gwirion? Doedd dim dal ar Menna'n ddiweddar – yn wir, byth ers y blacmel. Wnaeth hi erioed fentro i'r clwb o'r blaen, heb sôn am ymyrryd â'i bnawn Sadwrn. Edrychodd tuag at Hywel, a eisteddai'n llonydd yn ei gadair, yn syllu'n bŵl i'w wydryn chwisgi gwag. Yn amlwg, doedd e ddim yn fwy awyddus i wynebu Menna nag yr oedd ef ei hun.

* * *

Dilynodd Richie Menna i fyny'r grisiau llydan i lawr cyntaf y clwb. Sylwodd ei bod yn gorfod gafael yn y rheilen oherwydd yr anaf i'w choes, a'i bod yn dal papur neu gylchgrawn yn ei llaw rydd. Roedd yn amlwg mewn hwyliau drwg, ac ni ddywedodd ddim nes camu trwy ddrws dwbl y bar a gweld Hywel yn eistedd fel delw wrth y bwrdd.

"Wel pwy fase'n meddwl?" meddai Menna gan sefyll o'i flaen. "Syrpréis, syrpréis. Do'n i ddim yn disgwyl dy weld ti yma."

"Na finne tithe."

"Ond ddylen i ddim synnu. Ry'ch chi'ch dau o'r un anian, yn slochian yn yr un cafnau."

"Sorri," meddai Richie, "ond sgynna i ddim syniad am be ffwc ti'n sôn."

"Am hyn dwi'n sôn!" meddai Menna gan chwifio copi o'r *Welsh Eye* yn wynebau'r ddau. "Mae'r cythrel eisoes wedi dechrau ar ei waith. Tudalen wyth, o dan 'Your Land is My Land'."

Cipiodd Richie'r copi o'i llaw. Darllenodd y stori, ac yna'r paragraff olaf:

Richard Lloyd Jones is a director of Mansel Allen, the estate agents and land surveyors who are handling this dodgy land deal on behalf of the investment arm of the Welsh Assembly. He is married to Menna Beynon, a prominent Welsh establishment figure who heads the Welsh Language Body and was previously grants officer for Arts for All where she used her position to dispense large sums to her intimate nationalist friends. Read our next issue for much more about the influential Welsh power couple and the self-serving network that permeates the higher echelons of the Welsh crachach.

Dychwelodd Richie'r cylchgrawn i Menna. "Sgin ti ddim byd gwell i ddangos i ni?"

"Ond weli di ddim? Mae'n amlwg bod y blacmeliwr o ddifri."

"Ydi o, wir? Tydi'r eitam ond be fasach chdi'n ddisgwyl gin y rhecsyn: y ffeithia'n niwlog, y stori'n dena, y safbwynt yn bolshi…"

"Ond pam mae hyn yn ymddangos *nawr*?"

Cododd Richie ei ysgwyddau. "Be wn i? Un peth sy'n siŵr: does gin Hywal na finna ffwc o ddim i'w wneud efo fo. Allwn ni gytuno ar hynny, o leia? A gwell i chdi ista, efo'r anaf sy gin ti i dy goes."

"Diolch am fod mor gonsyrniol ond y'ch chi'ch dau'n deall: dyna'r tro ola bydd fy enw i yn agos i'r *Welsh Eye*!"

Yn gweld ei gynlluniau gofalus ar gyfer y pnawn yn dechrau dadfeilio, dywedodd Richie, "Beth bynnag ydi'r broblam, 'dan ni ddim am ei sortio hi rŵan, ydan ni? Gynnon ni gyfarfod pwysig am bedwar o'r gloch, a swpar i ddilyn, efo gwesteion yn dŵad o Lundan."

"A does dim angen John le Carré arnon ni i ddyfalu pwy 'di'r rheini. Mae'r cyfarfodydd yma mor blentynnaidd. Cystal eu cynnal nhw ar ganol yr Ais achos mae'r byd i gyd yn gwybod," meddai Menna gan chwifio'r *Welsh Eye* eto dan drwyn Richie.

"Cwlia i lawr. Dau beth hollol wahanol ydi'n cynllunia busnas ni a dy flacmel di. Ga'n ni drafod y blacmel eto – mewn gwaed oer – os dyna ti isio."

"Ac yn y cyfamser, beth ydw i'n neud? Eistedd ar ben domen fel iâr yn gori, yn disgwyl i rywun ei saethu hi lawr?"

"Basa hynny'n well na rhedag o gwmpas fel iâr ddi-ben. Un peth sy'n siŵr, does dim allwn ni neud rŵan am yr eitam yn y *Welsh Eye*. Be 'di dy farn di, Hywal?"

Eisteddai Hywel yn llonydd ac annaturiol o dawel trwy'r ffradach. "Am beth yn gwmws?" atebodd yn niwlog.

"Am y busnas yma. Am y stori."

"Wel, ei gadel hi i fod, yntefe. Dyna'r unig ddewis. Does dim byd anghyfreithlon yn yr eitem yna. Gallet ti weud 'i fod e'n *fair comment*."

"Beth, yn sylw teg?"

"Dim angen i neb gytuno â'r sylwadau."

"Felly beth y'n ni'n wneud am y peth? Dim byd o gwbl?"

"Ie."

Trodd Menna ato. "Ai dyna ti'n gredu? Wyt ti wedi profi dy gof yn ddiweddar?"

Anwybyddodd Hywel y sen a throi at Richie. "Y cwbl allwn ni weud yn bendant yw bod y *Welsh Eye* yn hogli pysgod yng Nghasnewydd... o ystyried popeth, rwy'n credu y gadawa i'r cyfarfod yma i fod."

"Be ti'n feddwl. Ti ddim am ddŵad?"

"Yn gwmws."

"Ond dwi wedi trefnu'r cwarfod efo Danny yn arbennig ar dy gyfar di!"

"Wel, dyw hwnna ddim yn hollol wir, ydi e? Mae 'da ti

ddigon o ffrindie cefnog sy'n barod i gynhyrchu'r cash mae Danny Goldberg ei angen er mwyn codi'r holl dai yma."

"Ond pam wyt ti wedi newid dy feddwl?"

"Wnes i erio'd addo buddsoddi ac wrth weld trafferthion y bancie, mae cwestiyne mawr yn codi am allu pobol i godi morgeisi."

"O felly?" meddai Richie'n sarcastig. "Wyt ti'n dechra ama'r system gyfalafol?"

"Pa ddyn call sy ddim, y dyddie 'ma?"

"Oes gin ti well systam i'w gynnig i ni? Os oes, mae angan i chdi frysio. Mae braidd yn hwyr yn y dydd i ailddyfeisio'r olwyn."

"Gwell hwyr na hwyrach," atebodd Hywel gan godi a pharatoi i adael.

Wrth weld hynny, trodd Menna ato. "Ga i ofyn cymwynas?"

"Os yw e'n un rhesymol…"

"Ydi. Dwi angen rhif Trystan Dafydd. Dileues i e o fy ffôn i."

"Beth?" meddai Richie. "Wyt ti o dy go?"

"Pawb â'i farn am bwy sydd o'i go yn y lle 'ma."

Edrychodd y tri ar ei gilydd, ond doedd gan Hywel ddim dewis. Chwiliodd yn ei ffôn ac anfon y rhif at Menna yn y fan a'r lle.

"Diolch, Hywel. A phob hwyl i'r cyfarfod â Mister Big!" meddai Menna gan droi ar ei sawdl a hercio'n ôl at y drws, ei sodlau'n clecian fel bwledi ar lawr *parquet* y bar. Ymhen munud neu ddau sleifiodd Hywel allan o'r bar heb edrych ar Richie.

"*Shucks!*" meddai Karen, yn y tawelwch. "Beth oedd hwnna i gyd am? Ti'n *okay*, Richie?"

"Na, dwi ddim. Fedri di byth drystio bastards fel Hywel.

Ti byth yn gwybod lle ti'n sefyll efo nhw."

"He looked a nice man to me."

"Dwi ddim yn ama hynny. Neis, clyfar – ond dim tryst. Teip o foi neith ffwcio gwraig ei ffrind gora."

"*And the lady.* Hi yn gwraig ti?"

"Ie – neu *oedd*..."

"O, wel," meddai Karen. "*So it goes.* Worthy arall?"

"Na, glasiad o ddŵr i mi y tro yma, Karen – efo rhew."

* * *

Camodd Menna'n ofalus i lawr grisiau llydan clwb y Cardiff & City gan anwybyddu'r porthor a wenodd arni'n wasaidd. Pwysodd yn erbyn y pileri tywodfaen i adfer ei hanadl. A ddylai bwyllo cyn gwneud yr alwad? Gwyddai'n reddfol y gallai un alwad annoeth ei hyrddio ar lwybr peryglus, di-droi'n-ôl. Ond wedyn, pa ddrwg oedd yna mewn siarad? Doedd dim rhaid iddi gytuno i wneud dim.

Cymerodd ei ffôn o'i bag. Oedodd. Beth yn hollol ddylai hi ei ddweud, pa eiriau? Ond doedd dim pwynt iddi rihyrsio ei pherfformiad. Dim ond trefnu lle ac amser oedd ei angen nawr – os hynny.

Gadawodd i'r ffôn ganu. O'r diwedd daeth neges ateb Gymraeg, yn gofyn iddi adael neges ar ôl y wich. Rhegodd dan ei hanadl; yna gadawodd neges fer a blêr yn gofyn iddo ei ffonio'n ôl. Teimlai'n flin wrth wneud hynny: roedd e mor annheg mai hi, ac nid y blacmeliwr, oedd yn gorfod diodde'r straen yma.

Pasiodd Stadiwm y Mileniwm a throi at siopau canol y ddinas. Wedi prynu rhai eitemau harddwch yn Howells, cerddodd i'r maes parcio aml-lawr ger Canolfan Dewi Sant.

Daeth hynny ag atgofion o'r noson BAFTA. Mor bell yn ôl oedd hynny: roedd yn perthyn i fywyd arall braf a syml. Llwyddodd i ffeindio ei Lexus coch ymhlith yr aceri o geir, ac roedd hi'n nadreddu ei ffordd rhwng y lloriau pan ganodd y ffôn ar ei sedd flaen. Fflamiodd a pharcio'r car yn beryglus ar y llinellau melyn y tu allan. Fflachiodd ei goleuadau diogelwch gan anwybyddu rhu'r traffig a wibiai heibio.

Clywodd lais dieithr a phell yn dweud, "Menna, shwmai?"

Am rai eiliadau, methodd Menna gysylltu'r llais gyda'r Trystan roedd hi'n ei nabod. "Wyt ti'n gofyn sut ydw i?"

"Ydw. Ti'n OK?"

"Yn amlwg iawn, ddim."

"Mae'r sefyllfa 'ma'n anodd…"

"Nid anodd yw'r gair. Ti wedi rhoi mis o uffern fyw i fi. Pam na faset ti wedi cysylltu cyn anfon dy neges ffiaidd?"

"Meddwl baset ti wedi fy anwybyddu. Fi'n cymryd y bai, wrth gwrs."

"Diolch yn fawr. Caredig dros ben."

"Dylen ni gwrdd. Dyna pam ti'n ffonio?"

Dechreuodd Menna wylltio. "Wir, dwn i ddim pam dwi'n ffonio. Does dim pwrpas i ni gwrdd achos does 'da ni ddim i'w drafod achos chei di ddim dime goch o arian gen i."

"Fi'n deall sut ti'n teimlo."

"Wyt ti wir yn gwybod sut mae'n teimlo pan mae hen gariad i ti, ar ôl chwarter canrif, yn dy flacmelio ac yn bygwth dy yrfa a dy fywyd?"

"Wnes i ddim gwneud hynny."

"Ond dyna yw ystyr bygwth enw da a bywoliaeth rhywun. Mae e'n glir yn dy neges aflan."

"Menna, 'sa i'n siŵr ble ni'n mynd ato nawr…"

Yna bu'r ddau'n dawel, oni bai am ru'r traffig a hyrddiai

heibio i ffenest y Lexus. Sylweddolodd Menna fod ei safle'n hollol beryglus. Gallai plismon ei dirwyo hi unrhyw eiliad. Cnodd ei gwefus mewn rhwystredigaeth. Doedd dim pwynt i'r alwad, os nad er mwyn trefnu cyfarfod. Fyddai sgwrs ffôn flin fel hyn yn setlo dim byd o gwbl.

"O'r gore," dywedodd Menna o'r diwedd. "Gwrddwn ni."

"Ble? Rhywle yng Nghaerdydd?"

"Na, dwi'n rhy adnabyddus."

Ildiodd o'r diwedd i awgrym Trystan i gyfarfod ym Mhentawe mewn caffe o'r enw'r Carlton, am saith o'r gloch nos Fercher. Byddai'r lle ynghau ac ar glo. Syniad od, meddyliodd, ond ni allai feddwl am awgrym gwell. Gallasai lle hollol gyhoeddus fod yn fwy clyfar – ciosg coffi ar blatfform trenau, er enghraifft – ond roedd angen sgwrs hir a phreifat os oedd hi'n mynd i'w berswadio i ollwng ei fygythiad.

"Iawn 'te, nos Fercher nesa."

Yn siomedig ynddi hi ei hun, diffoddodd y ffôn yn grynedig. Taniodd y Lexus a llwyddo i wthio'i hun i fwlch y tu ôl i un o lorïau mawr gwyrdd Eddie Stobart nes cyrraedd Gabalfa. Gyrrodd ymlaen, ei dwylo'n dynn ar y llyw. Beth bynnag fyddai'n deillio o'i chyfarfod â Trystan, gwyddai ei bod hi eisoes wedi ildio i'w blacmeliwr.

10 Pentawe

Rholiodd Trystan ei faco St. Bruno i mewn yn y papur Beibl gan syllu'n wag i'r olygfa oedd mor gyfarwydd iddo: y siopau elusen a betio, capel Seilo oedd nawr yn gragen wag, y siop Spar hanner ffordd i fyny'r rhiw, ac ar y brig, yr eglwys a'i thŵr pigfain. Gadawodd i'r mwg tenau droelli i fyny i'r awyr lwydaidd, yna sylwodd ar Kim yn agor drws y siop *takeaway* Cantonese. Rhaid ei bod hi'n hanner awr wedi chwech. Edrychodd ar ei wats. Dim ond hanner awr, felly, tan ei gyfarfod â Menna.

Roedd e'n teimlo'n uffernol, ac yn rhyfedd iawn, yn saith gwaeth wedi i'r taliad o £20,000 gyrraedd ei gyfri banc ddoe. Dylsai, wrth gwrs, deimlo'n fuddugoliaethus ac ar ben y byd. Onid oedd y taliad yn brawf bod eu tacteg wedi gweithio, a bod dadleuon Beca yn iawn am frad a chyfoeth y crach Cymraeg? Oni lwyddodd i gyffroi cydwybod Menna? Ond, yn rhyfedd iawn, gwneud iddo deimlo'n fwy euog a wnaeth y taliad sydyn, ac yn fwy amheus o natur ymweliad Menna. Beth oedd yna, mwyach, i'w drafod?

Roedd lleoliad y cyfarfod hefyd yn ei boeni. A oedd caffe'r Carlton yn lle doeth i drafod mater mor breifat? Byddai'r Steak by Night yn eitha gwag ar nos Fercher, ond ni allai fentro gadael i enaid byw eu gweld nhw gyda'i gilydd. Pa un ohonynt fyddai'n dod allan ohoni waetha? Ond wedyn, beth petai'r cyfarfod – yn groes i bob disgwyl – yn un cyfeillgar? Beth petai Menna, oedd mor grac dros y ffôn pnawn dydd Sadwrn, wedi newid ei meddwl, ac wedi dod i deimlo bod ei gais yn un cyfiawn wedi'r cyfan? Ond os felly, pam oedd hi wedi talu'r arian cyn eu cyfarfod, ac nid wedyn?

Llyncodd waddod ei goffi oer. Roedd yn ystyried codi paned arall pan ymddangosodd Beca yn nrws y caffe. "Gin i syrpréis bach i ti!" meddai'n llon. "Gwranda!"

Cyn i Trystan gael cyfle i ymateb, blastiodd cordiau trwm organ drydan o'r jiwcbocs trwy ddrws agored y caffe. Gwyddai Trystan y geiriau'n rhy dda. Roedd Beca wedi chwarae'r gân yn aml ar y jiwcbocs: *Niggers Cymraeg, niggers Cymraeg, ar ein gorau o dan eich traed.*

"Tro'r diawl bant!" gwaeddodd Trystan. "Bydd hi yma whap!"

"Ond dyna pam dwi'n ei chwara fo!" atebodd Beca gan glicio'i bysedd o'i flaen yn ei jîns carpiog a'i chrys-T *Tai a Gwaith*. "Jest rhag ofn i ti anghofio pam 'dan ni'n gneud hyn, a rhag i'r ledi o Gaerdydd dy hudo di eto efo'i *charm*."

"Am be ddiawl ti'n sôn?"

"Mae 'na beryg, on'd oes, i ni anghofio be mae hyn i gyd amdan: bod yna *niggers* Cymraeg a bod yna bobol sydd wedi cashio i mewn ar eu haberth nhw. Ni aeth i garchar ond nhw gafodd y swyddi gwych a'r tai bendigedig a'r BMWs."

"Ond pam rhygnu mla'n am y peth? Ni ishws wedi ennill y ddadl. Mae'r arian yn saff ym Manc Lloyds."

Eisteddodd Beca gyferbyn â Trystan ar y fainc. "Dwi'n cyfadda nad ydw i'n dallt hynny. Rhaid bod gynni hi ryw gymint o gydwybod. Ond dwi ddim yn ei thrystio hi. Os tynnodd hi allan o'r weithred yn Abar, mi all hi dynnu allan o hyn, hefyd!"

"Ond sut gall hi? Mae'n rhy hwyr. Bydd Menna'n iawn, cei di weld," meddai Trystan gan guddio'i amheuon ei hun ynglŷn â phwrpas y cyfarfod.

"O, *Menna* ydi hi rŵan?"

"Be ddiawl arall wyt ti am i fi'i galw hi? Miss Beynon?"

"Roeddach chi'n gariadon, wrth gwrs, am bron i flwyddyn."

"Ond dyna pam ethon ni ar ei hôl hi. Heblaw am hynny, basen ni ddim wedi meiddio, na wedi llwyddo."

Peidiodd y miwsig ohono'i hun a daeth Linda, perchennog y caffe, i'r drws. "Mewn â chi, blant bach. Ni fod ar gau – a gallech chi whare miwsig tipyn pertach na'r sgrechen 'na."

"Fi'n gwybod – Mary Hopkin," meddai Trystan. "Rwy'n addo, mi rodda i ei llais melys hi mla'n yn syth ar ôl setlo'r busnes 'ma."

"Dim ond grŵp bach Cwmra'g oedd y Trwyne Coch," meddai Linda, "ond aeth Mary Hopkin i dop y siartie. Roedd y Beatles yn dwli arni. *Those were the days, my friend, I thought they'd never end...*"

"Ond bennu nethon nhw, yntefe?" meddai Trystan. "Y dyddie da."

"Ond dyna mae'r gân yn weud! Dyna dy broblem di erio'd, Tryst – ti'n byw yn y gorffennol."

"Ond ife fi yw'r unig un?"

Dywedodd hynny'n ysgafn, rhag pechu Linda. Roedd yn bwysig iddo aros yn ffindiau â hi. Dim ond trwy ei charedigrwydd hi roedd ganddo stafell ar gyfer y cyfarfod – a jiwcbocs i chwarae'r hen ganeuon. Hi achubodd y peiriant o'r domen flynyddoedd yn ôl, yn dilyn ei ymbil ef.

"Mae'n ddeg munud i saith!" meddai'n sydyn gan sylwi ar y cloc cegin. "Dyma ti'r allwedd, Tryst. Rho fe trwy 'nrws i ar dy ffordd adre. A phob lwc gyda'r ledi o Gaerdydd – ta beth yw eich busnes chi."

Cymerodd Trystan yr allwedd gan ddiolch nad oedd Linda, oedd fel arfer mor fusneslyd, wedi gofyn mwy o gwestiynau. Ond roedd yn hawdd gweld bod ganddi amheuon am natur y cyfarfod, yr oedd ei stumog nawr yn troi wrth feddwl amdano.

"Dwi'n dŵad efo chdi, Linda," meddai Beca gan godi a thaflu ei siaced denim amdani. "A gadal Romeo i'w Juliet."

Roedd pethau mor syml i Beca, meddyliodd Trystan wrth weld ei chefn yn diflannu trwy'r drws. Y drwg yn erbyn y da, y tlawd yn erbyn y cyfoethog, y werin yn erbyn y crach. Hawdd iawn iddi bregethu: fe oedd yn gorfod wynebu'r canlyniadau personol a'r diflastod. Menna oedd ei gariad cyntaf. Ai dyna pam fod y cyfarfod mor anodd? Ond ai dyna hefyd pam y talodd Menna'r arian mor sydyn?

* * *

Cymerodd Trystan gopi o *Llais y Cwm* o sìl y ffenest a fflicio'n nerfus trwy'r tudalennau. Roedd yn methu canolbwyntio ond sylwodd ar hysbyseb gan y Tawe Arms am noson gan Chiz ganol Tachwedd, cerddor arall gwych o'r Cwm a dewin ar y piano. Gwnaeth nodyn meddyliol o'r dyddiad. Byddai gan Beca ac yntau achos i ddathlu erbyn hynny, doedd bosib.

Pum munud wedi saith meddai'r cloc ar y wal. A fyddai Menna'n gallu ffeindio'r Carlton? Doedd yr enw ddim ar unrhyw Sat Nav ac ni fyddai'n amlwg i rywun yn gyrru lan o'r M4. Cododd Trystan o'i sedd a sefyll yn y drws. Falle iddi gael ei dal yn y traffig trwm o Gaerdydd. Ond roedd e'n edrych i'r cyfeiriad anghywir. Roedd Lexus Coupé coch eisoes wedi'i barcio o flaen y capel gwag. Gwelodd ferch dal mewn cot ddu, sgleiniog yn camu ohono a fflachio clo'r car. Arhosodd am ennyd ar y palmant gan graffu ar enwau'r siopau. Brysiodd Trystan yn ôl i mewn i'r caffe.

Mewn rhai munudau, yno yr oedd hi, yn sefyll yn y drws. Am rai eiliadau, safai'r ddau o boptu'r gwydr barugog, yn craffu trwy lythrennau italig *The Carlton Café* ar y fersiynau newydd, hŷn ohonynt.

Agorodd Trystan y drws gan wenu'n wan. "Croeso i Bentawe!"

Edrychodd Menna arno'n oeraidd a difynegiant.

"Dere mewn," meddai Trystan, yn cael trafferth cysylltu ei hen gariad o ddyddiau Aber â'r ferch fain, flin, soffistigedig oedd o'i flaen.

"Ydi hyn braidd yn gyhoeddus?" meddai Menna. "Do'n i ddim yn disgwyl cwrdd mewn transbort caffe."

"Symudwn ni at fwrdd yn y cefn. Mae 'ma ddigon o le."

Eisteddodd Menna ar un o'r cadeiriau plastig meddal, rhoi ei bag ar y bwrdd, ac edrych o'i chwmpas ar y waliau *two-tone* gwyrdd a melyn, y byrddau fformica a'r stripiau golau ffliworesent. Hongiai lluniau sepia o'r hen Bentawe mewn fframiau plastig ar y waliau, ac roedd bwrdd du tu ôl i'r cownter yn cynnig y dewis o *Cappuccino, Latte, Americano, Flat White* mewn llythrennau sialcog. Dewis soffistigedig i drigolion Pentawe, meddyliodd Menna.

"Mae hyn yn hunlle i fi," dywedodd gan eistedd. "Wyt ti wir yn bygwth distrywio 'ngyrfa i am ugain mil o bunnau?"

"Dim o gwbl," meddai Trystan wrth hawlio'r sedd gyferbyn. "Basen i byth wedi gwneud hynny."

"Ond dyna ti'n ddweud yn dy neges hyll."

"Dim ond bygythiad oedd e.

"Dim ond bygythiad? Beth yw ystyr hynny?"

"Ni'n gobeithio prynu tŷ, Beca a fi..."

"Beca? Hi yw'r ddrychiolaeth yn y sloganau coch a gwyn welais i'n cerdded lan y stryd?"

"Gad i fi egluro. Ni angen rhoi ernes lawr ar dŷ, a ni'n ddiolchgar iawn i ti am ddeall ein sefyllfa ni. Ychydig o barau canol oed sy'n methu codi morgais ar dŷ. Ond gawn ni goffi gynta? Nescafé'n iawn? Dyw'r fwydlen lawn ddim ar gael gyda'r nos, gyda llaw," jociodd Trystan mewn ymgais i ysgafnu'r awyrgylch. Yna sylwodd ar y plastar ar figwrn de Menna.

"Damwain?"

"Un fach."

"Poenus?"

"Llai poenus na'r cyfarfod yma."

"Do'n i ddim yn disgwyl i'r cyfarfod yma fod yn rhwydd ond rwy'n falch ein bod ni'n cael cyfle i siarad o'r diwedd..."

Eisteddodd Menna'n llonydd yn gwylio Trystan yn ymlafnio â'r tegell a'r carton llaeth y tu draw i'r peiriant Gaggia. Cymerodd y cyfle i asesu'r Trystan hŷn, canol oed oedd o'i blaen hi heno: ei wyneb yn fwy rhychiog, ond â mwy o gymeriad nag o'r blaen, siaced ledr beiciwr a chrys siec, y gwallt golau yn dal i donni ond yn deneuach nawr – ac un clustdlws aur, diangen ar ei glust chwith.

Ar yr un pryd, edrychai Trystan yn llechwraidd tuag ati hi tra oedd y tegell yn berwi. Doedd e ddim wedi disgwyl dechreuad mor ffyrnig i'r cyfarfod. Roedd ganddi berffaith hawl i deimlo'n flin – yn flin iawn – ond roedd yn rhaid bod ganddi rywfaint o gydymdeimlad cudd â'i sefyllfa. Sut arall oedd egluro ei thaliad o ugain mil o bunnau i'w gyfri banc ddoe?

Pan ddychwelodd â'r paneidiau, triodd dorri'r iâ. "Paned heddwch?"

"Os oes heddwch…"

Cymerodd Trystan lwnc o'i fŵg o goffi. "Dyw bywyd ddim yn deg, dyna'r broblem…"

"Ond pwy gredodd hynny erioed?"

"Dweud ffaith ydw i, dyna i gyd."

"Felly ymgais i ddad-wneud annhegwch bywyd yw'r blacmel?"

"Ie, annhegwch y ddedfryd, a'r carchariad. Bues i mewn a mas o swyddi. Buodd Beca'n anlwcus gyda'i phriodas. Diflannodd Charlie oddi ar wyneb y blaned. Doedd 'da ni ddim arian wrth gefn pan ddaeth y tŷ yma ar y farchnad yn Dan y Gamlas. Dim ond hen dŷ carreg, tamp – ond roedden ni'n methu codi'r morgej."

"Iawn. Ond mae'n galed ar lot o bobol ond byddai'r rhan fwyaf yn trio safio arian, neu gadw hen gar i fynd, neu fwyta allan llai, neu dorri lawr ar wyliau tramor."

"Nid profiad gest ti erioed, fi'n siŵr?"

Cododd tymer Menna. "Alla i ddim credu hyn! Wyt ti'n amddiffyn beth wnest ti?"

"Ydw. Roedd arnat ti ddyled i fi. Ond basen i byth wedi distrywio dy yrfa."

"Ond ti wedi dechrau'n barod!" meddai Menna gan ddadsipio'i bag lledr, tynnu cylchgrawn ohono, a'i wthio ar draws y bwrdd at Trystan. "Mae'n rhaid dy fod ti wedi gweld hwn. Tudalen wyth, 'Your Land is My Land'. Eitem gas, ffront ac annheg. Wnes i fyth ddychmygu y baset ti'n disgyn mor isel."

Mewn penbleth, cipiodd Trystan y copi o'r *Welsh Eye*. Darllenodd yr eitem yn gyflym, a rhoi'r cylchgrawn yn ôl i Menna. "Mae hwnna'n newydd i fi."

"Paid trafferthu i ddweud celwydd arall, Trystan. Daeth e mas dair wythnos ar ôl i ti 'mygwth i."

"Cyd-ddigwyddiad yw hynny. Dyw hi fawr o stori, yw hi? *Filler*, yn ailadrodd hen stwff o'r *Western Mail*. Ti'n cael mensh anrhydeddus, ond tasen i am niweidio dy yrfa, bydden i wedi creu eitem gasach na honna."

"*Casach*? Sut byddai hynny'n bosib?"

Ystwyriodd Trystan yn ei sedd. "'Sa i'n siŵr ydi hyn yn syniad da. Wyt ti am i fi gario 'mlaen â hyn?"

"Ydw."

"Wel mae 'da ti CV digon parchus, ar yr olwg gynta. Dechre yn yr Academi, wedyn cam lan i Celf i Bawb, corff tipyn mwy pwerus, ac yna symud gro's i'r gwasanaeth suful – i Ymelwa – o gwmpas y flwyddyn dwy fil. Wedyn i *top job* gyda Chorff yr Iaith tua phum mlynedd yn ôl. Camau gyrfa da – nes whilo mewn i'r cracie. Mae'r un cynta'n dod lan rhwng yr Academi a Celf i Bawb. Anghytundeb ynglŷn â chostau cynhadledd yn Llundain am Ieithoedd Lleiafrifol Ewrop, ond dewisaist ti adael dy hunan ar ôl cyfnod o 'arddio' fel maen nhw'n gweud…"

"Chi'n gwybod mwy na fi," atebodd Menna, mewn sioc.

"Mae 'na bethe eraill yn codi o'r cyfnod yna. Ydi'r cylchgrawn *Agweddau* yn golygu rhywbeth i ti, a'r golygydd Iolo Llywelyn? Oes 'na stori fan'na? Ac mae enw'r cyfreithiwr Hywel James yn dod lan bob hyn a hyn. Mae e'n ishte ar nifer o fyrddau gan gynnwys Corff yr Iaith ei hunan. Oedd e ar y bwrdd pan gynigiest ti am y swydd?"

"Paid gofyn i fi. Mae 'da chi'r wybodaeth eich hunan."

"Ac wyt ti'n gwybod rhywbeth am ddamwain ddigwyddodd yn y Gororau sbel yn ôl? Ti oedd yn gyrru – ond car pwy oedd e?"

"Alla i yn 'y myw â gweld sut galle rhywbeth fel'na fod o ddiddordeb i enaid byw."

"Wel beth am y tŷ haf yn Rhiw?"

"Hynny, chwaith. A dyw e ddim yn dŷ haf. Fe etifeddon ni e."

"Sut felly mae e'n dod lan ar wefan Welsh Country Cottages yn enw cwmni o'r enw Welsh Escapes, y mae enwau'r cyfarwyddwyr ar wefan Tŷ'r Cwmnïau, yn cynnwys Richard Lloyd Jones?"

"Gall Richard Lloyd Jones wneud be ddiawl mae e moyn. Felly ti'n treulio dy nosweithiau wrth dy liniadur yn cloddio am gachu amdana i? Ond rhaid i ti wneud yn well na hyn. Dwyt ti ddim wedi llwyddo'n arbennig o dda hyd yma, hyd y gwela i."

Edrychodd Trystan arni'n lloaidd. "Nid fi wnaeth, fel mae'n digwydd."

"O, ti'n rhoi'r bai ar Beca eto?"

"Ond does dim ots nawr, oes e? Hi oedd am fynd lawr y llwybr yna. Basen i ddim wedi gwneud."

"Ti'n garedig dros ben!" atebodd Menna'n sarcastig, ond wedi ei hysgwyd.

Cymerodd lwnc o'r coffi lled oer. Faint yn union oedd Trystan yn ei wybod amdani? Ac yn fwy penodol, amdani hi a Hywel? O leia, rhaid bod Trystan yn dweud y gwir am y stori yn y *Welsh Eye*. Roedd yn amlwg nad fe sgrifennodd yr eitem ac roedd hi wedi neidio i gasgliadau. Ond beth yn hollol oedd ei gêm e? Doedd e ddim wedi sôn gair am yr arian roedd hi wedi disgwyl iddo'i hawlio ganddi. Siarsiodd Menna ei hun i chwarae ei chardiau'n ofalus. Os nad oedd Trystan am godi pwnc y blacmel, pam ddylai hi?

Roedd Menna'n dal i ddiodde sioc o glywed honiadau Trystan, oedd yn waeth o beidio bod yn hollol fanwl, ond mynnodd reoli ei thymer. Dywedodd yn hamddenol, "Dyna ddigon, rwy'n credu, am fy CV i. Gawn ni edrych ar dy un di? Beth yn union ddigwyddodd i ti ar ôl gadael y carchar? Oedd raid i ti fynd i Loegr?"

Synhwyrodd Trystan y newid awyrgylch a chymerodd lwnc o'i goffi ei hun. "Falle nad oedd raid, ond fan'na oedd y swyddi. Llwyddais i gael un yn Stoke, mewn swyddfa waith fan'ny. Tipyn o addysg i fachan o'r Cwm. Roedd cyffurie'n rhemp yna a llawer o'r taliadau yn mynd nôl i'r *dealers*. Wedyn Blackburn. Wna i ddim anghofio Blackburn. O leia roedd yna sin gerddorol dda yna a fan'na cwrddes i â Zoe, oedd yn canu mewn grŵp pync. Es i drwy batshyn gwael. Golles i'r plot, golles i hi, golles i'r swydd."

"A sut glaniest ti nôl yn y Cwm?"

"Daeth swydd lan o'r diwedd yn Rhydaman. Erbyn hynny ro'n i wedi cwrdd â Beca, a dechreuodd y darne gwympo i'w lle. Cwrddon ni yn Steddfod Maldwyn, yr haf poeth yna. O'n i'n crwydro tipyn ar yr hen Triumph ac yn mynd i ambell ŵyl gerddorol."

"Felly gweithiodd pethe mas?"

"Yn bersonol, ond nid yn ariannol."

"'Sa i'n deall hyn. Os yw'r ddau ohonoch chi'n gweithio ac mewn swyddi sefydlog, sut bod 'na broblem codi morgej ar dŷ cyffredin?"

"Mae'n siŵr bod bai arnon ni am beidio cadw cyfri mochyn bach yn y Principality... paned arall?"

Cododd Menna ei llaw yn aneglur.

Casglodd Trystan y ddau fŵg a'u rhoi ar y cownter. Wrth ddisgwyl i'r tegell ferwi, symudodd draw at y jiwcbocs. "'Da fi syrpréis bach i ti!"

"Dim diolch. Dwi wedi cael digon o'r rheini'n ddiweddar."

"Ond mae hwn yn wahanol."

Lloffodd trwy fwydlen blastig y caneuon a gwasgu rhai botymau. Yn sydyn, llamodd y ddyfais yn fyw. Fflachiodd y bylbiau pinc a melyn gan rasio'i gilydd yn ferw gwyllt o gwmpas y peiriant, a dechreuodd rhythmau *reggae* 'Gobaith Mawr y Ganrif' lanw'r stafell.

"Wyt ti o dy go?" gwaeddodd Menna, gan gau ei dwylo am ei chlustiau. "Tro fe lawr, neu bydd de Cymru i gyd yn gwybod ein bod ni yma."

"Kim o'r Cantonese, falle. Neb arall."

"Dyw hyn ddim yn jôc, Trystan! Mae'r cyfarfod yma i fod yn gyfrinachol. Pa bwynt wyt ti'n trio'i brofi?"

"Jyst ymlacia, Menna, a bydd y darnau'n cwympo i'w lle – yr holl ddarnau yna aeth ar goll dros y degawdau diwetha."

Edrychodd Menna arno mewn syndod ac ofn. Dyma brawf clir arall ei fod e'n byw mewn byd o ffantasi.

11 Gobaith Mawr y Ganrif

Triodd Menna gau ei chlustiau, ond yn ofer. Wrth i'r gân rocio ymlaen trwy'r penillion a'r cytganau, gallai weld Jarman ar y llwyfan yn ei wydrau tywyll, ei geg ar y meic wrth iddo hercio o ochr i ochr i rythm y miwsig. A daeth noson arbennig yn ôl iddi, gìg y Rhyng-gol yn y Neuadd Fawr yn Aberystwyth, a orffennodd â llond y neuadd o ddyrnau'n codi i'r gân. Diolchodd pan ddaeth y dwndwr, o'r diwedd, i ben.

"Cofio fe? Dim llawer o gaffes yng Nghymru alle chware hwnna i ti," meddai Trystan wrth estyn ail fŵg o Nescafé i Menna.

"Diolch am hynny!"

"Ni'n credu mewn cadw'r hen alawon yn fyw. Ffeils MP3, ti'n gweld. 'Da ni Mary Hopkin hyd yn oed, i gadw Linda'r bòs yn hapus. Ti'n cofio noson y Rhyng-gol, wrth gwrs. Tasen ni mewn gwlad arall, base fe'n ddigon i ddechre chwyldro."

"Ti'n byw ar y blaned Mars, Trystan, os ti'n credu rhywbeth fel'na."

"Fi'n sôn am yr hyder, wrth gwrs: yr ysbryd optimistaidd. Ti'n cofio ni'n cerdded lawr i'r Prom wedyn gyda Gwen ac Aled? Galw i mewn am beint gydag Elfed y Cŵps ar y ffordd, cael ein dal fan'na, a'r wawr yn codi y tu ôl i ni wrth i ni gyrraedd y Prom…"

"... a bron â boddi wedyn yn y tonnau oer. Ti'n cofio hynny, hefyd? Doedden ni ddim yn gall."

"Roedd y gân yn anthem i ni, on'd oedd hi? Ni *oedd* gobaith mawr y ganrif. Roedden ni am newid Cymru, a newid y byd."

"Ac yn twyllo'n hunain yn rhacs, fel pob cenhedlaeth ifanc erioed. Dim ond cân bop oedd 'Gobaith Mawr y Ganrif' am ryw ganwr oedd yn ffansïo'i hunan. Fel oedden ni i gyd, wrth gwrs."

"Ond beth am 'Dal dy Dir' ac 'Ethiopia Newydd yn dyfod cyn hir'? 'Y rocars â'r gwalltia cyrliog yw dyfodol Gwalia nawr'..."

"Ac ai nhw sy'n rhedeg Gwalia nawr?"

"Na," atebodd Trystan. "Rhai fel ti sy'n rhedeg Gwalia nawr."

"Ti'n anghywir, wrth gwrs. Nid ni sy'n rhedeg Gwalia, Gwalia sy'n ein rhedeg ni. Dyw trio achub iaith leiafrifol ddim y sbort mwyaf erioed – a dwi ddim yn ennill ffortiwn am 'i wneud e. Does gen ti ddim syniad am densiynau'r swydd, y pwyllgora a'r fiwrocratiaeth, a'r straen o drio cadw eithafwyr y ddwy ochr yn hapus, a phlesio neb wedyn."

"Felly ti'n galw pobol sy'n brwydro dros yr iaith yn 'eithafwyr'?"

"Dwi'n gocyn hitio i'r ddwy ochr, ond cyfyng iawn yw'r grymoedd sy 'da fi. Dyw pobol ddim yn sylweddoli hynny. Ac mae'r straen a'r strach yn gallu effeithio ar briodas, yn arbennig os yw'r ddau â gyrfaoedd proffesiynol. Mae 'na bris personol i'w dalu, ac rwy'n meddwl weithiau, pam ydw i'n gneud hyn i gyd? *Get a life*."

"Ond rwyt ti, o bawb, Menna, wedi cael bywyd. Fe wnest ti rywbeth ohoni, yn wahanol i fi. Ti'n ei chanol hi, yn achub iaith."

"Mae angen mwy na chwango i achub iaith."

"Fi ddyle ddweud hynny, nid ti."

Wrth i'r sgwrs fynd yn ei blaen, daeth Menna'n fwy a mwy ansicr am bwrpas y cyfarfod. Os nad oedd Trystan yn bwriadu hau straeon amdani, nac am grybwyll unrhyw arian, ble'r oedd hynny'n ei gadael hi? Pam tarfu ar gi sy'n cysgu? Beth oedd yn ei rhwystro rhag neidio i mewn i'r Lexus a gyrru am ei bywyd yn ôl i Gaerdydd, a'r llyfr siec yn ddiogel yn ei bag? Daeth â'r llyfr gyda hi, rhag ofn – ond rhag ofn beth?

Tynnodd Trystan ei gadair yn ôl oddi wrth y bwrdd, ac oedi, fel petai e'n ymwybodol o'r un dilema â Menna: p'un ai i godi pwnc y taliad ai peidio. Dywedodd o'r diwedd: "Ta faint y'n ni'n anghytuno – neu'n cytuno – nawr, elli di byth wadu haf '82. Cethon ni amserau da, on'd do fe? Roedden ni newydd gwrdd. Ti'n cofio ni'n mentro ar yr hen BSA lawr hewlydd culion Penrhyn Gŵyr a thraethau bach Sir Benfro – a ti'n cofio'r noson yn y Ship, Trefin gyda'r hen gymeriade? Lwcus i'r ffermwr yna roi cornel o'i gae i ni…"

Torrodd Menna ar ei draws. "Trystan, plis gad e i fod. Does dim pwrpas i hyn."

"A ti'n cofio'r penwythnos yna pan ddest ti draw o Bantycelyn a buon ni'n gwrando ar *Dawnsionara* ar y Dansette trwy'r bore ac ethon ni lan Craig Glais yn y pnawn ac eistedd ar y fainc uwchben Castell Brychan yn gwylio'r haul yn gwaedu mewn i'r môr, yn goch i gyd, fel dydd ola'r byd?"

"Fel dydd ola'r byd?" meddai Menna, wedi dychryn. "Be ti'n feddwl?"

"*Diwedd mabolaeth yw diwedd y byd, dechrau'r farwolaeth a bery cyhyd…*" meddai Trystan mewn llais trwynol. "'Da fi Gymra'g Lefel O, ti'n gwybod."

Beth nesa? Trystan yn dyfynnu R. Williams Parry? Ond yna sylweddolodd Menna ei fod e o ddifri. Wrth gwrs, fe orffennodd ei ieuenctid gyda'r carchariad. Dyna pam roedd e'n obsesu am y gorffennol, a byth wedi aeddfedu'n iawn, na dod dros hen garwriaethau, fel mae pobl normal yn ei wneud.

"Ond os oedd dy ieuenctid mor ffantastig, pam sbwylio'r cyfan gyda'r blacmel?"

"Rwy'n gwybod. Ti'n iawn. Dyw e ddim yn gneud synnwyr. *You always hurt the one you love.*"

"Felly ti'n cyfiawnhau blacmelio rhywun trwy ddweud dy fod ti'n ei charu?"

"Dyw e ddim yn gyfiawnhad – ond rhan o'r eglurhad, falle."

Edrychodd Menna arno'n anghrediniol. "Ti'n llwyr off dy ben, Trystan."

"Ond pwy sy ddim, yn ei ffordd ei hun? Dim ond cân bop, meddet ti, oedd 'Gobaith Mawr y Ganrif'. Ond roedden ni wir yn credu taw ni oedd y gobaith. A nawr, mewn canol oed parchus, y'n ni'n chwerthin am ben syniad mor anhygoel o naïf – am ein bod ni'n gweld y gorffennol trwy sbectols y presennol. Fasen ni ddim yn nabod ein hunain, fel oedden ni, tasen ni'n pasio'n gilydd ar y stryd."

"Dwi ddim yn siŵr ydw i am nabod 'yn hunan yn ugain oed. Ro'n i'n un swp o ansicrwydd a falle dyna pam dynnes i mas o'r weithred."

"Roeddet ti'n gallach na'r gweddill ohonon ni, dyna i gyd."

"Falle – ond chi oedd yn iawn."

Synnodd Menna ati'i hun yn dweud y fath frawddeg ac atebodd Trystan, "Ond ti ddim wir yn credu hynny, wyt ti?"

"Falle ddim, ond mae modd bod yn rhy gall. Os wyt ti

heb aeddfedu digon, ydw i wedi aeddfedu gormod? Oes 'na lwyddiant yn dy fethiant di, a methiant yn fy llwyddiant i?"

"Does dim llwyddiant o gwbl mewn methu codi morgej yn bump a deugain oed."

Edrychodd Trystan arni â llygaid oedd yn sydyn yn agored a diniwed. Rhedodd ei fysedd trwy donnau tenau ei wallt golau gan atgoffa Menna o'r hen Drystan hamddenol. Doedd e ddim angen y ddelwedd newydd ledr, na'r botymau fel ceiniogau, na'r clustdlws. Zsa Zsa Gabor ddywedodd nad yw *macho* ddim yn *mucho*. Roedd yn well ganddi'r Trystan oedd yn strymian gitâr yn dawel a breuddwydiol ar gornel y gwely, ei gefn ar y wal a'i ben yn y gwynt, cyn i'w ben gael ei chwalu gan wleidyddiaeth.

Edrychodd Menna o'i chwmpas, ar y caffe a'i waliau *two-tone* gwyrdd a melyn. Roedd y cyfan mor afreal. I ble ddiawl oedd y sgwrs yma'n mynd? Os na fyddai'n ofalus, byddai'r ddau ohonyn nhw'n llithro i gors na allen nhw ddringo allan ohoni. Ac edrychodd eto ar Trystan, i wyneb y dyn trist a chymhleth oedd wedi gorfod disgyn mor isel er mwyn codi morgej, medde fe. Ai i hyn y syrthiodd Gobaith Mawr y Ganrif, y ddelfrydiaeth yna i gyd? Roedd hi wedi meddwl digon ohono ar un adeg i'w garu'n wyllt. Ai i hyn y daeth y cyfan? A oedd y chwyldroadwr wedi troi'n gardotyn? Sut allai hi ei gasáu?

Estynnodd Menna'n araf am ei bag, ei ddadsipio a chymryd llyfr siec ohono. Dywedodd o'r diwedd, "Dwn i ddim pam ydw i'n gwneud hyn, ond rwy'n rhoi hwn i ti, nid i dalu'r blacmel, ond fel rhyw fath o rodd neu gyfraniad."

Gosododd Menna'r llyfr yn wastad o'i blaen, sgrifennu enw'r derbynnydd, ond cymerodd hoe cyn llanw'r swm. Doedd dim rhaid iddi dalu unrhyw swm, ond os talu o gwbl, cystal talu'n llawn. Byddai hynny'n clirio'i chydwybod, yn peri dioddefaint angenrheidiol iddi, ac yn gwaredu unrhyw bosibilrwydd o hawliad pellach gan Trystan. Ysgrifennodd y swm mewn rhifau ac mewn geiriau, a'i lofnodi'n flêr gyda'r 'M' fawr yna, fel y byddai hi yn y gwaith. Yna rhwygodd y siec o'r bonyn a'i gwthio ar draws y bwrdd at Trystan.

"Ond 'sa i'n deall…" meddai Trystan yn ansicr.

"Na finne, chwaith. Dwi'n wirion iawn, on'd ydw?"

Craffodd Trystan ar y ffigwr o ugain mil o bunnau: swm mawr iawn iddo ef. A'i ben yn troi, triodd ddeall beth oedd yn mynd ymlaen. Doedd e ddim wedi deall pwrpas y cyfarfod rhyfedd yma o'r dechrau, os oedd Menna eisoes wedi talu'r arian. Ond nawr gwyddai nad hi wnaeth, a gwelodd hefyd pa mor gywir oedd ei reddf, i beidio'i gwthio ar y pwnc. Roedd e wedi taro'r dwbl.

"Be weda i? Sut alla i ddiolch i ti?" dywedodd o'r diwedd.

"Paid. Cymer e. Gen i le i ddiolch am lawer bethau. Dyw e ddim yn daliad am ddim, ond yn rhyw fath o gau pen y mwdwl personol, am wn i."

"Wnes i ddim haeddu hyn…"

"Naddo, ond os ti'n derbyn y siec, mae 'na amod, sef cyfrinachedd llwyr. Rhaid i neb wybod. Byddai'n ysgariad tase Richie'n cael arlliw bod arian wedi pasio rhyngon ni. A rhaid i Beca beidio clywed na neb yng nghylchoedd y Gymeithas."

"Dyw hi na fi'n gwneud dim â'r Gymdeithas ers blynyddoedd, ond byddai'n anodd cadw'r taliad oddi wrth Beca, pan fyddwn ni'n prynu'r tŷ."

"Rhaid i ti feddwl am eglurhad arall, felly. Oes gen ti fodryb ariannog?"

"Rwy'n addo, fe ffeindia i ateb i'r broblem."

Paratôdd Menna i godi. "Ac un peth arall…"

"Ie?"

"Dwi byth am dy weld ti eto."

"Mae *byth* yn amser hir iawn."

"Ydi e? Ry'n ni wedi llwyddo i beidio gweld ein gilydd am chwarter canrif. Beth yw chwarter canrif arall?"

"Ond ble fyddwn ni wedyn?" gofynnodd Trystan. "Yr ochr draw i'r Iorddonen?"

"Neu ar lan rhyw Aber?" meddai Menna'n ysgafn. Yna cododd, hel ei bag, a slamio'r drws barugog ar ei hôl.

* * *

Yn sydyn roedd y caffe'n annaturiol o dawel. Anadlodd Trystan yn ddwfn wrth blygu'r siec yn ei hanner a'i chau ym mhoced ei siaced ledr. Taflodd ei hun yn ôl yn y gadair blastig ddu, ei ben yn dal i droi. A oedd beth ddigwyddodd wedi digwydd go iawn? Neu ai breuddwyd oedd e?

Roedd angen mwgyn arno. Wedi clirio'r mygiau coffi, diffoddodd y golau ac eistedd yn y ffenest. Ond yna cofiodd am reol newydd Linda. Caeodd ei dun o St. Bruno, a phwyso'n ôl a syllu trwy'r ffenest ar oleuadau'r nos: lampau'r stryd, ambell ffenest siop olau, arwydd neon newydd Kitty's, lle bu'r hen Lew Du, a blychau glasaidd lladd gwybed y gegin Cantonese. Dawnsiai'r goleuadau yn sioe lachar o flaen ei lygaid, yn ffair o liwiau a phosibiliadau.

Oedd e wir wedi ennill deugain mil o bunnau gydag un neges destun? Ac ai dim ond fe oedd yn gwybod? Roedd Menna wedi ymbil arno i gadw ei thaliad yn gyfrinach. Fe gadwai at ei addewid iddi. Doedd dim angen i Beca wybod am y taliad yma a byddai'n rhaid iddo ddyfeisio rhyw stori am y taliad cyntaf.

Estynnodd yn araf i boced uchaf ei siaced a chraffu eto ar y siec o Fanc Martins. Mor wahanol i'r taliad arall, a dalwyd yn syth i'w gyfri pnawn dydd Llun, yn defnyddio cod dienw, heb enw banc o gwbl. Roedd wedi synnu ar y pryd fod Menna wedi mynd i'r fath drafferth, ond gwyddai'n awr na wnaeth. Rhoddodd y siec yn ofalus yn ôl yn ei boced a'i chau, yna cloi drws y caffe a cherdded yn araf i lawr y stryd gan siarsio'i hun i fod yn ofalus. Y cyfan oedd ei angen nawr oedd gadael popeth fel yr oedd, esgus nad oedd dim wedi newid. Gan reoli ei gynnwrf, tynnodd ei ffôn Nokia yn araf o'i waled.

"Becs, mae hi ar y ffordd nôl i Gaerdydd. Mae hi wedi went!"

"Haleliwia... felly aeth popeth yn iawn?"

"Do. Popeth yn hwylus reit. Yr arian yn ddigon saff, fel wedes i o'r dechre."

"Oedd ganddi ryw amodau gwirion?"

"Dim ond cyfrinachedd – sy'n bwysig i ni, hefyd. Dywedodd hi y buasai 'na ysgariad petai ei gŵr yn digwydd clywed."

"Ha! Fasa ysgariad arall yn ddim byd newydd yng ngogladd Caerdydd. Dyna maen nhw i gyd yn neud, y snobs Cymraeg yn waeth na neb, yn neidio i welya'i gilydd a'u tina ar dân. Os nad wyt ti'n cael affêr neu dri, dwyt ti'n neb."

"Ond ti wedi ysgaru dy hun, fenyw!"

"Roedd hynny'n hollol wahanol, trio byw efo Charlie. Doedd gen i ddim dewis, ges i uffarn gynno fo, fel gwyddost ti."

"Felly be wnawn ni heno? Cantonese bach yn y tŷ?"

"'Dan ni'n haeddu pryd bach, yn tydan, i ddathlu'n llwyddiant ni?"

"Ti'n hollol iawn, mae 'da ni achos dathlu. Gwrddwn ni yn y Tawe Arms?"

Ymhen ugain munud, roedd y ddau'n yfed bob i beint o gwrw Marston's yng nghornel dawel un o fariau'r dafarn oedd yn eitha gwag ar nos Fercher.

"Felly be fuoch chi'n drafod yr holl amsar?" holodd Beca, a'r ddau wedi setlo yn eu seddi.

"Hyn a'r llall..."

"Neis iawn. Fuoch chi'n mwynhau awr dda o sgwrs gymdeithasol?"

"Nid mwynhau. Roedd e'n gyfarfod anodd."

"Ond buoch chi'n hel atgofion o'r dyddia melys gynt?"

"Roedd angen cau'r ddêl. Gwneud yn siŵr y basen ni'n gollwng y bygythiad. A chyfrinachedd, fel wedes i. Paid â dweud wrth enaid byw ei bod hi wedi galw na thalu dim dime."

"Ond roedd hi eisoes wedi talu, on'd oedd hi?"

"Oedd, wrth gwrs."

"Ond pam risgio dod yr holl ffordd o Gaerdydd, os oedd y cyfan wedi'i setlo?"

Cymerodd Trystan lwnc cyflym o'i gwrw. "Wel selio'r peth wyneb yn wyneb, dyall ein gilydd."

"O ia, aros yn ffrindia, 'lly?"

"Cofia, cymerodd hi risg anferth wrth dalu'r arian. Ac fel wedes i, gallen i weld nad oedd pethe'n wych iawn rhyngddi hi a'i gŵr."

"Pwy 'di o, felly?"

"Ti'n gwybod dy hun. Ti wnaeth yr ymchwil. Richard Lloyd Jones, Welsh Country Cottages. Cyfalafwr. 'Da fe gwmni arwerthu ar Churchill Way. Roedd 'na eitem yn y *Welsh Eye* amdano fe. A dylsen i fod wedi egluro. Roedd 'na stori fach yn y rhifyn dwetha yn sôn am y ddau ohonyn nhw, ac o'dd hi'n credu mai ni anfonodd y stori mewn. Dyna pam dalodd hi'r arian mor gyflym."

"Ond pam dod draw, os oedd hi eisoes wedi talu'r pres?"

"Beth sy'n bwysig yw ei bod hi wedi ei dalu e."

"Oedd hi wir yn credu y basan ni wedi torri'r fargan?"

"Pwy ŵyr? Felly beth ti'n whantu? Cyw yn y fasged neu sgampi?"

"Beth am gyrri yn y Taj, gynnon ni ddigon o reswm i ddathlu, 'toes."

"Bydd mwy o sbort fan'na ar nos Sadwrn."

"Syniad da, dyna wnawn ni."

Ymlaciodd Trystan. "Ti oedd yn iawn drwy'r amser. Fe nethon ni bigo'i chydwybod hi. Rwy'n cyfadde i fi gael pylie o amheuaeth ond weithiodd y neges yn y diwedd yn well nag o'n i'n ofni."

O'r diwedd daeth gwên i wyneb Beca. "Dwi mor falch ei bod hi allan o'r ffordd ac na welwn ni hi byth eto, gobeithio. Do'n i ddim yn ei thrystio hi, 'sti."

"Fi'n gwybod, ond dyw hi ddim fel wyt ti'n meddwl. Mae'n gneud ei gore dros yr iaith, o dan yr amgylchiade."

"Hawdd y gall hi, am y pres mae'n ennill."

Canolbwyntiodd Trystan ar orffen ei beint o Marston's gan rybuddio'i hun i gau ei geg. Po fwya'r trafod, mwya'r perygl o roi troed ynddi. A'r gwydrau'n wag, cododd y ddau o'r bwrdd ac anelu am y Cantonese. Yn nrws y dafarn, trodd Beca at Trystan: "Wyt ti wedi cofio taro'r goriad trw ddrws Linda?"

"Diawch, anghofies i'n lân."

Cydiodd Beca'n dynn ym mraich Trystan wrth i awel oer y nos chwythu i'w hwynebau, ac meddai, "Be naethat ti hebdda i, dywad?"

12 Bae Caerdydd

Roedd hi wedi troi deg o'r gloch erbyn i Menna yrru trwy Ffordd Llantrisant ac i lawr i'r Eglwys Newydd. Roedd ei meddwl yn dal yn aflonydd er gwaetha'r setliad – os dyna ydoedd – rhyngddi hi a Trystan. O leia roedd bygythiad y blacmel wedi diflannu er i Menna ofyn iddi ei hun fwy nag unwaith: pa fygythiad? O leia roedd hi wedi ymddwyn yn hael a mawrfrydig. Pam, felly, nad oedd hi'n teimlo unrhyw ryddhad, dim ond gwasgfa ddiflas ac annelwig? Neu ai rhyw ofn cudd oedd e, iddi wneud rhywbeth syfrdanol o dwp?

Wrth lywio'r Lexus rhwng colofnau gwynion Plas Dinas, roedd hi wedi paratoi fersiwn meddyliol o'i symudiadau ar gyfer Richie, ac yn wir, dyna lle'r oedd e'n gwylio'r rhaglen *Newsnight* pan gerddodd Menna i mewn i'r lolfa.

"Wedi bod yn rhywla diddorol?" gofynnodd.

"Na, dim ond trafod logo newydd y Corff gyda Gary Rees. Ethon ni am bryd wedyn."

"Tipyn o rwdlyn ydi o, yntê? Gobeithio nad oedd o'n wast o noson i chdi. Yn lle buoch chi'n hel eich bolia?"

"Bellini's," atebodd Menna, gan addasu ychydig ar y gwir. Roedd ganddi gyfarfod â Gary yn ei dyddiadur, ond ar gyfer fory yr oedd hynny, ac yn swyddfa Ffab, nid ym mwyty Eidalaidd gorau'r Bae. Rhybuddiodd ei hun i gofio sôn am y newid noson wrth Gary, rhag ofn y byddai Richie'n digwydd ei holi.

"A'r bwyd, sut oedd o?"

"Iawn. Ges i Spaghetti Bolognese."

"Nid dy steil di'n union."

"Jyst trio cymysgu busnes a phleser – fel wyt ti'n pregethu."

Craffodd Richie arni wrth i Menna hongian ei chot. "Ga i jyst ddeud, dwyt ti ddim yn udrach fel tasat ti wedi bod allan ar y teils efo'r Gary Rees yna. Dydw i ddim yn ama dy stori di – fydda i byth yn gneud – ond os ca i arlliw o awgrym dy fod ti wedi bod yn poetsio efo'r Trystan ddiawl yna, fydd hi ddim yn dda arnat ti, dwi'n addo."

"Wel wnes i ddim, a dyna ni!" atebodd Menna yn rhy bendant.

"Ond mi ofynnist ti i Hywal am rif ffôn y ffwcar, yn do? Mae'n rhaid dy fod ti'n cofio am ein cwarfod ni yn y Cardiff & City pnawn Sadwrn, a dy sterics efo dy gopi o'r *Welsh Eye*? Be wnest ti wedyn?"

"'Chydig o siopa yn Howells. Ond gan na ches i ddim help o gwbl 'da ti na Hywel chwaith, fe fydda i'n delio â'r blacmeliwr yn fy ffordd ac yn fy amser fy hun. A dwi'n mynd i fy stafell. Nos da."

Gan godi'i ysgwyddau, edrychodd Richie arni'n camu'n benderfynol i fyny'r grisiau. Roedd rhywbeth o'i le, ond ni wyddai beth, a throdd yn ôl at *Newsnight* a'r newyddion ariannol diweddaraf. Roedd yna wynebau hirion yn trafod cwymp sydyn y Brodyr Lehman bythefnos yn ôl, ac oblygiadau hynny i'r system fancio ryngwladol. Pryd fyddai hyn oll yn bwrw Mansel Allen? Penderfynodd Richie fod ganddo bethau mwy difrifol i boeni amdanynt na chwmni swpera ei wraig.

* * *

Pwysodd Menna yn ôl yn erbyn sedd galed y tacsi wrth iddo wibio i mewn ac allan o'r lonydd traffig i lawr i'r Bae. Roedd yn bnawn Iau braf a fflachiai'r haul yn belydrau sydyn, llachar ar ffenestri'r cerbyd. Edrychai ymlaen at ei chyfarfod hirddisgwyliedig â Gary. Er gwaetha'i ffaeleddau, roedd yn gwmni da, ac roedd ei wendidau yn rhai cyffredin ymhlith y frawdoliaeth PR: egwyddorion hyblyg, bywyd rhywiol afreolaidd, anwadalrwydd, *Le Charme* gormodol, a'r gallu i ddadlau dros neu yn erbyn unrhyw safbwynt o gwbl. Roedd yna bechodau gwaeth.

Tynnodd y tacsi i mewn i Stryd Bute ac aros y tu allan i'r adeilad Fictoraidd pum llawr lle'r oedd swyddfa ddylunio cwmni Ffab. Gwasgodd Menna un o fotymau'r *intercom* a daeth Gary i lawr ymhen rhai munudau i'w chroesawu a'i thywys i'r lifft ac i'w swyddfa ar y trydydd llawr.

"Bore da!" meddai Jasmine, y dderbynwraig *dolly bird*. "A croeso i Ffab!"

"*Pnawn* da," cywirodd Gary. "Mae hi'n dysgu'r iaith," eglurodd i Menna cyn ei chyflwyno i'w gyd-weithwyr wrth y desgiau dylunio – bechgyn iachus rhwng y deg ar hugain a'r deugain oed yn gwisgo'r un denim garw, fel tasen nhw wedi bod allan am y dydd yn dofi ceffylau yn yr Andes, meddyliodd Menna. Tywynnai logo cwmni Afal o gefnau eu monitors arian ac roedd logo glas IBM, ynghyd â'r gorchymyn *THINK*, wedi ei fframio mewn poster ar un o'r waliau.

Derbyniodd wahoddiad Gary i eistedd ar y soffa Habitat siâp-L yn ei ran ef o'r swyddfa agored, ac edrychodd yn eiddigeddus ar y diwyg oedd yn gymaint mwy hip a lliwgar na swyddfeydd corfforaethol y Corff. Daeth Jasmine atynt yn y man â mygiau coffi gyda'r gair *FFAB* mewn llythrennau mawr, coch.

Dywedodd Gary, "Ffaelu help â sylwi ar y plastar ar waelod y go's. Ti'n OK?"

"Dim byd wedi torri, ond crac *hairline*. Angen i fi fod yn ofalus, dyna i gyd. Ac arna i ddiolch i ti am gael y tacsi, ac ymddiheuriad hefyd. Ges i un Manhattan yn ormod yn y Cameo. Dwi'n rhy hen i'r math yna o noson."

"*No way*, Menna. Ti oedd y *life and soul*…"

"Rwy'n siŵr i ti ac Amelia gael noson fwy llwyddiannus?"

Tywyllodd wyneb Gary. "Ie, Miss Marsh, Arts for All. Mae hi'n gleient i ni, wrth gwrs. Ni'n trio cadw cwsmeried yn hapus, ond rhai ti'n ennill, rhai ti ddim… symudwn ni mla'n at fusnes, fi'n credu."

"Awgrym da iawn, Gary."

Tra oedd Gary'n chwilio am ffeiliau ar ei gyfrifiadur Afal, sylwodd Menna ar samplau o waith dylunio a adawyd yn fwriadol flêr ar y bwrdd gwydr o'i blaen. Roedd yna un ffolder â gwn plentyn ar y clawr yn tanio i mewn i gwmwl pwfflyd, gyda logo Pow TV – a cherdyn sgwâr, sgleiniog yn dangos masg aur o garnifal Fenis ar gefndir plaen, du.

"Cer â fe," meddai Gary. "'Da fi gwpwl o *complimentaries* i'r *pre-launch*."

"Diolch yn fawr."

"Première Byd y *Merchant of Venice* yng Nghanolfan y Mileniwm 'da Michal Bugarow o Kraków. Enw mawr, mla'n mewn pythefnos. Bydd e'n *good laugh*."

"Beth? *Marsiandïwr Fenis* yn *good laugh*?"

"Mae e i gyd ambiti Fenis, so ni'n cael pawb i wishgo masgie a mae Stage Wales yn rhoi decpunt i Plant Mewn Angen am bob un sy'n gwneud 'ny."

"Hael iawn, wir."

"Mae e i gyd ambiti pwmpo lan y *feelgood factor*, a chael *bums on seats*."

"Rwy'n cyfadde, mae'r gwaith dylunio'n slic."

"*Classy*, on'd yw e – ond dere ni ddishgwl ar y *roughs*," meddai gan wahodd Menna i eistedd gydag e wrth y cyfrifiadur Afal. "Nawr dyma'r logo oraens gyda'r *quote bubble*, fel mae e nawr. *Fair enough*, mae'n gneud y job, ond ni angen rhywbeth mwy ffresh, mwy cŵl sy hefyd yn gwithio mewn sawl dimensiwn…"

"…ac yn y ddwy iaith, wrth gwrs. Bydd e'n gorfod gweithio'n hollol ddwyieithog."

"*Absolutely*. Awn ni trwy'r holl opsiyne ar sgrin. Wyt ti'n gysurus fan'na?"

"Ydw," atebodd Menna gan glosio at Gary ac arogli ei bersawr siarp Paco Rabanne, os dyna ydoedd.

Edrychodd ar Gary'n chwarae â'i gyfrifiadur gan beri i'r swigen gofleidio lliwiau'r enfys a nofio ar draws y sgrin rhwng dau a thri dimensiwn gyda, a heb, enw'r Corff. Ond wrth bwyso ymlaen at y sgrin, teimlodd Menna agosrwydd chwyslyd y dyn ifanc sgwarog a theimlodd ysfa hynod ffôl i danio matsien ar ei *designer stubble* ond rheolodd yr ysfa sydyn, rywiol.

Meddai, "Dwi'n hoffi be ti'n neud, Gary, ond ydi e'n rhy wahanol? Yn cytuno â symud mla'n o'r hen liw oraens, ond beth am drio fe mewn coch a gwyrdd – lliwie Cymru?"

"Fi'n gweld ble ti'n dod o, Menna. Ond 'bach yn *passé*, falle? 'Bach o *cliché*, y dyddie 'ma?"

"Ond oes peryg mewn bod yn rhy wahanol?"

"Ti'n iawn. Ni gorfod parchu'r brand. *Brand is king: respect the King*, yndife?"

"Yn gwmws!" cytunodd Menna'n or-frwd. "Duw gadwo'r Brenin!"

Edrychodd Gary draw ati'n syn. "Nawr fe rown ni *moodboard* lan y tro nesa, a thowlu syniade ato fe, gweld pa rai sy'n gwitho yn y brand, pa rai sy ddim. Bydd rhai yn stico, rhai fydd ddim. *Think*, yntefe?"

"Ond wrth gwrs."

Ond oedd Menna gydag e, neu oedd hi ddim? Edrychodd Gary draw ati a sylwi nad oedd hi'n edrych cystal â'r Menna berffaith, arferol. Roedd ei cholur yn flêr o gwmpas ei llygaid, a rhyw gochni yna. Noson hwyr – neu 'broblemau personol'? Roedd wedi cwrdd â'i gŵr, Richie: bachan mawr, trwm, Gog, yn gwisgo crysau streipiau glas: nid ei deip e.

Trodd at Menna. "So beth ti'n meddwl? Ti yw'r cleient. Fi yn dy ddwylo di, *basically*."

"Trueni na faset ti," atebodd Menna gan daro'i llaw yn sydyn ar fforddwyd Gary. "Sorri. Daeth rhywbeth drosta i."

"*No worries*," atebodd Gary'n cŵl. "Mae'r *urge* yn dala ni i gyd weithie. Ond *never apologize, never explain*."

Wedi tawelwch ansicr, meddai Menna, "Yn amlwg, gwell i fi gael amser i feddwl dros y brandio newydd, a dod yn ôl atat ti."

"Fi'n barod pan ti'n barod, Menna. Ti yw'r bòs."

"Wel beth am i ni gario mla'n nawr?" mentrodd Menna, ei chalon yn curo'n galed wrth iddi wrth-ddweud ei hun. "Wyt ti'n rhydd? Beth am Bellini's? I gyd ar y Corff, wrth gwrs."

"Lico'r syniad – ond rhywbryd 'to." Gwnaeth ystum lan a lawr â'i law. "Pethe ddim yn sbesh rhwngo Susan a fi ar y funed."

"Anghofia amdano fe, felly. A gyda llaw, os bydd unrhyw un yn digwydd gofyn i ti pryd gawson ni'r cyfarfod yma, roedd e neithiwr yn Bellini's, nid yma pnawn 'ma yn dy swyddfa di."

"*Got it*, Menna. Unrhyw beth i helpu."

"A roedden ni'n trafod busnes – yn union fel ni *wedi* gneud, wrth gwrs."

Craffodd Gary ar Menna. "Ac aeth *neithiwr* yn iawn? Neu ddylen i ddim gofyn?"

"Nid dyna'r math o gyfarfod oedd e – yn anffodus."

"*Understood*. A fi'n addo, fe wnawn ni e *for real* tro nesa: Bellini's ar ôl gwaith, y sedd yn y ffenest, y *works* – a trwy'r nos."

"Swnio'n gynllun da."

Wrth hebrwng Menna i'r lifft, sylwodd Gary ei bod wedi gadael ei gwahoddiad i lansiad *Marsiandïwr Fenis* ar ôl. Arwydd bach arall nad oedd hi ar ei gorau? Rhedodd i'w nôl a'i roi yn ei llaw cyn i'r lifft ddisgyn.

"Cofia ddod i'r *launch*!" siarsiodd. "Fi'n addo ti, bydd e'n *good laugh*."

* * *

Wrth i Gary ddiflannu'n ôl i mewn i'r adeilad Fictoraidd, safodd Menna am ennyd ar y palmant gan ddal y gwahoddiad sgleiniog ond gwirion. Ac nid dyna'r unig beth gwirion. Bu ei hymddygiad hi yn wirion ac adolesentaidd ac yn wir, doedd hi ddim yn siŵr faint y symudodd y gwaith dylunio ymlaen. Yna cofiodd: a ddaeth y nodyn credyd trwodd oddi wrth Jasmine am y gwaith cychwynnol, fel yr addawodd Gary? Nid bod hynny o dragwyddol bwys, ond petai hi ar ben ei phethau, buasai wedi tsiecio hynny cyn dod allan.

Roedd angen hoe arni. Llyncodd awyr y môr i'w hysgyfaint cyn troi i'r chwith tua Sgwâr Mount Stuart a'r torfeydd lliwgar, twristaidd oedd yn tyrru tua'r cei. Pam na allai ymuno â nhw a mwynhau gwydraid dienw yn yr haul? Dewisodd gadair bob-tywydd o dan adlen streipiog y Côte Brasserie, a gwisgo'i sbectol fawr, *incognito*. Daeth gweinydd ati yn y man gyda'r fwydlen.

Edrychodd Menna arno dros ei sbectol. "Le Cocktail Soixante-quinze s'il vous plaît, Jacques."

"Avec plaisir, Madame."

Cyrhaeddodd y ddiod grisialog yn y man. Blasodd Menna ei chymysgedd o siampên, jin a lemwn. Yn union beth oedd ei angen arni – ond eto i gyd, ni allai ymlacio. Beth oedd yn bod arni? Ai'r busnes yna gyda Gary a'i hymddygiad merch ysgol? Er ei wendidau, diolchodd fod ganddo ryw brofiad yn y maes arbennig yna, o leia. Beth felly oedd ei phroblem? Onid oedd mater y blacmel wedi ei ddatrys? Oedd yna broblem, bellach? Neu ai Richie oedd y drwg yn y caws, yr ofn y byddai'n darganfod y gwir am ei thro i Bentawe?

Cerddai parau a theuluoedd heibio gyda'u hufennau iâ a'u hetiau haul. Roedd y cwch twristaidd yn awr yn agosáu'n drafferthus at y lanfa, a rhaffau'n cael eu taflu at y capstan. Roedd plentyn wedi taflu pêl i'r dŵr a'i rieni'n trio'i rwystro rhag neidio ar ei hôl. Helyntion dibwys gwyliau, y rheidrwydd i fwynhau. Cymerodd Menna lymaid arall, araf o'r coctel lemwnaidd ond roedd ei meddwl yn mynnu ailredeg ei chyfarfod rhyfedd ac ecsentrig â Trystan. A wnaeth hi'r peth iawn? Oedd arni 'ddyled' i Trystan? Os felly, am beth?

I osgoi'r haul isel, symudodd i gysgod yr ymbarelo. Gwyliodd y twristiaid yn dringo i fyny o'r cwch, yn hapus â'u decpunt o brofiad. Dechreuodd Menna ymlacio am y tro cyntaf ers tro a dyna pryd y syrthiodd y darnau i'w lle, ac y daeth llun y jig-so, yn sydyn, yn gyflawn. O'r diwedd deallodd pam fod y cyfarfod â Trystan mor od, y sgwrs mor herciog, a pham na ofynnodd e am yr arian: roedd e gydag e'n barod. A gwyddai hefyd pwy dalodd yr arian. Doedd dim posib iddo fod yn neb ond un arall o'i chyn-gariadon: Hywel James.

Cymerodd lwnc araf o'r Soixante-quinze. Roedd ei flas yn fwy sur nag o'r blaen. Ar y lemwn roedd y bai, ond fe yfodd Menna'r ddiod yr un fath.

13 MacBook

Roedd hi'n bedwar o'r gloch dydd Gwener a drysau'r Corff wedi cau am yr wythnos. Gan ddilyn hen arfer, cerddodd criw o'r staff yn gwlwm siaradus i lawr Heol y Santes Fair i gyfeiriad y castell ac i far tywyll y Barocco. Yno roedd gweithwyr o swyddfeydd eraill eisoes wedi dechrau dathlu diwedd yr wythnos waith. Doedd Menna ddim yn ei hwyliau gorau ac eisteddodd wrth y ffenest gan wylio llif di-baid y ceir yn symud a stopio ar eu siwrne rwystredig o ganol Caerdydd i'r maestrefi. Trodd yn achlysurol at ei chyd-weithwyr bywiog a'u straeon carlamus, ond mynnai un ffigwr cyfarwydd ymwthio i'w phen: wyneb hawddgar, gwên sardonig a gwallt gwyn y cyfreithiwr llwyddiannus, Hywel James.

Roedd hi, yn ystod y dydd, wedi trio stumogi'r posibilrwydd bod Hywel wedi talu arian y blacmel tu ôl i'w chefn. Er mor anhygoel oedd y syniad o rywun yn taflu ugain mil o bunnau i ffwrdd yn ddiangen, onid oedd yn gyson â rhai o'r pethau ddywedodd e yn eu cyfarfod yn Argoed? Oni ddywedodd e y byddai talu Trystan yn ffordd o 'setlo'r' broblem? Anhygoel! Angen prawf oedd arni nawr, cyn y gallai ei gyhuddo. Petai hi'n gwybod i Hywel dalu'r arian, fyddai hi byth wedi mynd ar ei siwrne boenus i'r caffe *two-tone* ym Mhentawe.

Ffarweliodd â'r criw wedi awr hwyliog ac alcoholaidd, a dal y trên o orsaf Stryd y Frenhines i Landaf. Yn y cerbyd gorlawn, trodd ei meddwl yn ôl at Hywel. Oedd e o gwmpas y penwythnos yma? Haf, wrth gwrs, fyddai'r un i ofyn iddi. Onid oedd hi i fod yng Nghaerdydd ar benwythnosau? Yn dal ychydig yn benysgafn, cerddodd o'r orsaf trwy'r strydoedd cyfarwydd i Blas Dinas. Agorodd y drws blaen a rhoi gwaedd ar Richie gan hanner gobeithio na fyddai gartref.

"Dwi i fyny yn fy swyddfa," atebodd. "Dwi'n brysur braidd. Gin i gwarfod nes 'mlaen. Fedri di udrach ar d'ôl dy hun?"

"Wrth gwrs," atebodd Menna â rhyddhad. Noson o lonydd oedd ei angen arni heno. Pryd ping, ffilm hwyr, cip ar *Cosmopolitan* – a ffonio Haf. Eisteddodd ar y soffa a lloffa trwy dudalennau'r cylchgrawn i ferched uchelgeisiol. Ond pa mor soffistigedig a deallus oedd hi, os na welodd drwy ymddygiad dan din Trystan, a'i sgwrs drofaus, dwyllodrus ac anonest?

Aeth i fyny i'w stafell a thaflu'i hun ar y gwely. Gorweddodd yno'n llonydd fel seren fôr am rai munudau. Yna cymerodd gawod boeth a lapio'i hun mewn gŵn gwyn, cynnes. Yn dechrau ymlacio, estynnodd yn reddfol am ei MacBook. Taniodd y gliniadur a chlicio ar Safari ond sylwodd ei fod ar dro, ac yn gorwedd ar ongl wahanol i'r arfer. Cliciodd ar *Recent History*. Dim byd fan'na. Wrth gwrs, petai Richie wedi ymyrryd â'i gliniadur, roedd yn ddigon clyfar i gofio dileu unrhyw dystiolaeth o hynny.

Pwyllodd. Ai paranoia oedd hyn? Wedi'r cyfan, sut gallai Richie agor ei chyfrifiadur heb ei chyfrinair? Ond os oedd hi wir yn amheus, doedd dim ffordd o gael at y gwir heb ofyn i'r dyn ei hun. Yn araf, caeodd gaead arian y MacBook. Euog neu beidio, petai hi'n herio Richie heno, dyna ddifetha ei nos Wener, ac efallai ei phenwythnos.

Anaml y byddai hi'n mynd i 'swyddfa' Richie yng nghefn y tŷ, gyda'i golygfa dros yr ardd. Roedd yn fwy o ffau nag o swyddfa gyda'i hoglau Hamlets, y calendr Pirelli a'r hen luniau o dîm pêl-droed Caernarfon Town. Fe ddywedodd Richie ei fod yn 'brysur'. Ond pryd nad oedd e'n brysur? Doedd 'na ddim amser da i godi peth fel hyn. Cododd Menna o'i stôl a cherdded i lawr y coridor a churo ar y drws.

"Dim angan i chdi guro drws yn dy dŷ dy hun," meddai Richie o gysur ei gadair ledr.

Eisteddodd Menna yn ei gŵn tywelog yn y gadair wiail gyferbyn.

"Mynd i'r ciando'n gynnar heno?" meddai Richie.

"Ydw, dwi wedi cael wythnos galed ond dwi angen ateb i gwestiwn syml."

"Iawn os ydi o'n un syml, ond sgin i ddim amsar y byd. Gin i gwarfod am wyth o'r gloch."

"Gyda Danny eto?"

"Naci. Dwi'n gweld Nick Jones, riportar busnas y *Western Mail*. Mae o wedi cam-ddallt rhei petha am gynllunia Casnewydd ac wedi cydiad ym mhen chwith y ffon, fel 'tae. 'Dan ni am fwynhau peintyn cyfeillgar yn y clwb."

"Ydi e, hefyd, yn ogleuo rhyw ddrewdod yn dod o gyfeiriad y dwyrain?"

"Nid felly. Y Gwyrddion 'di'r broblam – maen nhw'n ei lwytho fo efo ffeithia anghywir am y niwad i'r amgylchfyd – a mae o wedi rhoi sylw negyddol i ni gwpwl o weithia. Felly be 'di dy gwestiwn syml di?"

Doedd dim pwynt i Menna, mwyach, ddal yn ôl. Os oedd e'n ddieuog, dyna ddiwedd y stori. Ond os oedd e'n euog, roedd yn iawn iddi godi'r cwestiwn. "Fuest ti yn fy stafell i heno?"

Culhaodd Richie ei lygaid wrth iddo ystwyrio yn ei gadair.

"Mi fydda i'n hollol onast efo chdi. Do, mi fu's i yn dy stafall di, ac yn dy MacBook di, a wnes i ddim licio be welis i."

Doedd Menna ddim wedi disgwyl cyfaddefiad mor llwyr a buan. "Ond pa hawl sy gen ti?"

"Doedd gin i ddim hawl," atebodd Richie'n bwyllog, "a do'n i ddim isio'i neud o. Ond doedd gin i ddim dewis."

"Felly mae gan bawb y 'dewis' i dorri mewn i gyfrifiaduron pobol eraill?"

"Nag oes, nid mewn sefyllfa normal. Ond 'dan ni'n delio fan hyn efo tor cyfraith difrifol yn erbyn fy ngwraig. Mae'r bastard yna am ladrata – mae o *wedi* lladrata – ugian mil o bunna orwtha chdi. A dydi hynna ddim yn swm bach."

"Ond pam na wnest ti ofyn i fi gynta?"

"Dyna ddylswn i fod wedi'i neud, mae'n siŵr, ac ella baswn i wedi gneud hynny tasa chdi wedi bod yn fwy agorad efo mi. Roedd gin ti stori ryfadd braidd nos Ferchar am fyta *spaghetti* efo'r Gary Rees yna. A mi wnest ti ofyn i Hywel am rif Trystan Dafydd pan oeddat ti yn y Buffalo Bar. Felly roedd gin i le i ama dy fod ti wedi cysylltu efo'r ffwcar."

"Ydi hynny'n rhoi hawl i ti hacio fy nghyfrifiadur?"

"Ond fysa chdi wedi cyfadda, taswn i wedi gofyn y cwestiwn i chdi?"

"Wela i ddim pam lai… o ran diddordeb, sut torraist ti i mewn i'r MacBook?"

"Tydi *Menna123* ddim yn rhy anodd i'w gofio. Ti'n cofio'r ddadl gawson ni noson y BAFTA, pan deipiaist ti f'enw i mewn i Google?"

"Ond wnest ti hacio fy nghyfri banc!"

"Fedrwn i ddim gneud hynny heb dy gerdyn a'r rhif PIN, ond mi wnes i sbio ar y cyfri, a dyna'r oll ro'n i angan. Rhaid i chdi fod yn fwy gofalus. Dydi o ddim yn syniad da i gadw ffeil Word efo'r enw *CYFRIN* ar dy Mac, yn cynnwys manylion dy gyfri efo Banc Martins."

"Y cythrel…" meddai Menna o'r diwedd.

"Na, Trystan ydi'r cythral yn yr achos yma, a chdi ydi'r ffŵl." Gan newid tôn ei lais dywedodd, "Ac i ti gael dallt, dwi angan i chdi gael y pres yna'n ôl."

"Ond fy arian i yw e!" chwipiodd Menna. "Fi gafodd 'y mlacmelio, nid ti."

Craffodd Richie arni. "Mae tor cyfraith yn fatar i bawb, fel y mae cyfiawndar. Ac os nad wyt ti am gael cyfiawndar gynno'r boi yma, mi wn i am rei ffrindia allsa helpu. Mi sonis i o'r blaen am yr hogia o Lerpwl y bu's i'n yfad cwrw efo nhw yn Stryd Fawr Bangor. Maen nhw'n dallt tipyn am hel dyledion. 'Dan ni'n gwybod pwy ydi o, 'dan ni'n gwybod lle mae o'n byw, a 'dan ni'n gwybod faint o bres mae o wedi'i ddwyn. Syml, Menna, os nad wyt ti am setlo'r peth dy hun."

"Ond allwn ni fyth ystyried dullie fel'na. Fe fyddwn ni yn y carchar ein hunain."

"Fo, dy hen gariad di, ddylsa fod yn y carchar. Mae o'n gyfarwydd â'r fath lefydd. A mae'r hogia 'ma'n dallt be maen nhw'n neud a fasan nhw'n gadal dim hoel."

"Ti'n ffantaseiddio ac yn siarad nonsens peryglus."

Yn y tawelwch a ddilynodd, daeth cyfarthiad sydyn, cas gan y Doberman drws nesa. Oedd mwy i'w ddweud? Edrychodd Menna i fyny at y calendr Pirelli 2008 a'r ferch ddwyreiniol, lyfn ei chroen ond gwag ei gwep. Stydi dyn busnes yw hon, ffau y Richie go iawn, nid yr un a briododd hi yn Llandeilo y pnawn perffaith hwnnw o Awst flynyddoedd yn ôl: ifanc, golygus, mentrus, clyfar â ffigyrau ond cesyn hefyd, un o hogiau'r Dre.

Ffeindiodd Menna ei llais o'r diwedd. "Wyt ti'n cofio,

cytunon ni flynyddoedd yn ôl i gael cyfrifon banc ar wahân. Ti ddywedodd y bydde hynny'n drefniant symlach i bawb, gyda ni'n dau'n gyfrifol am ein harian ein hunain."

Cododd Richie ei law. "Dwi'n derbyn yr egwyddor yna. 'Dan ni'n parchu annibyniath ein gilydd ac ro'n i'n casáu gorod gneud be wnes i."

"Pam wnest ti e, felly?"

"Lleidar ydi'r dyn, yntê, a bradwr. Mae o nid yn unig wedi torri'r gyfraith ond wedi cachu ar hen gariad. Roedd o'n arfar credu mewn cyfiawndar i'r iaith. Mae angan iddo fo'i hun gael blas o gyfiawndar. Dydi o ddim am gael getawê efo dwyn ugian mil o bunna o'n harian ni."

"Fy arian i."

"Dy arian di."

Wrth gwrs, wyddai Richie ddim am y taliad dwbl yr oedd Menna bellach yn credu iddo ddigwydd. Petai Richie'n gwybod, byddai'n sylweddoli nad oedd y syniad o gael yr arian yn ôl mor wallgo â hynny. Ond petai e'n gwybod y stori i gyd, fe fyddai yna ffrwydriad niwclear yng ngogledd Caerdydd. Meddai Menna, gan godi, "Dwn i ddim beth sy wedi digwydd i ni. Fe wnes i drio datrys y blacmel yn fy ffordd fy hun. Cydymdeimlad dwi'n ei haeddu, nid casineb a dirmyg."

Cododd Richie ei law. "Ista am funud eto. Dwi'n derbyn na sgynnot ti mo'r help bod y bastard bach wedi dy flacmelio. Ond rydan ni lle rydan ni, a rhaid i chdi ddallt 'mod i o ddifri ynglŷn â chael yr arian yna'n ôl."

"Mae'n syniad ffantastig a dwi'n gwybod ei fod e'n amhosibl."

"Sut elli di ddeud hynna? Wyt ti wedi siarad wyneb yn wyneb efo'r boi?"

"Base fe byth yn gweithio. Mae rhy hwyr i ddad-wneud be sy wedi digwydd," atebodd Menna'n bendant.

Craffodd Richie i'w llygaid a symud yn ei sedd. "Do'n i ddim wedi bwriadu codi hyn heno. Ond gan i ti godi'r matar, mi ddeuda i o rŵan. Mi wyddost 'mod i'n damad o ŵr busnas. Dwi'n licio cael petha'n glir a dwi am i ni ddallt ein gilydd."

"Iawn," meddai Menna, yn oeri wrth glywed y newid yn ei lais.

"Tasa hi'n dŵad i'r pen – a dwi'n mawr obeithio na ddigwydd hynny – mi fasat ti'n cael cadw'r Lexus a hannar gwerth y tŷ, sy'n ffigwr reit uchal, wrth gwrs. Ond dwi wedi bod fymryn yn fwy gofalus efo fy nghyfrifon banc fy hun nag wyt ti. Maen nhw dan wahanol enwa a chwmnïa, ac un o'r rheini bia'r tŷ yn Rhiw. Ond wrth reswm, mi fydd Grug yn saff o'r swm 'dan ni wedi'i fuddsoddi yn ei *trust*: does dim angan deud hynny."

Gafaelodd Menna ym mraich ei sedd wrth i'r stafell ddechrau troi. "Wyt ti o ddifri? Ar ôl uffern y blacmel, wyt ti wir yn bygwth ysgariad? Ai dyna wyt ti'n neud? Ydw i ddim wedi diodde digon?"

"Paid â cham-ddallt," meddai Richie. "Does dim rhaid i betha fynd mor bell, a dwi'n gobeithio na wnân nhw. Sortia di'r peth allan efo'r cont bach, ac mi fydd popeth fel o'r blaen."

"Ond fydd ein perthynas ni byth *fel o'r blaen*, nid ar ôl hyn."

"Mi fydd ein perthynas ni'n iawn, os caiff hi ei seilio ar gyfiawndar, a dyna dwi am ei sicrhau i'r bastard bach y buost ti'n ei ffwcio flynyddoedd yn ôl."

14 Grug

Camodd Menna'n sigledig i'w stafell ei hun ac eistedd ar ymyl y gwely, yn crynu drwyddi. Roedd rhyw wacter yn ei stumog, fel petai wedi cael ei threisio'n gorfforol, neu fod rhan ohoni wedi ei dwyn oddi arni, neu leidr wedi torri i mewn i'w thŷ.

Bu'n stwna yn ei stafell wrth ddisgwyl i Richie adael. Felly roedd e am gau ceg y *Western Mail*. Pob lwc iddo. O'r diwedd clywodd glep y drws allanol. O leia roedd e o'r ffordd a diolch am hynny. Cerddodd Menna'n ansicr i lawr y grisiau a chymryd *lasagne* llysieuol M&S o'r ffrij. Sylwodd fod hanner potel o Malbec ar fwrdd y gegin. Er bod hynny'n annoeth, gallai fod o help i'w hwyliau. Roedd hi'n arllwys ychydig ohono i wydryn pan glywodd Grug yn dod i lawr y grisiau.

Safodd Grug am ennyd ar waelod y grisiau gan dynnu'r llen o wallt du llyfn o'i hwyneb gwelw. Roedd hi'n fwy trawiadol nag arfer yn ei thiwnic lliwgar, ei jîns tyn, a breichled *macramé* am ei harddwrn.

"Aros mewn heno, Mam?" gofynnodd cyn craffu'n agosach arni. "Ti'n OK?"

"Dwi'n iawn, diolch. Cethon ni ddiod bach ar ôl gwaith."

"Ond ti'n dal ar y gwin?" meddai Grug gan eistedd ar y stôl frecwast.

"Diferyn bach, dyna i gyd. Cethon ni eiriau, dy dad a fi. Rhyw nonsens gwirion."

"O'n i'n amau. Soniodd Dad amdano fe biti mis yn ôl. Y neges gas yna?"

"Ti'n gwybod, felly."

Edrychodd Grug yn feirniadol ar ei mam. "Mae 'na bobol *really weird* yn hongian o gwmpas y lle. Pobol sy ddim yn hapus. Ti'n well ignorio nhw."

"Ti'n iawn, wrth gwrs. Felly gyda pwy fyddi di'n cymysgu heno?"

"Pobol neis," meddai Grug gan hongian ei bag hesian ar gefn y gadair. "Ni'n mynd i'r Atma, caffe bach fegan yn Adamsdown. Mae 'da nhw lyfrgell fach, a ni'n chware gemau bwrdd."

"Swnio'n braf, ond ydi'r ardal yna 'bach yn arw?"

"Na, mae'n saffach na chanol y ddinas. Mae Kumar yn siarad 'da ni heno."

"A phwy, ga i ofyn, yw Kumar?"

"Tamil yw e, o India. Dyn neis."

"Dwi ddim yn amau. Ac am beth fydd e'n siarad?"

"Y Ffordd."

Suddodd calon Menna. '*Y Ffordd*'? Dylsai fod wedi sylwi mwy ar y pethau roedd Grug yn eu dweud a'u gwneud. Beth oedd cynnwys y silffoedd o lyfrau clawr meddal yn ei hatig? Clywodd hanesion am bobl ifainc, o'i hoed hi, yn cael eu mowldio gan ryw Faharishi neu fath arall o efengylwr oedd yn dwyn eu meddyliau – ac wedyn eu harian.

"Mae e'n iawn, dim angen i ti boeni amdana i, Mam."

"Ond mae yna fwy nag un *Ffordd*, does bosib?"

"Am y Tao mae e'n siarad heno. Mae'r syniadau yna mor cŵl. Chi ddim angen rheolau, os chi'n byw yn y Ffordd. Buon ni'n trafod hanes India tro dwetha, a beth wnaeth y Brits yna. *Horrible History*. Mae'n anhygoel, faint o bobol farwodd dan y Raj."

"Ddim yn swnio'n lot o hwyl i fi. Felly beth y'ch chi'n neud wedyn? Mynd am ddiod bach?"

"Ni weithie'n mynd am un bach i'r Vulcan, pyb hen ffasiwn mae'r Cyngor moyn chwalu, so ni'n mynd 'na i'w cefnogi nhw."

"Chwarae teg i chi," meddai Menna'n wan o sylweddoli bod ei merch hyd yn oed yn yfed cwrw o ran egwyddor.

Cododd Grug a rhoi ei bag dros ei hysgwydd. "Fi gorfod mynd nawr. Fi'n dala trên pum munud wedi wyth. Joia dy noson i mewn, Mam."

"Cei di fwy o hwyl na fi, mae hynny'n siŵr."

"Sdim rhaid mynd mas i joio. A busnes y neges yna: bydd e'n siŵr o chwythu drosodd."

"Gobeithio dy fod ti'n iawn. Ti'n meddwl bod y mater wedi'i setlo, a mae rhywbeth newydd yn codi o hyd."

Edrychodd Grug yn gonsyrniol ar ei mam, a'i gwyliodd yn diflannu trwy'r drws. Pwy oedd y ferch welw, hardd yna, oedd mor aeddfed a hunanfeddiannol? Rhywun oedd yn byw dan yr un to ond rhywun yr oedd hi'n rhy brysur i sylwi arni. Yn sicr, rhywun na fuasai byth bythoedd wedi glanio yn y picil yr oedd hi ynddo nawr.

Gwasgodd rai o fotymau'r peiriant ping a gwylio'r *lasagne* yn troi'n amyneddgar ar y plât. Mor wahanol, meddyliodd Menna, oedd Grug i'w thad. Doedd hi erioed wedi bod yn fwy amlwg *nad* oedd y ddau yn perthyn.

* * *

Rhoddodd Menna ei thraed i fyny o flaen y teledu, a golchi'r *lasagne* i lawr â diferyn o'r Malbec. Trodd yn ôl at *Cosmopolitan*, ond ni allai ganolbwyntio. Nid brad Hywel ond bygythiad Richie oedd nawr yn ei phoeni. Roedd yn annhebyg iawn y câi hi'r arian yn ôl, ond cyn gwneud dim, roedd yn rhaid iddi gael cadarnhad gan Hywel o'r taliad dwbl. Dim ots os byddai'n gwadu, roedd Menna'n ei nabod yn ddigon da i wybod a fyddai'n dweud celwydd ai peidio.

Cystal trio setlo'r peth cyn gwneud dim byd arall. Cymerodd waled ei ffôn o'i bag a ffonio Haf.

"Menna, ti'n ocê?" atebodd Haf yn ddigon serchog, i sain tincial llestri mewn bwyty prysur.

"Alla i ddim ateb y cwestiwn yna mewn llai na hyd llyfr. Wyt ti o gwmpas y penwythnos 'ma?"

"Ydw. Dyna'r ddêl sy gynnon ni, yntê? 'Dan ni'n mynd allan nos fory i weld *Guys and Dolls* yn y Theatr Newydd – ond dwi'n rhydd yn y pnawn."

"Base hynny'n berffaith. Beth am drochiad yn y pwll? Dwi wedi ffeindio risêt da am *mojito* ar y we."

"Mmm. Dwi'n licio'r syniad."

"Ac a fydd Hywel yn dy nôl di? Dwi angen gair ag e ar bwynt o gyfraith."

"Os ca i ddefnyddio dy 'molchfa di, mi ofynna i iddo fo fy nghodi ar ein ffordd i'r theatr. Bydda hynny'n safio amser."

A hynny wedi'i setlo'n haws na'r disgwyl, caeodd ei ffôn a pharatoi i symud yn ôl i'w stafell. Cystal mynd â gweddill y botel Malbec gyda hi, ynghyd ag atodiad teledu'r *Western Mail*. Roedd yna ffilm Ffrengig gyda Catherine Deneuve ymlaen yn hwyrach, wedi ei gosod yn Fietnam. Ond wrth daro'r botel ar y bwrdd gwisgo, sylwodd eto ar y MacBook, a orweddai ar y bwrdd gwisgo.

Oedd e mor hawdd i'w hacio? Rhoddodd y gliniadur ar y gwely, a theipio'r geiriau 'Martins Bank' yn y blwch chwilio. Daeth tua dwsin o ffeiliau i fyny ar y sgrin gan gynnwys un o'r enw 'CYFRIN'. Oedd e mor syml â hynny? Ei chamsyniad mawr hi, wrth gwrs, oedd dewis y cyfrinair 'Menna123'. Fe welodd Richie hi'n ei deipio i mewn, ond gallai unrhyw ffŵl fod wedi'i ddyfalu.

Yn reddfol, cliciodd ar eicon yr e-bost – arferiad gwael y tu allan i oriau swyddfa – a gweld neges newydd gan Wyn Elis-Evans, ei bòs. Doedd hi ddim yn annisgwyl. Roedd hi wedi canslo eu cyfarfod diwethaf ar y funud olaf oherwydd ei thro i Bentawe. Darllenodd y neges yn frysiog:

Menna, wyt ti'n dal yna? Ydi'r pwysa wedi codi erbyn hyn? 'Dan ni byth wedi cael ein cyfarfod misol a mae hi bron yn fis Tachwedd. Mae gen i betha brys dwi am eu trafod efo chdi, sy'n bwysig i'r Corff ac i chdi'n bersonol. Gawn ni gwarfod nos Fercher nesa fel arfar? Os gnei di gadarnhau, mi gadwa i fwrdd i ni. Wyn.

Ie, be wnaethai Wyn heb ei fyrddau? Cafodd Menna ei themtio i'w ateb yn fyr a phwrpasol, ond cofiodd iddo sôn am ryw 'anrhydadd' mewn sgwrs tua mis yn ôl. Efallai y dylai gadw meddwl agored ar y pwnc. Beth bynnag ydoedd, roedd hi'n amau y byddai'r Corff yn elwa'n fwy na hi – ond doedd dim pwynt dyfalu. Anfonodd linell gyfeillgar yn ateb iddo, a'i olchi i lawr gyda joch o'r Malbec.

*   *   *

Caeodd Menna'r MacBook a'i gosod ei hun yn fwy cysurus ar y gwely. Roedd yn rhy flinedig i ddarllen llyfr ac roedd ganddi awr i'w lladd cyn i'r ffilm hwyr ddechrau. Rhoddodd ei phen yn ôl ar y glustog. Caeodd ei llygaid a suddo i gwsg ysgafn. Pan ddeffrôdd, wyddai hi ddim lle'r oedd hi. Yn ei stafell ei hun, sylweddolodd o'r diwedd, wrth i'r darnau cyfarwydd syrthio'n araf yn ôl i'w lle. Crwydrodd ei llygaid o'r bwrdd gwisgo i'r wardrob ac yna i'r hen boster o'r Tebot Piws roedd hi wedi'i fframio ar ôl ei brynu yn ffair Nadolig Ysgol Melin Gruffydd. Gwenodd Menna. Roedd y tonnau seicedelaidd yn ei hatgoffa o'i phlentyndod, ac roedd rhywbeth doniol am y pedwar plismon sarrug oedd yn cadw llygad ar y grŵp.

Cofiodd am y gist o hen CDs a recordiau feinyl oedd yn dal yn y wardrob ers iddyn nhw symud o'u hen dŷ yn Nhreganna. Penderfynodd godi i archwilio'r blwch yna, nad oedd wedi'i agor ers dau ddegawd. Yn ôl y disgwyl, roedd yna becyn o hen recordiau feinyl na wnaethon nhw erioed mo'u chwarae yn eu cartref newydd ym Mhlas Dinas. Roedd yna haen denau o lwch drostyn nhw ac wrth chwilio trwy'r hen gloriau deuddeg modfedd, sylwodd ar lun du a gwyn o ddyn ifanc mewn siaced denim yn sefyll yn erbyn drws ac yn dal sigarét at ei wefusau: *Gobaith Mawr y Ganrif.*

Daliodd y record blastig yn ei llaw a'i throi drosodd a darllen enwau'r caneuon: 'I've Arrived', 'Lawr yn y Ddinas', 'Lle Mae'r Bobl Gwyllt yn Byw' – a 'Gobaith Mawr y Ganrif' wrth gwrs: y gân bop a wnaeth y fath argraff ar Trystan, am ryw reswm. Ond ei thynged oedd gorffen ei hoes mewn fformat MP3 ar yr unig jiwcbocs yng Nghymru a'r byd a allai ei chwarae.

Rhoddodd y record yn ôl a chymryd y nesaf allan. Gwyddai'n reddfol p'un oedd hi: *Dawnsionara* gan Endaf Emlyn, y record feinyl ffyncaidd Gymraeg oedd mor cŵl a llawn awyrgylch ac y buon nhw'n caru i rythm ei miwsig.

Cofiodd am eu caru hamddenol, ac am y lleuad wen oedd yn hofran yn uchel dros y nos dywyll a deyrnasai dros bob un o draciau'r record. Hyd yn oed heno, gallai weld yr 'hen linell wen' oedd yn dal i dynnu 'mlaen ar y trac olaf wrth i'r canwr yrru yn yr oriau mân yn ôl at ei gariad. Sut gallai Trystan fradychu'r cyfan?

Rhoddodd y record yn ôl yn y blwch llychlyd, gan drio cau'r caead, ar yr un pryd, ar ei hatgofion. Cerddodd yn ôl at ei gwely a chynnau'r teledu, dim ond i glywed pedwar o selébs yn chwerthin yn uchel am ben eu jôcs eu hunain. Diffoddodd y set, cymryd diferyn o'r Malbec, a syllu am rai munudau ar y sgrin dywyll. Yna fe'i trawodd: pam brwydro yn erbyn y miwsig, yn erbyn yr atgofion, yn erbyn Trystan? Pam na allai hi ildio iddyn nhw – a'u defnyddio at ei phwrpas ei hun?

Roedd 'na ffordd wahanol, on'd oedd, o gael Wil i'w wely? Ffordd hollol groes i un dreisgar Richie. Hen ffordd fenywaidd, felys, warthus hyd yn oed. A beth oedd o'i le ar ailgynnau hen fflam, os oedd yr achos yn gyfiawn? Weithiau mae angen torri priodas i'w hachub.

15 Pwll Nofio

Gorweddodd Menna yn ôl yn y Relaxator a chydio yn ei gwydryn *mojito*. Gwthiodd y gwelltyn i'r gwely o iâ, dail mintys a rỳm gwyn Havana Club. Blasodd ei flas ffres, a deiliog wrth wylio Haf yn llithro fel môr-forwyn trwy'r dŵr gwyrddlas. Roedd ganddi strôc crwban rwydd oedd yn dipyn llyfrnach na'i strôc broga hi ei hun, ond doedd hi ddim yn eiddigeddus. Roedd Haf ddeng mlynedd yn iau na hi, a gwyddai ei bod yn aelod o glwb iechyd Bannatyne, yn ymarfer Pilates, ac yn amlwg yn cefnogi rhyw stiwdio heulo.

Tynnodd Haf ei hun i fyny gerfydd y canllaw *chrome*, y dŵr yn diferu dros ei chroen llyfn a'r bicini bychan a hysbysebai ei chorff mor dda. "Dy dro di rŵan! Neith o fyd o les i ti."

"Fe wna i, paid â phoeni. Dwi'n benderfynol o olchi Richard Lloyd Jones mas o 'ngwallt."

"Dy ŵr? Nid y blacmeliwr?"

"Nage, Richie."

"Be 'di'r broblam, 'lly?"

"Jyst fe'i hun, pwy yw e. A neith neb ei newid e. Mae'n ddyn busnes boring ac obsesiynol sy'n credu gallwch chi ddatrys unrhyw broblem jyst trwy fflachio arian ati."

"Ond tyd 'laen, mae yna ochr arall i Richie, on'd oes? Mae o'n gallu bod yn goblyn o hwyl."

"Ym mha ganrif oedd hynny? Camsyniad oedd 'i briodi e, erbyn gweld. Ond dyna ni, mae pawb yn gwneud mistêcs."

"Dwi wedi gneud fy siâr ohonyn nhw, paid â phoeni," atebodd Haf wrth iddi sychu'i hun â'r tywel mawr, meddal. "Ond rhaid symud ymlaen, dim ots pa mor dywyll ydi'r twnnal."

"Ond sut alla i symud mla'n oddi wrth Richie?"

"Dim ond trwy newid dy hun."

"Ond wnaiff hynny mo'i newid *e*."

"Na neith, ond wast ar amsar yn trio newid pobol erill. Gwell ei dreulio fo yn newid dy hun."

"A sut wyt ti'n gneud hynny?"

Lapiodd Haf ei gŵn amdani a chwipio'r cortyn am ei chanol. "Ti ddim."

"Ond sorri, ti newydd ddweud taw dyna ddylet ti wneud."

"Ti ddim yn newid dy hun, ti'n mynd nôl i fod yn ti dy hun go iawn."

"Ond sut?"

Cododd Haf ei braich. *"Just do it!"*

Beth oedd hi'n feddwl? Cododd Menna ei gwydryn *mojito* o'r bwrdd bach chweonglog, Portiwgeaidd. Wrth iddi flasu'r ddiod, syrthiodd pelydr o haul isel ar y rhes o boteli o hylifau lliwgar ar sil y ffenest. Cyfarthodd Doberman o'r ardd drws nesa i darfu ar yr heddwch, a gadael heddwch dyfnach ar ei ôl.

"Be 'di'r Gymraeg am *sanctuary*?" gofynnodd Haf.

"Seintwar."

"Gair da. Dyna be 'di'r pwll yma: seintwar oddi wrth ddynion."

"Lico'r syniad. I be maen nhw'n dda?"

Ystyriodd Haf. "Wel, arian a *sex* – os wt ti'n lwcus."

"Ond rwyt ti'n lwcus, Haf, does bosib!"

"Tydw i ddim yn cwyno, ond os dwi isio *sex*, dwi'n darllen Jackie Collins."

"'Sa i'n dy gredu di am eiliad," atebodd Menna gan gofio dyfeisgarwch rhywiol Hywel bymtheng mlynedd yn ôl.

"Rho fo fel hyn. Rydan ni'n dallt ein gilydd, Hywel a fi – a 'dan ni'n defnyddio'n gilydd hefyd, wrth gwrs."

"Ond ti a Hywel yw'r *power couple* Cymraeg – yn arbennig ar ôl y BAFTA! Tase 'na *Vogue* Cymraeg, chi fase ar y clawr."

"Ond gynnon ni'n dau ein hanas, on'd oes? Fi 'di trydedd gwraig Hywel a doedd o ddim yn segur rhwng ei briodasa. Ond dwi ddim am bwyntio bys. Wnes i aros yn rhy hir yng Nghaernarfon efo criw *Lan a Lawr*. Faswn i ddim am i riportar y *Vogue* Cymraeg holi gormod o gwestiyna am y cyfnod yna. Roedd gen i dŷ yn Twtil ac un noson torrodd gwraig un o'r actorion i mewn i'r ardd a chwistrellu Paraquat dros y letys a'r ffa. Dwi mewn cyfnod newydd a gwahanol rŵan."

"Ac ar ôl ennill y wobr, ti wedi taro'r jacpot, Haf: swydd wrth dy fodd…"

"Does dim swyddi mewn actio, Menna – dim ond cytundeba."

"Ond mae gen ti dy fflat dy hun, rhyddid, gyrfa, gwobr, Mini Cooper melyn a gŵr sy'n dy addoli di."

Gwenodd Haf. "'Dan ni'n ffraeo hefyd, cofia. Gawson ni dipyn o sgarmas am y fflat ym Mryste."

"Sut hynny?"

"Rhois i 'nhroed i lawr. Mi fuon ni draw yna dros ddau benwythnos yn ardal Kingsdown lle mae'r Brifysgol a'r cwmïa teledu ond roeddan nhw'n eitha drud am y droedfadd sgwâr, a newidiodd Hywel ei feddwl a deud y basa B&B yn well gan ma' cytundeb blwyddyn oedd gen i p'run bynnag, ond deudis i fod yn rhaid i mi gael lle i fi'n hun, a 'dan ni rŵan am rentu fflat."

"Elli di ddim cwyno am hynny. Pryd ti'n symud mewn?"

"Wythnos i ddydd Llun. 'Dan ni wedi talu'r ernes ond mae 'na ffurflenni i'w llenwi a roeddan nhw am neud *credit check* ar Hywel. Doedd o ddim yn hapus!"

"A pryd ti'n dechre?"

"Dwi wedi'n barod. Dwi'n gyrru i mewn yn fy Mini melyn nes cawn ni'r goriad."

"A sut rai ydyn nhw, y cwmni yma?"

"Boulevard? Maen nhw'n grêt, a phawb mor gyfeillgar. Ro'n i'n nabod Peter o'r blaen, y rheolwr cynhyrchu. Wedi bod trwy Oxford, acan yng nghefn ei wddw ond yn dallt lot am ddrama ac wedi actio'i hun pan oedd o'n iau. Mi aethon ni i'r Hippodrome wythnos dwytha i weld *Death of a Salesman*."

"Braf iawn, dwi'n siŵr."

"Mae hi'n ddrama wych. Mewn gŵyl ddrama y gwelis i o gynta, yn Stratford. Mae'r byd actio'n fyd bach, yn Lloegar fel yng Nghymru, a phawb yn nabod pawb."

Cymerodd Menna lwnc araf o'i *mojito* wrth iddi drio cysylltu'r dotiau. "Ydi'r Peter yma'n briod?"

"Dim syniad. Dwi'n ama ydi o'n gwybod ei hun."

"Sorri am ofyn cwestiwn mor dwp."

"Cofia, dwi'n dal am deithio'n ôl ar benwythnosa. Dyna'r fargan. Ella nad wyt ti'n sylweddoli cymaint o laddfa ydi gweithio mewn sebon. Mae *continuity* ar dy gefn di bob munud, yn tsiecio bod dy wats 'run lle ar dy arddwrn, a dim iws cael penmaenmawr ganol wythnos. Mae ffitrwydd yn bwysig i actor a dydi o ddim lles i yrru'n ôl a blaen i Gaerdydd bob diwrnod."

"Dwi'n gweld hynny."

Cododd Haf ei choesau i fyny'n driongl a chymryd het wellt cantel lydan oddi ar y bachyn. Tynnodd nofel o'i bag – un Gymraeg, sylwodd Menna â syndod. Ond yr eiliad berffaith, meddyliodd Menna, i *paparazzo* o *Vogue* gropian o dan y ffenest gyda'i gamera lens hir. Ac eiliad addas, hefyd, i Menna ei hun gyfaddef ei phechodau, a chael bygythiad hyll Richie oddi ar ei meddwl, a chael barn merch-wrth-ferch am ei chynllun i gael ei harian yn ôl.

A fyddai Haf wedi mynd i'r gwely gyda'i blacmeliwr? Ond ble i ddechrau? Gyda'i thro i Bentawe? Byddai Haf yn chwerthin yn ei hwyneb, os byddai'n credu'r stori o gwbl. Oedd hi'n bosib i rywun ymddwyn mor naïf?

Roedd yn rhaid iddi dderbyn bod Haf yn byw ar lefel o brofiad y tu hwnt iddi hi. Y Peter yna, er enghraifft. Oedd e wedi ei helpu i gael y cytundeb actio? A faint oedd Haf yn ei wybod amdani hi a Hywel? Sut allen nhw osgoi'r pwnc yn eu sgyrsiau pen gwely? Oni fyddai rhyw fanylyn personol, dadlennol amdani'n siŵr o lithro o enau Hywel? Ond wedyn, pa ots i Haf be ddigwyddodd ddegawd a hanner yn ôl? A pha ots i Hywel, oni bai am yr angen i gadw'r peth rhag Richie?

Cododd Haf ei phen o'r nofel. "Menna, deudist ti bod gin ti rwbath oeddat ti am drafod efo Hywal?"

"Pwynt o wybodaeth, dyna i gyd. Pryd mae e'n dy bigo di lan?"

"Am bump o'r gloch. 'Dan ni'n taro heibio'r Gallois ar ein ffordd i'r Theatr Newydd. 'Dach chi'n dal i drafod y blacmel gwirion yna? Rwyt ti'n ffôl iawn os talaist ti unrhyw sylw i'r cythral."

"Na, mae hwnna drosodd."

"Beth? Dalaist ti bres iddo fo?"

"Naddo, wnes i ddim talu dime o'r blacmel."

"Be ti'n feddwl wrth hynny?"

"Does dim mwy i'r peth, Haf. *Finito*. Mae'r episod yna drosodd, rwy'n falch iawn i ddweud."

Yn anfodlon braidd, trodd Haf yn ôl at ei llyfr, yn amau bod yna stori dipyn mwy diddorol yn digwydd o'i chwmpas nag ar dudalennau'r nofel Gymraeg.

* * *

Am ddeg munud i bump, canodd tôn dincialog cloch drws blaen Plas Dinas. Cododd Menna o'i Relaxator a cherdded draw i'r cyntedd. Roedd hi wedi tacluso'i hwyneb ond wedi penderfynu peidio newid o'i bicini a'i gŵn gwyn: roedd Hywel wedi ei gweld â thipyn llai amdani. Agorodd glicied y drws, ac yno o'i blaen safai Hywel yn bictiwr o gwlrwydd hapus yn ei grys du gan sawru o'r un persawr *sandalwood* ag o'r hen ddyddiau. Fel erioed, ymddangosai'n afresymol o ifanc.

"Cadw'n iawn?" gofynnodd yn llon.

"Cystal â'r disgwyl, o dan yr amgylchiade. Dere mewn."

"Haf yma, fi'n cymryd?"

"Ydi, mae hi yn y 'molchfa, yn paratoi ei hun ar dy gyfer di. Bydd hi'n werth ei gweld, dwi'n siŵr. Rwy'n amau bod ganddi ryw syrpréis i ti. Ond cymer sedd. Gen i un cwestiwn i'w ofyn i ti, dyna i gyd."

Sylwodd Hywel ar yr oerni yn llais Menna ond ufuddhaodd. "Dim ond un cwestiwn?"

"Ie, a dim ond angen ateb Ie neu Na."

"Tania bant, 'te."

Eisteddodd Menna yn y sedd gyferbyn gan blygu un

goes yn araf dros y llall. Yna hoeliodd ei llygaid ar Hywel: "Dwed wrtha i, pam dalaist ti ugain mil o bunnau i Trystan Dafydd?"

Cydiodd Hywel ym mraich y sedd. "Mae'n ddrwg 'da fi, 'sda fi ddim syniad am beth ti'n sôn."

"Ond gen ti *syniad*, dwi'n siŵr."

"Enghraifft amrwd o *leading question*…"

"Felly pam wnest ti e?"

"Gwneud beth?"

"Talu ugain mil o bunnau i gyfri banc Trystan Dafydd tu ôl i 'nghefn i."

Sylwodd Menna ar blwc bach uwchben llygad chwith Hywel, oedd wastad yn arwydd o nerfusrwydd. "Felly fe wnest ti gysylltu â'r dihiryn?"

"Do, es i lawr i Bentawe i'w weld e."

Gwelwodd Hywel. "Nefoedd wen – pryd oedd hynny?"

"Nos Fercher."

Chwaraeodd Hywel â chyrlen o wallt ei wegil. "'Sa i'n dyall hyn. Dwi ddim yn nabod y boi nac erioed wedi cysylltu ag e. Alle fe byth fod wedi sôn wrthot ti am unrhyw daliad oddi wrtha i."

"Wnaeth e ddim."

"Felly ble cest ti'r syniad i fi wneud shwd beth?"

"Felly mae'n wir?"

Ystwyriodd Hywel yn ei sedd a chyffwrdd â'i goler. "Mae hyn i gyd 'bach yn dwp, on'd yw e? Ni'n dau yn oedolion yn ein hoed a'n hamser. Allwn ni neud yn well na rhyw ddadl blentynnaidd ding-dong fel hyn. Cystal i ni fod yn onest â'n gilydd: does 'da ti ddim ffordd o brofi'r peth, na finne o'i wrthbrofi. Ond wedwn ni, at bwrpas y ddadl, dy fod ti'n iawn. Beth yn gwmws yw'r broblem wedyn?

Base'r blacmel wedi ei setlo, a tithe ugain mil o bunne'n gyfoethocach."

"Yn anffodus, dydw i ddim. Nid dyna ddigwyddodd."

"Be ti'n feddwl?"

"Talais i e, hefyd."

"*Beth?*" atebodd Hywel mewn sioc. "Talaist ti'r blacmel?"

"Talais i swm o arian."

"Faint? Ugain mil o bunnau?"

"Un peth sy'n siŵr," atebodd Menna, "fasen i byth wedi ei dalu e tasen i'n gwybod dy fod ti wedi gwneud hynny'n barod."

"Felly pam ar y ddaear gwnest ti e?"

"Pam wnest *ti* dy daliad di yw'r cwestiwn mwya diddorol. Ai er mwyn cadw trwynau'r genedl allan o'n *affaires* personol ni, a thrafodaethau busnes a manylion apwyntiadau? Roeddet ti, fel ti'n cofio'n dda, ar y bwrdd apwyntiodd fi i swydd Corff yr Iaith."

"Doedd dim byd afreolaidd yn hynny."

"Na. Ond beth petai rhywun yn taro ar y cysylltiad? Fe ddywedaist ti rywbryd fod unrhyw un sy'n cario swydd gyhoeddus mas yn gydwybodol yn rhwym o greu llond stafell o elynion am oes."

"Ond 'sa i mewn swydd gyhoeddus! Rwy'n rhedeg busnes preifat."

Pwysodd Menna ymlaen ato, a gofyn yn dawel, "Ond beth am bwnc fel... *tadolaeth*?"

Gwelwodd Hywel ac edrych i gyfeiriad yr alcof a'r pwll nofio. "Watsia be ti'n weud, Menna. Ti mas o dy ben i grybwyll y peth ac mae'n amhosib ei brofi a falle'n enllibus. Dyna pam nad yw'r *Welsh Eye* byth yn cyffwrdd â'r stwff yna. Fi'n ofni bod busnes y blacmel wedi drysu dy ben di."

"Ond rhaid bod 'da ti ryw reswm dros y taliad. Wedest ti – yn anhygoel braidd – y galle'r swm fod yn fwy ond mae'n dal yn ffigwr anferth i'w dalu, dim ond i gadw eliffantod pinc draw."

"'Da ti ddychymyg rhy fyw, fi'n ofni."

"O'r gore," dywedodd Menna gan ailgroesi ei choesau. "Beth am y nos Lun yna yn Argoed, pan oedden ni'n dipyn mwy agored â'n gilydd na heno. Fe ddywedaist ti beth anhygoel: nad oedd wir ots pwy oedd yn talu'r arian. Neu wyt ti'n gwadu hynny hefyd?"

"Falle i fi weud shwd beth mewn ysbryd jocôs."

"A ti'n cofio ni'n cwrdd yn y Cardiff & City, pan ddes i mewn â chopi o'r *Welsh Eye*? Ar y pryd ro'n i'n credu bod y stori 'Your Land is My Land' yn profi bod Trystan wedi dechre gweithredu ar ei fygythiad. Fe ddiflannaist ti o'r cyfarfod, yn gall iawn, ond tybed ai'r un ofn wnaeth i ni'n dau ildio i Trystan mor fuan wedyn?"

Cododd Hywel ei law. "Ond os yw hynny'n wir, ac os talais i'r arian, ac os derbyniodd Trystan y swm, pam na fase fe wedi sôn am y peth wrthyt ti?"

"Cwestiwn da, ond mae'r ateb nawr yn amlwg: roedd e'n gweld siawns am *double whammy*."

"Tipyn o fastard, felly, a dyn go wahanol i'r darlun o'r boi baentiaist ti yn ein pwyllgor bach ni yn Argoed: un o werinos Pentawe, bachan braf yn chwarae rygbi a'r gitâr, ei dad yn gyn-löwr a'r teulu'n mynd i'r seiat bob nos Fawrth am hanner awr wedi chwech. Ond yn amlwg, *os* talais i'r arian, mae'r bachan yn ddihiryn llwyr. Dyw e ddim yn gredadwy ei fod e – oedd yn gariad i ti – wedi pocedu dwbl yr arian. Ac mae hwnna'n setlo'r ddadl, rwy'n credu. Nawrte, ble mae Haf?"

"Dwyt ti ddim yn cyfadde, felly?"

Edrychodd Hywel ar ei wats. "Nagw. Ond alla i ddim dweud celwydd, chwaith, nid wrthyt ti. Yn lle'r croesholi dwl yma, buasai owns o ystyriaeth – o gydymdeimlad, hyd yn oed – yn fwy addas. Rhaid i ti ddeall fy sefyllfa. Rwy'n bennaeth cwmni cyfreithiol amlwg a llwyddiannus yn y ddinas 'ma. Alla i ddim fforddio cael rhyw hwligan yn twrio'r we am stwff personol amdana i a'm materion busnes. Buase talu ugain mil yn swm bach o'i gymharu â chost ymladd achos enllib. Wyt ti'n deall be fi'n ddweud?"

"Ydw, ond fi gafodd ei blacmelio, nid ti."

"Gwir y gair, ond rwyt ti'n rhan o'r hanes. Rwy'n briod am y trydydd tro ac fe fues i mewn mwy nag un berthynas, fel rwyt ti'n gwybod dy hun. Roeddet ti'n rhan o'r stori – yn wir, yn ei chanol hi. Fuaset ti am i Richie ddarllen stori amdanon ni yn y *Welsh Eye?*"

"Iawn, Hywel, rwy'n deall," meddai Menna wrth godi o'i sedd. Doedd dim pwynt parhau'r sgwrs. Roedd hi wedi derbyn ateb i'w chwestiwn oedd lawn cystal â chyfaddefiad.

Ymhen rhai munudau ymddangosodd Haf mewn ffrog ffrilog â dotiau *polka* piws yn bownsio allan yn bryfoclyd yn steil y pumdegau. A'i chroes fach arian yn dawnsio rhwng ei bronnau, a thlysau arian yn fflachio dan ei chlustiau, cerddodd trwy'r lolfa fel petai ar *catwalk* gan aros a throi a chodi'i breichiau yng nghanol y stafell, fel dawnswraig bale. Yna gwnaeth gwrtsi bychan, dychanol fel petai'n disgwyl i'w phartner cyntaf ddod i fyny ati.

Safodd Hywel mewn ymateb i'r cais, a chymryd ei llaw. "Fel ti'n gweld, Menna, rwy wedi priodi actores. Hi yw'r ddol, ond fel gweli di, mae hi'n fwy o *Doll* nag ydw i o *Guy*."

"Basen i ddim yn dweud hynny, Hywel. Ti'n dipyn o *Guy*

hefyd, a barnu o'r ffordd ti'n taflu arian o gwmpas er mwyn cau cegau. Dim ond het Homburg rwyt ti angen, a hances goch yn dy boced ucha."

Gafaelodd Haf yn llaw Hywel a'i dynnu ar ei hôl ond cyn i'r ddau ddiflannu trwy'r drws blaen, trodd Haf at Menna â gwên fer, fuddugoliaethus. Fel y tybiai Menna, o leia. Ond oedd hi'n poeni dam? Yn dal i deimlo ychydig o eiddigedd, dilynodd Menna y pâr hapus drwy'r portico a'u gwylio'n cau drysau'r BMW 7-Series llwyd golau. Yna llithrodd y cerbyd yn dawel i lawr y llwybr graeanog cyn diflannu rhwng y ddau biler gwyn.

* * *

Cerddodd Menna'n ansicr yn ôl i'r lolfa. Ni wnaeth y sgwrs gyda Hywel ond cadarnhau beth roedd hi'n ei amau o'r dechrau. Roedd gan Trystan, felly, gyfanswm o ddeugain mil o bunnau yn llosgi yn ei boced. Roedd ei flacmel wedi gweithio'n dda iawn iddo. Ond doedd hi'n dal ddim yn siŵr am Hywel. Falle nad oedd ugain mil yn ffortiwn i ddyn mor llwyddiannus ag e, ond roedd yn dal yn swm mawr i'w dalu am ddim byd o gwbl. Oedd yna sgerbydau yn ei gwpwrdd e nad oedd hi'n gwybod amdanyn nhw?

Pwysodd ei phen yn erbyn cefn un o'r cadeiriau esmwyth. A ddylai hi weithredu ar ei chynllwyn newydd? Y rhyw, wrth gwrs, oedd y peth problematig, yn yr achos yma fel, yn wir, yn y rhan fwyaf o achosion daearol. Mae hwyliau'n gallu newid mewn fflach ac mae modd bod yn rhy gysetlyd yn y materion yma. Ni fuasai Haf yn meddwl ddwywaith am ddefnyddio ei swynion benywaidd i gael ei ffordd: roedd hynny'n amlwg o'i stori. Pam na allai hi, hefyd? Mi fyddai ugain mil o bunnau'n gyfoethocach, byddai Richie wedi'i dawelu, a Trystan wedi ei sgwario, a'i balchder personol wedi'i foddhau, a chyfiawnder wedi'i weinyddu.

Cododd a mynd at y bar cartref a chymysgu *spritzer* iddi ei hun. Gadawodd i'r soda a'r gwin gwyn ei llacio a'i thawelu. Yna cymerodd ei iPhone o'i waled. Roedd hi eisoes wedi dileu enw Trystan Dafydd o'i rhestr cysylltiadau, ond roedd ei rif ffôn yn dal ar ei rhestr o alwadau diweddar wedi'r alwad a wnaeth hi bnawn Sadwrn o'r Cardiff & City. Dechreuodd deipio:

Trystan, er mor anodd oedd e i gyd, rwy am i ti wybod 'mod i'n falch i ni gwrdd nos Fercher. Fe ddeffrôdd sawl atgof am yr hen amserau. Roedden nhw'n ddyddiau da, er gwaetha'r helyntion wedyn. Buasai'n braf cwrdd eto. Nei di fy ffonio neu adael neges? Menna.

Oedodd cyn anfon y neges. Byddai galwad ffôn yn fwy naturiol, ond yn ormod o gam i'w gymryd mewn un naid yn y sefyllfa ddyrys oedd ohoni. Fe adawai'r neges, a'i ffonio wedyn os na fyddai'n ymateb. Yna cymerodd lymaid araf o'r *spritzer* i sadio'i hun cyn taro'i bys ar y saeth fach *Send*.

16 Bellini's

Doedd Menna ddim yn edrych ymlaen at ei phryd â Wyn Elis-Evans, ond o leia roedd hi'n gyfarwydd â'i wendidau. Ac yntau'n ddyn boring tua'r trigain oed, fyddai yna ddim o'r cymhlethdodau a godai o gydfwyta â Gary Rees, er enghraifft. Diolch byth na dderbyniodd e'i chynnig hi'r wythnos diwetha. Roedd bwyta yn Bellini's yn brofiad braf beth bynnag, gyda'i olygfa o'r Bae a'i weinwyr golygus, Eidalaidd. Ond wrth ddringo'r grisiau roedd Trystan Dafydd yn dal i bwyso ar ei meddwl, a'r angen am ailgysylltu. Nid yn annisgwyl, doedd e ddim wedi ateb ei neges destun. Ond tybed ai heno, wedi glasied neu ddau o win, fyddai'r amser perffaith iddi wneud symudiad? Roedd angen symud yn gyflym, cyn i'w setliad ariannol, os dyna ydoedd, galedu mewn concrit.

Roedd ffigwr trwm, siwtiog ei bòs yn disgwyl amdani wrth y bwrdd, ei gês lledr wedi'i barcio wrth ei gadair. Cododd i'w chyfarch. "Croeso'n ôl i dir y byw, Menna. Mi ga'n ni ddwyawr o blesar, ac esgus ei fod o'n waith."

Neu ddwyawr o waith ac esgus ei fod e'n bleser, meddyliodd Menna.

"Mae hi'n noson braf, am ddechra Tachwedd. Mi wnest ti ganslo'n cwarfod dwytha ni'n sydyn iawn."

"Drwg 'da fi am hynny. Roedd gen i bwyllgor brys yn ochrau Abertawe, yn ymwneud â mater ariannol."

"Ia, go ansefydlog ydi'r hinsawdd economaidd, yntê. Ond dwi am i'r noson hon fod yn un bleserus a mae gin i betha dymunol i'w trafod efo chdi yn y man. Ond gawn ni ddechra efo'r peth pwysica – y gwin. Mae'r Barolo'n reit wych yma, gwin coch ydi o, un reit ffrwythog…"

"Rwy'n barod i fentro."

Pan gyrhaeddodd y botel, cymerodd Menna'r cyfle i edmygu'r olygfa eang a estynnai draw at Benarth. Tywynnai'r haul isel ar wyneb y dŵr ac ar yr hwylbrennau lliwgar a siglai'n ddiog yn yr awel ysgafn. Draw i'r chwith pefriai to tonnog, lliw copr y Cynulliad Cenedlaethol. Bu Menna yno'n ddiweddar fel aelod o Bwyllgor Gorffen yr Iaith Gymraeg, ond sylwodd fod y sgaffaldiau'n dal i fyny ar neuadd newydd Canolfan y Mileniwm gerllaw.

"Beth oedd eich barn chi," gofynnodd Menna, "am dŷ opera Hadid? Mwy diddorol tybed na'r adeilad sy gyda ni draw fan'na?"

Pesychodd Wyn. "Ella wir. Mi fasa fo'n fwy o welwch-chi-fi, ond mae gofyn bod yn ymarferol er mwyn dŵad â phrosiecta cymhlath i fwcwl o fewn terfyna ariannol. Eisoes mae gynnon ni senadd a theatr sy'n dyblu fel tŷ opera…"

"Y'ch chi'n siŵr nad y senedd sy'n dyblu fel tŷ opera?" jociodd Menna, ond daliodd Wyn at ei bwynt difrifol. "Mae Caerdydd yn dŵad i *deimlo* fel prifddinas, yn tydi, erbyn hyn? Rydan ni'n symud ymlaen fel cenedl, er gwaetha pawb a phopeth."

"Ydyn, wir," ameniodd Menna.

"Ein problem ni," meddai Wyn wrth i'r gwin sblasio dros ei weflau, "ydi nad ydan ni'n canmol ein hunain ddigon. 'Dan ni'n rhy hoff o swnian. Ac wrth gwrs, mae gynnon ni un enw arall i'w ychwanegu at y rhestr yna o sefydliada cenedlaethol: Corff yr Iaith Gymraeg!"

"Wrth gwrs..."

"Rŵan mae'n iawn i ni longyfarch ein hunain ar gyrraedd lle rydan ni ond mae'n gymaint pwysicach, felly, ein bod ni'n amddiffyn statws a delwedd y Corff. Sut mae'r gwaith yn dod ymlaen efo'r logo newydd, gyda llaw?"

"Dwi mewn cyswllt cyson â Gary Rees o gwmni Ffab a ni'n bwriadu gosod *moodboards* lan i sicrhau bod y logo'n ffitio'r brand, os y'ch chi'n deall."

"Na, dydw i ddim, na chwaith pam fod y prosiect yma, sydd mor bwysig i ddelwedd y Corff, yn llusgo 'mlaen fel hyn. Ac o sôn am ein delwedd ni, ga i ofyn i chdi'n blwmp ac yn blaen, faint o les ydi o bod yna glip o Brif Weithredwr Corff yr Iaith yn hedag drost y we yn dawnsio'n feddw gaib mewn clwb nos yng Nghaerdydd?"

Synnodd Menna at ei hyfdra. "Be wetsoch chi?"

"Mi glywist ti'r tro cynta. Ydi hynna'n wir, 'ta ydi o ddim?"

"Dyw e ddim o gwbl. Do'n i ddim yn feddw..."

"Ond roeddach chdi'n mwynhau dy hun yn arw."

"A be sy o'i le ar hynny? Ro'n i allan gyda ffrindiau ac wedi tripio'n ddamweiniol dros gêbl trydan. Ac allwn i mo'r help fod yna ryw sinach o'r BBC yn fy nilyn i gyda'i ffôn. Profiad annifyr iawn i ferch."

"Ond roeddach chdi mewn clwb nos?"

"Bar hwyr lleol ydi'r Cameo, nid y Moulin Rouge."

"Dwi'n dallt hynny, ond dwi'n siŵr dy fod ti'n cytuno mor bwysig ydi ymddygiad cyfrifol."

"Sorri," atebodd Menna, ei gwrychyn yn codi, "ond dwi ddim angen gwers ysgol Sul ar y pwnc. Dwi wedi bod yn y swydd ers pum mlynedd – fel sonioch chi – a hynny heb gŵyn."

"Dwi'n derbyn hynny, wrth gwrs. A gyda llaw, rhag i ti gam-ddallt, dwi wastad wedi dy amddiffyn di yng nghyfarfodydd y Bwrdd. Mae yna amball grinc reit geidwadol yna, 'sti."

"Oes wir?"

"'Dan ni angan gwaed ifanc a tybad nei di anfon rhei enwa ymlaen ata i? Ti sy'n nabod dy genhedlaeth. Wrth gwrs, 'dan ni'n lwcus bod gynnon ni aeloda fel Hywel James, sydd bob amsar mor bwyllog ei farn."

"Da hynny, wir."

Yn ddiangen, cynigiodd Wyn lenwi gwydryn Menna cyn arllwys gwydraid o'r Barolo iddo'i hun. Yna cliriodd ei wddw. "Mi sonis i o'r blaen fod gin i newyddion da i ti. Rŵan mae hyn yn hollol gyfrinachol. Mae yna bwyllgor bach yn Nhŷ Gwydyr yn Whitehall sy'n gyfrifol am anrhydedda'r Frenhinas yng Nghymru, a maen nhw'n chwilio am enwa newydd ddwywaith y flwyddyn, sef ar ben blwydd y Frenhinas ei hun, ac ar droad y flwyddyn galendr. Mae'r pwyllgor yn dethol enwa ac yn anfon *feelers* allan i weld pwy fasa'n agorad i dderbyn anrhydadd ac yn pasio'r enwa ymlaen i Swyddfa'r Cabinet."

"*Feelers*? Dwi ddim yn siŵr ydw i'n ffansïo'r rheini!"

"Sôn yr ydan ni, Menna, am MBE," meddai Wyn yn ddifrifol. "Nid bach o beth. Mae hi'n anrhydadd statudol sylweddol sy'n cynnwys gwahoddiad i Balas Buckingham ar gyfer arwisgiad gin y Frenhinas ei hun, ond does dim angan bod yn wylaidd ynglŷn â'r matar. Mae hi'n fraint fawr bersonol, ond hefyd yn gydnabyddiaeth i'r Corff, ac yn wir, i'r iaith Gymraeg ei hun."

Cymerodd Menna lwnc o'r Barolo. "Mi wna i ystyried y peth, wrth gwrs."

"Ond mae amsar bellach yn brin. Mae'r pwyllgor angan gwybod erbyn canol Tachwedd a dwi'n cymryd bydd hynna'n hen ddigon i ti. Mae o'n gyffrous iawn i feddwl bod Stryd Downing am godi cap, fel petai, i'r iaith Gymraeg."

"Stryd Downing?"

"Ia, fan'no mae Swyddfa'r Cabinet – ac mae'n rhaid i'r Frenhinas weld a phasio'r enwa. Mae gynni hi *veto* ar y rhestr ond go brin y gneith hi rowlio'r belan ddu yn erbyn d'enw di."

"Y'ch chi'n hollol siŵr? Ro'n i'n aelod o Gymdeithas yr Iaith yn y coleg."

"Paid â phoeni am hynny. Dydi perthyn i Gymdeithas yr Iaith Gymraeg erioed wedi bod yn rhwystr i ddyrchafiad."

Dychwelodd Luigi â'r prif gyrsiau: Porcini Mezzelune con Pappardelle i Wyn a Tagliatelle Verdi con Salmone i Menna. Yna chwalodd gawod o gaws Parmesan dros bryd Wyn a rhoi winc slei o gydymdeimlad i Menna: roedd yn gyfarwydd â gweld merched deniadol wedi eu dal gan ddynion dylanwadol, canol oed.

Ymosododd Menna ar y pryd cymysg o bysgod a phasta a dail. Doedd hi ddim wedi disgwyl yr anrhydedd ond oni fuasai MBE yn codi ei statws ymhlith ei chyd-weithwyr ac yn cau rhai cegau – Sutter, er enghraifft – gan hefyd hwyluso'r llwybr at swydd uwch? Ni fyddai Trystan Dafydd, wrth gwrs, yn meddwl llawer o'r syniad. Buasai dyrchafiad Prydeinig yn siŵr o gadarnhau ei ragfarnau ef a'i siort yn ei herbyn a byddai rhifyn newydd o *Llais y Ddraig* yn siŵr o atgyfodi'r llun gwirion ohoni hi'n gwenu fel gât ar y Prins yn Nant y Cewri. Ond wedyn, pam ddiawl ddylai hi boeni am ei farn e?

"Dwi'n cymryd," meddai Wyn yn y man, "dy fod ti'n troi'r awgrym drosodd yn dy feddwl."

"Ydw, ond dydi'r syniad o fod yn aelod o'r Ymerodraeth Brydeinig ddim yn rhoi'r *hots* i fi, os maddeuwch y term. Mae'r haul wedi hen fachlud ar y bali peth."

"Dwi'n cytuno efo chdi, wrth gwrs!" atebodd Wyn yn frwd. "Mae pawb yn dallt hynny. Mi rydan ni bellach yn byw dan drefn fwy democrataidd – ond mae'n un sy'n cyfrannu pymthag miliwn o bunnau'r flwyddyn i'r Corff ac yn cynnal tri dwsin o swyddi."

"Ond ein harian ni yw e, yntefe – nid arian unrhyw ymerodraeth."

"A dyna pam mae o'n iawn i chdi ei dderbyn o!"

Cloddiodd Wyn yn ddyfnach i'r Porcini Mezzelune, gan fforcio llinynnau hir o basta fel *zip wire* o'i blât i'w geg cyn parhau â'i ddadl. "Er gwell neu er gwaeth, mi rydan ni'n gydddibynnol. Mae grant y Corff yn dŵad trwy law'r Cynulliad, sydd ei hun yn derbyn grant bloc o'r Trysorlys yn Llundan. Yn anffodus, mae yna unigolion gwrth-Gymraeg fasa'n neidio at esgus i docio grant y Corff a rhoi'r pres i rwbath heblaw yr iaith Gymraeg."

"Ond pa wahaniaeth ymarferol fase derbyn MBE yn 'i wneud?"

"Ar wahân i bopeth arall, mi fasa fo'n anfon negas allan i bobol o ddylanwad, cystal â deud: 'dan ni'n dallt ein gilydd – mi wnân ni chwara'r gêm, os gnewch chi."

"Wnes i 'rioed feddwl am y peth yn y ffordd yna."

"Mae angan i ni gadw ar yr ochr iawn i bobol, a dal ein penna i fyny'n gyhoeddus. Dwi'n cymryd, gyda llaw, dy fod ti'n gwybod am *Première* drama fawr Shakespeare, *Marsiandïwr Fenis*, yng Nghanolfan y Mileniwm? Mi fydd hufan Caerdydd yna ac wrth gwrs, mi fydd yn dda cael gweld adeilad y Mileniwm yn ei ogoniant."

"Mi wn i am yr achlysur."

"Da iawn," meddai Wyn, gan ymlacio. "Rŵan, mae yna faterion erill dwi angan eu trafod gan mai cyfarfod busnas 'di hwn i fod, yntê," meddai â gwên slei wrth agor ei gês.

Gadawodd Menna iddo fynd trwy'i bethau gan ymddwyn fel carreg ateb iddo gydag ambell "Syniad da…" a "Ddim mor siŵr am hwnna…" a "Beth am gael barn gweddill y Bwrdd?" Cymerodd lwnc arall o'r Barolo wrth i'r haul suddo'n araf i'r môr ac wrth i len o oleuadau bychain gynnau ar draws y Bae. Gadawodd i'r gwin ei chynhesu. Doedd hi ddim mor ddrwg yma, oedd hi, wedi'r cyfan? Roedd hi'n cymryd bywyd ormod o ddifri. Dylai ddilyn esiampl Haf. Onid oedd hi'n haeddu rhyw wobr am ei blynyddoedd o lafur caled dros y Bwrdd? A beth oedd o'i le ar chwarae gêm fach â Trystan Dafydd? Byddai'n ei ffonio yn y man: ac yn sydyn, doedd y syniad ddim yn ei dychryn.

Triodd Menna gyflymu'r pryd gyda'i hatebion cwta, ond mynnodd Wyn gael Torta Barozzi a gwydraid o *grappa* a phaned bychan o *espresso* cryf, gyda siocled. O'r diwedd cyflwynodd Luigi'r bil i Wyn mewn blwch o bren collen.

"Ddim yn afresymol," meddai Wyn gan fflachio ei Gerdyn Aur American Express. "Pryd dymunol iawn, y bwyd bron cystal â'r cwmni. Felly be wnawn ni rŵan, Menna? Mi allsan ni rannu tacsi – 'dan ni'n dau'n mynd i gyfeiriad gogladd Caerdydd, yn tydan?"

Atebodd Menna'n bendant, "Yn anffodus mae gen i alwad ffôn dwi angen ei neud, cyn iddi fynd yn rhy hwyr."

"Chdi ŵyr, yntê. Ond mi gawson ni noson fendigedig, on'd do?"

"Do wir, a diolch i chi am y pryd ac am y cynnig arbennig. Gobeithio na wnes i ymddangos yn anwerthfawrogol."

"Ac mae'r pryd ar y Corff, fel arfar. Mae o'n edrach ar ein hola ni, a mae o'n briodol i ni edrach ar ei ôl o."

"Wrth gwrs, Wyn."

Cymerodd Wyn y napcyn gwyn o'i arffed a sychu ei wefusau. Wrth ymadael ni rwystrodd Menna ef rhag taro'r gusan arferol ar ei boch. Gallai hynny fod yn ddigon iddi golli ei swydd.

* * *

Arhosodd Menna i Wyn fynd am y rheng dacsis cyn troi'n ôl am y cei. O leia dyna Wyn o'r ffordd; nawr, Trystan. Roedd angen gwneud galwad mor ddelicet o safle o ryw gysur. Roedd angen i'w neges fod yn glir, ond yn sensitif i densiynau eu sefyllfa. Safodd mewn penbleth lle'r oedd hi, yn dal ychydig yn ansicr o ddoethineb ei chynllun, ond yna sylwodd Jacques arni, o far y Côte, y bwyty Ffrengig lle mwynhaodd goctel ysgafn wythnos yn ôl. Cododd ei law arni a'i gwahodd i gymryd un o'r seddi.

Archebodd wydraid o'r coctel Soixante-quinze, a gyflwynodd Jacques iddi â gwên ddeallgar. Eisteddodd Menna'n ôl gan gymryd arni fod yn ferch soffistigedig oedd yn mwynhau hoe ar lan y Seine gan ystyried pa un o'r dynion yn ei llyfr bach du i'w ffonio. Yn araf, blasodd y ddiod lemwnaidd gan ddisgwyl am gic ysgafn y jin a'r siampên. Yna cymerodd ei iPhone o'i bag a llyncu awyr y môr i'w hysgyfaint. Hwn fyddai ei chynnig olaf, penderfynodd. Os na fyddai hyn yn gweithio, gallai Richie stwffio'i fygythiad, a Trystan gadw ei ddeugain mil.

Canodd y ffôn yn hir a theimlodd Menna bwl o ryddhad – falle na fyddai'n ateb. Ond a hithau ar fin rhoi i fyny, clywodd lais allan o wynt. "Helô?"

"Trystan? Iawn i siarad?"

"Fi ar y *power tower* yn y *gym*. Sorri, wnes i ddim nabod y rhif."

"Mae'n rhif newydd."

"Felly beth alla i wneud i ti?"

"Gest ti fy neges, on'd do?"

"Do, ond 'sa i'n 'i dyall hi, i fod yn onest. O'n i'n meddwl ein bod ni wedi setlo pethe'n go lew yn y Carlton."

"Ond bues i'n fyrbwyll. Ac yn dwp. Sonies i am dorri cysylltiad ond ydi hynny'n syniad da ar ôl popeth ni wedi bod trwyddo, yn yr hen ddyddie ac yn ddiweddar?"

"Ond ddywedest ti nad oeddet ti am 'y ngweld i am chwarter canrif arall."

"Do. Fe wedes i hynny yng ngwres y funud."

"Fi'n dyall yn berffeth sut o't ti'n teimlo. Buasen i wedi gweud 'run peth, yn dy sefyllfa di."

Wedi saib, meddai Menna, mewn llais tawelach, "Roedden ni'n gariadon…"

"Oedden, chwarter canrif yn ôl."

"Gallen ni fod yn… ffrindie eto."

"*Ffrindie*? Syniad – wel – dwtsh yn annisgwyl, gawn ni weud, o dan yr amgylchiade."

"Ti'n gwybod beth rwy'n feddwl, Trystan."

"Sorri, gwell i ti wneud dy hunan yn fwy clir."

"Dwi'n derbyn y bai am hyn. Ro'n i'n gwybod yn iawn nad oedd e'n syniad da i roi galwad sydyn i ti fel hyn, yn lle siarad wyneb yn wyneb."

"Ond gawn ni fod yn glir am un peth: ni ddim yn sôn am ddim byd ariannol fan hyn?"

"Na. Mae hynny mas o'r ffordd, ac wedi ei setlo. Meddwl o'n i amdanon ni'n dawnsionara 'slawer dydd…"

Cyflymodd calon Trystan. *"Dawnsionara?"*

"Ie, ti'n cofio'r record ffyncaidd, ffantastig yna gan Endaf Emlyn?"

O'r diwedd syrthiodd y geiniog a sylweddolodd Trystan yr awgrym rhywiol. Teimlodd gic i'w gyfansoddiad. "Ydw i'n dy ddeall di'n iawn?"

"Dwi'n credu dy fod ti, Trystan."

"Ga i amser i feddwl am y peth?"

"Dwi ddim am dy wthio di i wneud dim nad wyt ti eisie'i wneud. Rhaid iddo fe ddod oddi wrthyt ti. Cysyllta nôl â fi ar y rhif yma."

"Ocê. Ond fi'n dal ddim yn deall hyn."

"Paid trio, Trystan," atebodd Menna, ei llais yn meddalu. "Mae 'na bethe ym mherthynas pobol sydd wastad yn ddirgelwch. Gall y gelynion pennaf fod â mwy yn gyffredin na rhai mathau o ffrindiau."

"Ond fi'n addo dim."

"Does dim angen i ti. Jyst dilyn dy reddf, fel roeddet ti'n arfer gneud."

"Iawn, wna i dy ffonio di…" atebodd Trystan yn ansicr.

"Cyn y penwythnos?"

"Iawn. Ond pam y brys?"

"Ond beth yw'r pwynt oedi… meddwl am y peth, Trystan," atebodd Menna'n floesg wrth orffen yr alwad.

Rhoddodd Menna ei ffôn yn ôl yn ei bag gan synnu ychydig at ei pherfformiad hi ei hun. Rhaid bod y Barolo a'r coctel Ffrengig wedi rhoi hwb i'w gilydd. Nid oedd yn alwad onest ond daethai'n raddol i gredu yn y rhan a chwaraeai. Ac onid oedd hynny'n gallu digwydd mewn sefyllfa rywiol real? Bod y sefyllfa yn gallu cynhyrchu'r awydd?

Doedd dim ots bellach, allai hi ddim gwneud mwy. Roedd hi wedi cadw at ei haddewid iddi'i hun. Yn ffodus, roedd modfedd o'r Soixante-quinze yn dal ar ôl. Cymerodd y gwydryn a'i yfed yn araf, gan esgus eto, am rai munudau braf o hunan-dwyll, ei bod hi'n Parisienne soffistigedig oedd newydd ailgynnau perthynas ag un o'r hen gariadon yn ei bywyd. Ond o ailfeddwl am y peth: pa mor bell oedd hynny o'r gwir?

17 Kawasaki

Am ddeuddeg o'r gloch dydd Sadwrn, tynnodd Trystan ddrws y swyddfa o'i ôl. Cawsai wythnos anodd arall. Roedd yna drueiniaid na allai eu helpu ac efallai mai dyna pam y bu iddo ymateb mor barod i ddadleuon Beca ynglŷn ag annhegwch bywyd, a mantais y cyfoethog. Y rhai a rwygai ei galon oedd y bechgyn a'r merched yr oedd e'n codi eu gobeithion, ac a allasai wneud dydd da o waith i'r cyflogwr iawn, oni bai am yr anialwch economaidd a adawodd Margaret Thatcher ar ei hôl.

Yn rhydd nawr o bryderon gwaith, cerddodd Trystan i lawr y stryd fawr a tharo i'r siop Spar am *Western Mail*, brechdan gaws, paced o grisps blas halen, a chan o Diet Coke. Yna anelodd, yn ôl ei arfer, am y gamlas, ei hoff ddihangfa. Roedd e wedi trefnu i gyfarfod â Meic, Tawe Motors, yn y caffe tua phedwar o'r gloch – yng nghwmni'r Kawasaki. Roedd y beic ar werth ers dau fis ond daeth y pris i lawr, ac o'r diwedd gallai ystyried newid lan o'r hen Triumph.

Roedd yn falch i sylwi bod ei hoff sedd ar lwybr y gamlas yn wag. Wedi canrif a hanner yn cludo glo a metalau o ben ucha'r cwm i lawr i borthladd Abertawe ac yn ôl, roedd nawr yn ardal hamdden swyddogol gyda choedydd tal i gysgodi cerddwyr a beicwyr. Nofiai hwyaid yn ddiog ar y dŵr rhwng y dail marw a'r sbwriel plastig. Taflodd Trystan ddarn o'i frechdan atyn nhw a gadael iddyn nhw ymladd am y briwsion.

Edrychai ymlaen at orffen yr wythnos gyda Beca mewn dathliad *fine dining* ym mwyty'r Taj Mahal. Ei syniad hi oedd y blacmel a hi fyddai'n pregethu am sosialaeth a rhannu cyfoeth ac am gyfiawnder i'r rhai a aberthodd dros yr iaith. Pwy fase'n meddwl, wythnos yn ôl, y buasai ei baldorddi wedi llwyddo ac wedi cynhyrchu deugain mil o bunnau. Duw a ŵyr pwy wnaeth y taliad cyntaf yna. Rhywun agos at Menna, mae'n rhaid, oedd yn gwybod am ei neges: ffigwr nerfus oedd â rhywbeth i'w guddio. Ond pa ots pwy oedd e, os talodd e'r arian.

Cymerodd y blychau Rizla a St. Bruno o'i boced, llyfu'r papur Beibl a rholio'r baco'n ofalus a'i danio â matsien Swan. Gadawodd i'r mwg droelli i'r awyr. Roedd ganddo hawl i deimlo rhyw fodlonrwydd. Roedd wedi penderfynu peidio ffonio Menna'n ôl, er gwaetha'r demtasiwn oedd yn mynd a dod fel twymyn. Yn awr, yng nghysgod y coed ac yn hedd y gamlas, gwelai'n glir pa mor ffôl fyddai peryglu'r setliad boddhaol iawn a gafodd yng nghaffe'r Carlton y nos Fercher cyn dwetha.

Gwasgodd y stwmpyn i'r pridd ac agor cylchgrawn penwythnos y *Western Mail*. Lloffodd trwy'r prif storïau cyn troi at golofn Gareth Edwards yn y cefn. Roedd e'n ei dweud hi am ranbarthau rygbi newydd Mr Moffet, ond yn dal i gredu y byddai Cymru'n gwneud yn dda yn y Pum Gwlad, ar ôl ennill y Grand Slam y tymor dwetha. Roedd Trystan yn cytuno ag e – ond curo'r Saeson oedd y peth pwysig.

* * *

"Shgwla arno fe – slasien o feic," meddai Meic, yn ei ofarols Tawe Garage, wrth bwyntio at yr anghenfil piws ac arian a sgleiniai ar y palmant o flaen caffe'r Carlton. "Kawasaki Vulcan 650cc, llai na hanner cant ar y cloc, a heb ei dwtsiad ers dau fis."

"Hwnna sy'n becso fi," meddai Trystan. "Ddim yn iach i feic fod yn segur."

"Ond dyna pam mae e'n tsiêp. Y bòs am 'i wared e. Tria fe mas a gawn ni siarad wedyn."

"Ond dim ond naw cant am y Triumph?"

"Mae hwnna'n fwy na beth gawn ni amdano fe – ond cawn ni air 'to." Rhoddodd Meic yr allwedd i Trystan. "Bydda i yn y caffe am sbel fach 'to. Os byddi di'n hwyr, ffonia."

"Iawn. Rhaid i fi ddishgwl Beca."

"Pryd ti'n gweld hi?"

"Mewn tua hanner awr, ar ôl ei shifft yn y warws garpedi."

"Gore i gyd. Rho reid iddi hi arno fe. Rhaid cadw'r menwod yn hapus. Nhw sy'n dala'r pwrs, yntefe?"

"Rhy wir."

"Ond cofia: yn wahanol i fenyw, mae beic yn dod â whech mis o warant."

Cymerodd yr allwedd gan awchu am y cyfle i reidio'r teigar metel i fyny'r Cwm. Roedd yn hen wendid. Roedd ganddo feic BSA yn y coleg yn Aber cyn newid lan i'r Triumph Rocket, ond bu'n llygadu un Japaneaidd ers tro. Taniodd fwgyn cartref. Yn gynnar nos Sadwrn, roedd hi'n adeg braf o'r wythnos ac yn llai prysur na nos Wener. Roedd ieuenctid y dre wrthi'n lliwio'u hunain â phaent rhyfel cyn dal y bysiau i lawr i glybiau nos y Kingsway, Abertawe, tra oedd eu rhieni yn ymlacio cyn mynd allan am beint neu bryd lleol.

Daeth tri llanc pigwalltog heibio ac aros i edmygu'r beic, eu cegau'n troi'n fecanyddol am eu Wrigley's Doublemint. Eglurodd Trystan bwrpas rhai o'r rhannau, ond gallai weld nad oedd ganddyn nhw wir ddiddordeb. Rhoddodd sylltyn iddyn nhw ar gyfer y jiwcbocs ac yn y man blastiodd 'Boom Boom' Rihanna trwy'r caffe.

"O, wela i, hwn 'di'r tegan newydd?" meddai Beca wrth daflu ei sach gynfas ar lawr, ac ymuno â Trystan wrth y bwrdd.

"Daeth Meic Garej â fe draw i fi dreialu. Ti'n ffansïo reid bach?"

"Duwcs," meddai Beca, "tydi hynna ddim yn wahoddiad dwi'n gael yn amal."

"S'mo ni wedi cau'r ddêl eto. Fi'n meddwl mynd am sbin lan y Cwm."

"Ond be 'di'r brys? Ai rŵan 'di'r amsar gora i ni sblasio pres? Mi gyma i banad o goffi gynta."

"Iawn..."

"Ac wyt ti wir angan 'y marn i? Dy beth di ydi o. Tria fo os dyna ti wedi'i drefnu – ond paid â'i brynu fo rŵan, a ninna ar fin prynu tŷ a'r holl gosta fydd efo hynny."

Rhegodd Trystan dan ei anadl. Dylsai fod wedi rhagweld y math yma o gnec. Dywedodd mor bendant ag y gallai: "Fi'n addo, fydd 'da ni ddim problem ariannol os pryna i'r beic. Neith e ddim gwahanieth i ni."

"Ond allwn ni ddim fforddio wastio ceiniog. Mi fydd gynnon ni bob math o gosta ar ben y morgais, fatha prynu dodrefn a phaentio'r tŷ a chael cegin newydd."

"Cymer 'y ngair i, fyddwn ni ddim yn brin."

"Ond sut elli di ddeud hynna? Be 'di pris y beic yma?"

"Dim ots, bydda i'n talu amdano fe o'n arian i, fel gwnes i gyda'r Triumph."

Craffodd Beca ar Trystan. "O, wela i: mae 'na wahaniath rhwng dy arian di a'n harian ni?"

"Oes, wrth gwrs bod e."

"Ond ein harian ni ydi'r ugian mil dalodd Mei Ledi i dy gyfri di. Ac o'r cyfri yna rwyt ti'n talu am y beic, yntê?"

"Nid fel'na mae'n gweithio. Mae 'na sawl arian yn y cyfri. Ti ddim yn dyall."

"A ddallta i byth."

Wrth gwrs, doedd dim modd i Trystan egluro bod dwbl yr arian bellach yn ei gyfri. "Jyst cŵla lawr. Bydd popeth yn iawn, cei di weld. Tua dwy fil a hanner fydd e, llai be fydd Meic yn cynnig am y Triumph."

"Dwy fil a hannar! Am damad o feic! A plis nei di egluro be sy'n bod ar yr un sy gin ti? Mae o'n mynd yn ddel iawn, hyd y gwela i."

Yn amyneddgar, meddai Trystan, "Mae'r Rocket yn hen fodel, y milltiroedd yn uchel a'r rhanne'n mynd yn brin. Gofyn i Meic."

"Dim ots be ddeudith Meic, ti wedi rhoi dy galon ar y beic, ondo? Nei di ddim newid."

"Rhodda i gynnig ar y beic, a phenderfynu wedyn."

"Ti wedi penderfynu'n barod, on'd do? Ti mor benstiff â phrocar gwrach."

"Ti sy'n ymddwyn fel gwrach, nid fi."

"Watsia be ti'n ddeud."

"Ti ddefnyddiodd y gair."

Yn y tawelwch anodd rhyngddynt, digwyddodd hen wraig, oedd ar ei ffordd o Lidl, droi ei throli wrth drio'i godi dros y palmant, gan adael i becynnau o grisps a the PG a thuniau o gawl tomato Heinz rolio i'r gwter. Cododd Trystan y nwyddau a'u sipio'n ôl yn y troli melyn llachar.

"Trueni na fasat ti mor gonsyrniol am ein heiddo ni'n dau," meddai Beca.

"Enilles i ugain mil o bunne i ni."

"Llai pris y beic," mynnodd Beca

Triodd Trystan reoli ei hun. "Mae Meic yn dishgwl. Ga i drio'r beic mas a gawn ni drafod e i gyd yn gall wedyn."

"Yn gall? Efo chdi? Hogyn mawr wedi mwydro'i ben efo'i degan newydd?"

"O ffyc off, fenyw!" atebodd Trystan, ar ben ei dennyn. Yna cododd o'r sedd, camu'n wyllt at y beic, a strapio'r helmed am ei ben.

Rhythodd Beca arno. Doedd Trystan ddim yn un glân ei iaith, ond anaml y byddai'n defnyddio iaith front gyda hi. Doedd y rhagolygon ddim yn wych ar gyfer y pryd *fine dining* yn y Taj.

* * *

Gwyliodd Beca'r beic yn cymryd swae peryglus a swnllyd i fyny'r briffordd; yn amlwg roedd gan Trystan waith dysgu sut i'w drin. Hanner gwenodd wrth sylwi ar ei drafferthion, ond roedd hi'n berwi y tu mewn iddi. Yn amlwg, doedd dim trafod i fod: roedd y penderfyniad wedi'i wneud. Roedd Linda hefyd wedi sylwi ar yr anghydfod ac aeth at y fainc lle'r oedd Beca'n eistedd yn ddigalon.

"Paned arall?" gofynnodd.

"Diolch, efo sgonsan y tro 'ma. Neith o lenwi bwlch. 'Dan ni'n mynd am gyrri nes 'mlaen – i fod."

Pan ddychwelodd Linda gyda'r archeb, eisteddodd gyferbyn â Beca. "Probleme?"

"Mae o'n gallu bod mor styfnig. Unwaith ceith o syniad yn 'i ben, mae o'n sticio yna am byth."

"Ife'r beic yw'r broblem? Mae e'n dishgwl yn smart iawn."

"Ydi, smartiach na'r boi sy'n ei reidio fo. Mae o wedi rhoi ei galon arno fo."

"*Toys for the boys*, yntefe?"

"Yn union. Does 'na ddim sens i'w gael. Wyddwn i ddim amdano fo tan pnawn 'ma."

Dywedodd Linda, ar ôl saib, "O'n i ffaelu help â sylwi bo' chi'n dadle mwy yn ddiweddar."

"Ond mae o drosodd, diolch byth, busnas y ferch o Gaerdydd – oedd arni hi ddylad i ni."

"Dda iawn 'da fi glywed. Ond mae pob pâr yn mynd trwy gyfnode. Bues i trwy batshyn anodd 'yn hunan. Ti'n cofio'r sîans yna rhwng Danny'r gŵr a Beryl Drake?"

"Ffling gwirion oedd hynna, ac roedd pawb yn gwybod am Beryl the Peril. Wnaeth o chwythu drosodd, on'd do?"

"A wneith y busnes yma, hefyd, gei di weld."

Torrodd Beca y sgon yn ei hanner ac ychwanegu menyn. "Gobeithio, yntê? Dwi'n cofio'r adag pan aeth petha'n ddrwg rhwng Charlie a finna, pan aeth y *trust*."

"Fi'n gwybod be ti'n feddwl."

"Roeddan ni'n rhoi uffarn i'n gilydd erbyn diwadd, ond yn aros efo'n gilydd er mwyn y plant. Roedd o'n Sais ac yn gymeriad cry iawn ac yn hoff o'i botal, ac mi fethis efo'r plant, dwi'n cyfadda. Maen nhw yn eu hugeiniau rŵan a dwi ar delera da efo nhw ond sgynnon nhw mo'r iaith. Felly pan gwrddis i â Trystan, a fynta'n Gymro da, roedd hynny'n waradigaeth i mi."

"Ti'n lwcus. 'Sda Danny ddim *interest* mewn politics."

"Na, ti sy'n lwcus. 'Dan ni'n dadla'n amal a tydi o ddim lles i'n perthynas ni."

"Ond chi'n cynnig am dŷ? Neith pethe setlo lawr wedyn."

"Gawn ni weld. 'Dan ni wedi rhoi cynnig i mewn, un isal, am un o dai Dan y Gamlas, ond 'dan ni heb glywad yn ôl eto. Dwi am alw i mewn efo John Francis dydd Llun i weld sut mae petha'n edrach."

"Bydd e mor neis i chi ga'l lle i chi'ch hunen ar ôl… ers faint y'ch chi 'da'ch gilydd nawr?"

Rhoddodd Beca ei sgon ar y plât. "Mae hi'n bum mlynadd, yn tydi, ers steddfod Meifod. Arswyd y nef!"

"Fan'na gwrddoch chi?"

"Ia, ond roeddan ni'n nabod ein gilydd, o bell, ers hen ralïa'r Gymdeithas. Digwydd codi sgwrs naethon ni mewn sesiwn werin yn y Cann Office – roedd o ar ben 'i hun – ac ro'n i yn ei baball o cyn y bora."

"Ac o't ti'n briod â Charlie ar y pryd?"

"Rhyw fath o briod, erbyn hynny. Ti ddim yn un am steddfoda?"

"Na. Allen i byth â ffwrdo cymryd yr amser bant a thalu rhywun i redeg y lle 'ma."

"Rhaid i chdi drio fo rhywbryd. Nid y cystadlu ydi'r peth. Gŵyl ydi hi, gŵyl y Cymry. Roedd hi'n andros o boeth yn steddfod Meifod a mae hi'n ardal mor hardd, yng nghesail brynia Maldwyn. Gawson ni sesiwn anfarwol y nos Sadwrn ola mewn tafarn leol ac es i ddim adra tan ddydd Llun. Mi fuon ni am dro ar ei feic o dydd Sul i Sycharth, lle'r oedd llys Owain Glyndŵr. Mae Trystan yn un am ei hanas."

"*Romantic* iawn. Galla i eich gweld chi ar gefn y beic yn yr haul, a'r gwynt yn rhedeg trwy'ch gwalltie."

"Ond oeddan ni'n gwisgo helmets, neu mi oedd o, Trystan," meddai Beca gan wenu wrth feddwl am syniad rhamantus Linda ohonyn nhw eu dau – a'i syniad hi ei hunan, efallai, ar y pryd.

Rhoddodd Beca ei chyllell ar draws y plât a gorffen ei hail fŵg o goffi.

"Felly cyrri amdani heno?" gofynnodd Linda, gan godi.

"Ia, yn y Taj. Ga'n ni weld sut hwylia fydd arno fo ar ôl ei reid ar y beic. Ella bydd o wedi cael y peth allan o'i systam. A mae wastad siawns bydd y gasget wedi chwythu yn ochra Craig y Nos. Doedd o ddim yn edrach yn rhyw sicr iawn pan oedd o'n gadal."

"Byw mewn gobeth, 'te?"

Yna blastiodd 'Boom Boom' Rihanna eto fyth, gan ysgwyd y caffe. Rhoddodd Beca ei dwylo dros ei chlustiau. Edrychodd Linda ar ei wats ac meddai: "Rhaid i fi ddishgwl mas am Danny hefyd. Ni fod i fynd i'r Tawe Arms am rywbeth yn y fasged."

"Mi gei di fwyd gwell yn fanno, a chwmni gwell, dwi'n ama, na ga i."

"Gyda Danny?" atebodd Linda gan dynnu wyneb wrth droi'n ôl am y cownter.

18 **Alys**

Roedd Meic wedi gadael y caffe erbyn i Trystan ddychwelyd o'i daith i fyny'r Cwm, felly gadawodd y beic y tu ôl i'r garej a ffonio Meic gyda golwg ar setlo'r fargen dros ginio ddydd Llun.

"Peint?" gofynnodd Meic. "Nos Sadwrn, on'd yw hi?" Wel pam lai, meddyliodd Trystan. Gallai gwrdd â Beca 'run fath am naw o'r gloch yn y Taj – ar ôl tro bach i'r Dilwyn.

Roedd ei gorff yn dal i grynu wedi'r profiad o yrru'r beic i fyny ffordd y Bannau. Aeth mor bell â Chraig y Nos a throi i mewn i faes parcio'r plasty. Roedd pŵer y beic 650cc yn sioc iddo. Roedd ganddo dipyn mwy o gic na'r Triumph a bu'n rhaid iddo fod yn ofalus wrth reoli'r sbardun ar y ddolen dde. Ond doedd dim trugaredd pan welai heol glir yn ymagor o'i flaen. Gadawodd i'r gwynt sgubo gofidiau'r dydd allan o'i ben gan brofi blas o'r rhyddid yna nad oes neb ond beicars yn ei adnabod.

"A faint o farcie ti'n rhoi i'r Kawasaki?" gofynnodd Meic wrth osod dau beint o Worthington Creamflow ar y bwrdd.

"Dim problem 'da'r beic. Alla i ddim meddwl am fynd nôl i'r hen Triumph nawr. Beca yw'r broblem. Ti'n nabod hi."

"Fi'n gwbod be ti'n weud. S'mo nhw'n dyall."

Cymerodd Trystan ddau neu dri chreisionyn o'r paced. "Colli eto pnawn 'ma i Dreforys?"

"O dri phwynt. Reffarî dall. Gallen ni slipo lawr i'r clwb am un bach, i gael yr hanes o lygad y ffynnon."

"Ond fi'n cwrdd â Beca yn y Taj am naw."

"Dim ond deg munud o wâc yw hi i'r clwb."

Chwythodd chwa o wynt trwy far y Dilwyn wrth i res o ddynion sychedig, canol oed wthio'u ffordd trwy'r drws a thaflu eu cotiau am gefnau'r cadeiriau. Y sgwrs wrth y bar oedd hanes tîm lleol aflwyddiannus arall, sef yr Elyrch, ond roedd perfformiad preifat un o'r cyfarwyddwyr, a fu'n mela â gwraig un o'r chwaraewyr, o fwy o ddiddordeb na pherfformiad y tîm ar y cae, oedd eto fyth yn ddisglair ar wahân i'r broblem fach o sgorio goliau. Dechreuodd Trystan ymlacio. Dyna oedd yn dda am Bentawe: lle digon bach i gynnal cymdeithas glòs ond digon mawr i wneud nos Sadwrn yn antur.

Wedi talu peint Meic yn ôl, cerddodd y ddau yn llon i lawr y strydoedd at y clwb a'r cae rygbi. Ar unwaith, gallai Trystan deimlo'r rhialtwch a'r cynhesrwydd yn treiddio trwy'r waliau *prefab*. I mewn yn y bar, bu bron iddyn nhw daro yn erbyn dwy wraig oedd yn cario platiau o frechdanau ham i'r ddau dîm. Tra oedd Meic yn ciwio wrth y bar, teimlodd Trystan bwl o hiraeth am y misoedd diniwed yna pan chwaraeodd rai gemau, yn y chweched dosbarth, i ail dîm Pentawe RFC.

Hongiai Draig Goch, fel o'r blaen, y tu ôl i'r bar, wedi ei lapio mewn sgarff o liwiau'r clwb. Ar y wal roedd oriel o dimau buddugol ac o chwaraewyr a enillodd gap i Gymru. Roedd y capiau eu hunain, a chrysau a chwpanau wedi eu labelu'n ofalus, mewn cwpwrdd gwydr yn y gornel. Ond tra oedd Trystan yn edmygu'r parch yma at hanes, daeth merch ato.

"Hallo stranger!" meddai blonden o gwmpas y deugain yn gwisgo sbectols plastig, glas. "Ble ti wedi bod yr holl amser, Trystan?"

"Man hyn a man 'co," atebodd, yn synnu a chynhesu at ei defnydd o'i enw. "Fi nôl nawr ond mae chwarter canrif ers i fi whare i'r clwb."

"Rwy'n gwybod. Weles i ti."

"Wir? Mae hwnna'n neud fi'n nerfus."

"Felly ti nôl yma yn y Swyddfa Waith?"

"Ydw. Nid y swydd fwya cyffrous yn y byd, ond mae'n waith, a fi yma. A ti?"

"Bues i bant yn Llundain am sawl blwyddyn. Iawn tra parodd – ces i flas o fyd gwahanol – ond nath pethe ddim gweithio mas i fi'n bersonol, a phenderfynes i ddod nôl. Dyw'r gwair ddim wastad yn wyrddach yr ochor draw i'r clawdd. Dim iws disgwyl i bethe ddigwydd. Rhaid gafael mewn bywyd – on'd oes e?"

"Ti'n hollol iawn."

Cymerodd y ferch lymaid o'i gwin coch. "Dyw cyfleon ddim yn dod ar blât fel y brechdane ham mawr gwyn yna. Rhaid i ti fynd ar eu holau nhw neu ti'n bennu lan yn saith deg oed yn gofyn ble gythrel mae dy fywyd di wedi diflannu."

Roedd rhywbeth deniadol am hyfdra'r ferch. Oedd e'n ei nabod hi neu beidio?

Craffodd y ferch yn heriol i lygaid Trystan. "Rwy'n gwybod be ti'n feddwl – pwy ar y ddaear yw hon?"

"Ie – gwed pwy yw hi."

"Ni'n dau'n mynd nôl yn bell. Fi'n gwybod mwy amdanat ti na ti'n feddwl."

"Alla i weld hynny, ond ti'n dal heb ateb y cwestiwn."

"Os ti moyn ateb, dere lawr i'r noson gwis ar nos Fercher. Fi yna fel arfer. Gallen ni wneud tîm cryf, ni'n dau…"

"Nage gwybodeth gyffredinol yw fy mhwynt cryfaf."

"Gallen i dy helpu di yn fan'na."

"Diolch am y cynnig. 'Da ti rif?"

"Dere draw nos Fercher. Bydda i yna," meddai'r ferch gan droi i ffwrdd â gwên awgrymog.

Cyrhaeddodd Meic o'r diwedd â'r peintiau. "Tipyn o giw 'na, wastad yn fishi ar ôl gêm."

Cymerodd Trystan ei beint. "Pwy oedd honna, 'te, Meic? Roedd hi'n siarad fel 'se hi'n 'y nabod i ers ache."

"Alys, dysgu yn Ysgol Rhyd-y-fro. Arfer dysgu yn Llunden. Pishyn neis. Lico cefnogi'r tîm cyntaf pan maen nhw'n whare gatre."

"Fi'n gweld."

"Felly bydd yn ofalus."

"Gof-alys?"

"Mae hynny lan i ti, Tryst."

Cofiodd Trystan am Menna, a'i addewid i'w ffonio. Roedd llai fyth o reswm ganddo nawr. Roedd y cyfarfod ag Alys, er mor fyr, wedi rhoi pethau mewn golau gwahanol. Nid yn gymaint hi ei hunan, ond y sylweddoliad o bosibiliadau bywyd. Rhaid iddo ildio ei obsesiynau. Symudodd at y ffenest ac edrych allan ar y maes chwarae a'r pyst a'r goleuadau, y byrddau blêr gyda'u hysbysebion gan drydanwyr, sgaffaldwyr, cwmni carpedi Beca, garej Meic. A'r un to sinc oedd i'r stand ag o'r blaen, yn ffurfio silwét du yn erbyn llwydni'r ffurfafen, a'r un bryniau isel yn y pellter, a'r un rhesi o dai teras.

Llifodd ton o hapusrwydd ysgafn drosto. Dyma'i filltir sgwâr. Rhywun fel Alys, nid bòs Corff yr Iaith Gymraeg,

i'i fryd, os oedd yn chwilio am brofiadau newydd.
n ar dy feddwl?" pryfociodd Meic.
ond rhywbeth wedodd hi am golli cyfleon."

"Yn gwmws, Tryst. Paid colli dy siawns ar y Kawasaki. Yn wahanol i fenyw, ti'n gwybod ble ti'n sefyll gyda beic."

"Ti wedi gneud y pwynt yna o'r bla'n, Meic."

"Mae e siŵr o fod yn wir, 'te."

* * *

Eisteddai Trystan ar ei ben ei hun yn y Taj Mahal, profiad *fine dining* dwyreiniol Pentawe a gwaelod y Cwm. Safai peint melyn o Cobra ar y bwrdd o'i flaen – ond dim Beca. Mae'n wir iddo gyrraedd ugain munud yn hwyr – roedd e wedi ei ffonio i egluro iddo gael ei ddal yn y clwb rygbi ond roedd hi eisoes ar ei ffordd adre pan gyrhaeddodd Trystan y Taj. Ffoniodd hi eto.

"Sorri," meddai Beca, "ond ro'n i'n meddwl na noson o ddathlu oedd heno i fod, i ni'n dau. Nid noson o lyshio gwirion, ond o drafod y dyfodol."

"Dau beint gethon ni... ble wyt ti nawr?"

"Dwi'n cerad i lawr y stryd fawr, tuag at swyddfa John Francis, yn rhyfadd iawn."

"Wel stopia. 'Na i ordro'r bwyd i ti nawr. Biryani Special yn iawn, yr un gyda 'bach o bopeth?"

"Mae'n rhy hwyr, Trystan. Dwi ddim am ddŵad yn ail i Meic Garej."

"Ti'n camddyall. Gethon ni beint wedyn yn y clwb, dyna i gyd. 'Sa i wedi prynu'r beic eto."

"Mi faswn i wedi mwynhau peint fy hun yn y clwb, ond wnest ti ddim meddwl am hynny, mae'n siŵr?"

"Alla i ddim ennill, alla i? Ti'n dod draw neu wyt ti ddim?"

"Be 'di'r pwynt? Ti wedi sbwylio'r noson. Gei di fyta dy gyrri dy hun."

Rhegodd Trystan wrth gau'r ffôn, a syllu'n swrth ar y llun mawr o'r Taj Mahal, oedd wedi gweld ei ddyddiau gorau. Llifai hollt cul o olau trwy'r crac yn y partisiwn â'r gegin ond ni allai hynny guddio prydferthwch y tyrau tal, y llyn hirlas, a'r to crwn, benywaidd. Roedd tywysog o India wedi ei adeiladu i'w hoff wraig, medden nhw. Yn amlwg, roedd y tywysog yn dipyn mwy o foi na fe. Cymerodd lwnc hael o'r cwrw Cobra melyn.

Cyrhaeddodd y Bhajis a'r bara Naan a'r Rogan Josh, ond yn fuan wedyn cododd cynnwrf wrth y drws wrth i chwech o flaenwyr tîm rygbi Pentawe gerdded i mewn. Roedden nhw mewn hwyliau da iawn ac yn amlwg wedi bod yn yfed ers y chwiban olaf am bedwar o'r gloch. Chwipiodd y gweinydd tywyll y cerdyn *Reserved* oddi ar y bwrdd mawr tra oedd ei gyd-weinydd wrthi fel lladd nadroedd yn tynnu chwe pheint o'r Cobra. Ymlaciodd Trystan i'r rhialtwch a dechreuodd ei broblemau personol gilio o'i ben.

Ond ryw chwarter awr wedyn, ac yntau'n mwynhau'r cyrri cig oen, ymddangosodd dwy ferch yn nrws y bwyty, un fer, dywyll ac un flonden yn gwisgo sbectols glas.

"Waw, am syrpréis!" meddai Alys gan droi ato. "Ti ar ben dy hun?"

"Am y tro."

"Wel beth am ymuno â ni?"

"Diolch am y cynnig, ond gadawa i chi sgyrsio mewn heddwch."

"Ond 'da ni waith dal lan, on'd oes e?"

"Dishgwl mla'n at wneud hynny eto. Oedden ni 'da'n gilydd yn yr ysgol fach?"

"Na, 'sa i'n credu…"

"Neu ddêt ysgol fawr?"

"Ti'n agosach nawr…"

"Chi'n mynd rhywle wedyn?" mentrodd Trystan. "Beth am Kitty's? Un bach am yr hewl? Ti'n gwybod amdano fe?"

"Yn dda iawn. Yr Hen Dderwen oedd hi pan oedden ni yn y chweched ac yn slipo mewn am lasied dan oed."

"Bydda i'n galw heibio 'na ta beth," dywedodd Trystan gan newid ei gynlluniau.

"Iawn 'da ti?" Trodd Alys at ei ffrind.

"Iawn…" atebodd hi'n ansicr.

"Felly dyna heno wedi'i setlo!" meddai Alys yn hapus wrth dywys ei ffrind at fwrdd ym mhen draw'r bwyty lle'r oedd y chwe chwaraewr. Wrth gwrs, os oedd hi'n dilyn gemau cartref y clwb, byddai Alys yn gwybod am eu harfer o orffen y noson yn y Taj. Ond beth oedd hi'n ei feddwl wrth ddweud bod heno 'wedi ei setlo'? Cyflymodd ei galon wrth feddwl am y posibiliadau ond sobrodd wrth gofio y byddai Beca'n disgwyl amdano yn eu stafell flaen, ei hwyneb yn hir fel bwch.

* * *

Yr Hen Dderwen oedd hoff dafarn ei dad cyn i bâr priod o Loegr symud i mewn tua deng mlynedd yn ôl. Gan obeithio denu cynulleidfa iau na'r hen ffyddloniaid, fe chwalon nhw'r bar blaen a'r hen far smygu, ailbaentio'r cyfan â lliwiau 'modern', cael gwared â'r hen feinciau pren a'r hen gwrw casgen, a rhoi arwyddion trydanol Birra Moretti i fyny rhwng y blychau sain du. Ond haws cael gwared â hen gynulleidfa na denu un newydd ac fe gawsant y syniad o ddefnyddio'r ardd gefn ar gyfer gwasanaethau ychwanegol.

Gwyddai Trystan am hyn, ac anaml y byddai'n cefnogi'r lle oni bai ei fod yn chwilio am gornel i fwynhau mwgyn tawel ymhlith amrywiol ysmygwyr yr ardd. Archebodd beint o'r cwrw Eidalaidd gan y Cinderella y tu ôl i'r bar, a gwthio heibio i'r cyrff yn y coridor ac allan i'r ardd. Cymerodd ei lygaid amser i gyfarwyddo â'r tywyllwch. Yn y man ymffurfiodd ffigyrau aneglur yn ymlacio wrth y meinciau; y tu ôl iddynt, ar draws y wal garreg, hongiai llinyn blêr, bob lliw o oleuadau bychain Nadoligaidd.

Eisteddodd Trystan ar fainc gyfagos, yn falch o'r hoe. Cystal caniatáu rhyw dri chwarter awr i Alys a'i ffrind gyrraedd o'r Taj. Tynnodd allan ei becyn Rizla a'i dun diniwed o St. Bruno. Byddai'n brysur yn ardal y tŷ bach yn nes ymlaen. Yna daeth cagal o ferched canol oed swnllyd, Saesneg allan i'r ardd, yn crawcian fel gwyddau. Roedd hyn yn ormod i Trystan a phenderfynodd droi'n ôl i'r bar.

Safodd yn y gornel gan edrych ar hoff far ei dad, oedd nawr yn debycach i stafell aros mewn maes awyr gyda'i boster o drên y Flying Scotsman ar un wal a *Keep Calm and Carry On* ar y llall. Y tu ôl i'r papur wal streipiog roedd y lle tân lle byddai ei dad a'i ffrindiau yn cadw'r chwedlau'n fyw am Twm Gât, Tomos y Bliw, Dai Dwplwr a'r Cymry Cymraeg eraill oedd yn arfer cynnal gweithiau tun y cwm. Roedd y dirywiad yn dal i frifo Trystan, ac yn un o'r rhesymau pam yr ymunodd â Chymdeithas yr Iaith pan aeth i goleg Aberystwyth.

A'i beint yn ei law, safodd yn y drws gan drio cau ei glustiau i'r sŵn dyrnu a ddôi o'r blychau sain. Cymerodd lwnc o'r cwrw ysgafn ac edrych ar ei wats.

"On yer tod tonight, sweetie?" meddai Cinderella yn ei gwisg fer, fflwfflyd.

"Yeah."

"I coon see from your accent you're local, like us. I quite like the Welsh accent, meself, it's nice and soft. But everybody speaks English, don't they?"

"A lot of people speak Chinese, too."

"Yeah but everybody oonderstands English. It's an international language, innit?"

"There's more people speak Spanish than English."

"But you're very happy speaking it now, aren't you, my love?"

Edrychodd Trystan eto ar ei wats. Doedd dim sôn am Alys. Yna fe'i trawodd, mewn cic o siom i'w stumog, na fydden nhw'n dod wedi'r cyfan. Wyddai e ddim pam, ond roedd yn amlwg. Mwy o sbort gyda'r tîm rygbi? Y ffrind yna â syniadau gwahanol? Neu oedd hi'r teip oedd jyst yn mwynhau chwarae â dynion? Llyncodd ei beint a rhoi'r gwydryn gwag ar y bar. "Hwyl!" meddai wrth Cinderella.

"And the same to you, my love."

Safodd am funud yn y cyntedd, wedi ei rewi gan ei siom. Pam oedd e wedi syrthio mor galed am Alys wedi dim ond dwy sgwrs o rai munudau? Dylai fynd nôl at Beca, yn ŵr da, a thrio cymodi. Ond sut allai e, a'i ben yn y fath gawdel?

Roedd angen gwydraid olaf arno, penderfynodd, i suddo'i siom a bwrw'i ben yn ôl i siâp, ac aeth trwodd i'r tŷ bach. Ar ei ffordd yn ôl, sylwodd ar ferch arall mewn gwisg tylwyth teg – gallai fod yn chwaer i Cinderella – yn dal plât â llinellau culion o bowdwr gwyn ar ddarnau o bapur sigarét. Gwenodd wên felys arno, ei gwefusau mewn siâp bwa coch, ciwpidaidd. "What's wrong, my love? Has the world already ended? Be happy! Twenty a line. All clean, fair trade."

"Government approved?" meddai Trystan.

"Better than that, it's all local, no bunk. 'Appiness for just a score. Score with a score!"

"A good price for happiness, got to admit."

"And it's tonoight only, love. Now any more takers for our special Saturday noight deal?"

Aeth Trystan i'w boced a rhoi dau bapur decpunt i'r dylwythen deg. Cymerodd y powdwr a'r papur a symud at y gornel o'r fainc lle bu'n eistedd ynghynt. Trwy drugaredd roedd y merched powld a swnllyd wedi dychwelyd i'r dafarn, gan adael dim ond grwpiau bychain yn eistedd yn y tywyllwch yn sgyrsio ac ysmygu'n dawel. Oedd 'na rywun yno a allai fod yn cynrychioli cyfraith a threfn? Nid yn swyddogol, penderfynodd, a chododd y papur at ei drwyn a ffroeni'r powdwr mewn anadliadau araf.

Ymlaciodd o'r diwedd gan edrych tua'r llinyn o fylbiau bychain lliwgar oedd yn wincio arno'n gyfeillgar o'r pellter. Beth ddywedodd Alys am golli cyfloedd sy'n dod ar blât? Ond nid colli cyfle gyda hi oedd ar feddwl Trystan mwyach, ond colli siawns brin am lwc gyda rhywun arall, yr oedd hefyd yn ei nabod ers tro byd, nid athrawes ysgol gynradd oedd yn grŵpi i'r tîm rygbi, ond pennaeth cwango cenedlaethol. Cymerodd ei Nokia o boced ei siaced ledr, sgrolio trwy'r enwau, a tharo'i fys ar enw Menna Beynon.

* * *

Canodd y ffôn am hir. Cnodd ei wefusau wrth iddo ddod yn fwyfwy ansicr o ddoethineb yr alwad. Ond ar ôl rhaglennu ei hwyliau gyda chymorth y powdwr gwyn, doedd e ddim am wastraffu ei fuddsoddiad.

Atebodd Menna o'r diwedd â "Helô?" siarp.

"Fi sy 'ma – Trystan," meddai gan godi o'r fainc a symud yn reddfol i ran dywyllach o'r ardd.

"Dwi'n deall hynny, ond be sy? Mae'n ddiawledig o hwyr."

"Ti ofynnodd i fi ffonio."

"O'n i'n cymryd bod hynna i gyd drosodd."

"Drosodd? Ond dy syniad di oedd e. Ti ofynnodd i fi ffonio. Ti soniodd am gwrdd eto, ac am *Dawnsionara*…"

"Wyt ti'n sobor, Trystan?"

"Fi'n sobrach nag arfer ar nos Sadwrn."

"Dy lais di'n swnio'n wahanol."

"So pryd gawn ni gwrdd?"

"Mae allan o'r cwestiwn."

Gwylltiodd Trystan. "Iawn, ocê, *fuck it*. Anghofia amdano fe. Symlach i bawb. Wela i di mewn chwarter canrif arall."

Sobrodd Menna. Oedd hi o ddifri ynglŷn â'i chynllwyn rhywiol? Doedd ganddi ddim coctel Ffrengig wrth law i'w helpu i dwyllo'i hun. Dywedodd o'r diwedd, "Felly beth oedd 'da ti mewn golwg?"

"Cadw nos Sadwrn yn rhydd, dyna i gyd. Dim angen penderfynu mwy na hynny nawr. Hala i'r manylion mla'n i ti."

"Ond mae'r rhybudd mor fyr."

"Mae e lan i ti, Menna."

Gwyddai Menna fod yn rhaid iddi benderfynu. Oedd hi o ddifri ynglŷn â'i chynllun? Byddai unrhyw ohirio pellach yn rhoi'r farwol i'w chynllun i adfer ei harian. "Iawn, fe wna i gadarnhau."

"Ond rhaid i fi wybod nawr. 'Sa i'n bwriadu talu canpunt am stafell, dim ond i ti dynnu nôl."

"Does dim problem," meddai'n felys. "Dwi jyst angen clirio pethe gyda Richie. Ydi hynna'n iawn?" gofynnodd mewn llais melys a rhesymol.

"Ond wrth gwrs. Rho wybod ac fe gysyllta i ganol yr wythnos gyda'r trefniade."

"Hwyl tan hynny 'te," meddai Menna'n swta, gan orffen yr alwad.

"Hwyl 'te."

Syllodd Trystan yn syn ar ei ffôn, oedd yn sydyn yn farw. Beth yn union ddywedodd hi? Roedd yn ddiwedd ffrit i alwad yn trefnu noson o ramant a rhyw â hen gariad dyddiau coleg. Pam nad oedd e'n neidio o lawenydd? Onid oedd e wedi llwyddo i wireddu ei ffantasi wylltaf, sef denu Menna Beynon, Prif Weithredwr Corff yr Iaith Gymraeg – un o ferched mwyaf pwerus a deniadol Cymru – i'w wely? Dylsai deimlo ar ben y byd, ond am ryw reswm, doedd e ddim. I lwyddo fel ffantasi, rhaid i'r ffantasi aros yn ffantasi.

Parti Preifat

"Beth yw eich barn chi?" meddai Hywel wrth basio'r gwydrau crisial o gwmpas. "Dyw hi ddim yn wybodeth gyffredinol, ond nago's curo portyn gwyn fel *aperitif*."

"Mi gyma i d'air di," meddai Richie. "Chdi 'di'r awdurdod."

"Na – Haf yw'r awdurdod ar Bortiwgal, fel mae'n digwydd."

"Dwi'n cyfadda, dwi'n licio ffoi i'r Algarve, pan ga i gyfla. Mae'r môr yn gynnas yna ym mis Tachwedd. Ca'l y cyfla 'di'r broblam."

"Mae'r *villa* mewn lle bach glan môr yn y gorllewin," eglurodd Hywel. "Pentre pysgota gwyngalchog oedd e pan brynon ni'r *timeshare*, ond does dim pysgotwyr yna nawr, dim ond cychod hwylio i gyfoethogion. Twristieth, yntefe."

Cymerodd Richie lwnc hael o'r port. "Ia, twristiath. O leia 'dan ni'n codi tai i bobol leol."

"Chi i'ch canmol," meddai Hywel, yn dal wyneb syth.

Gallai Menna weld nad oedd Richie'n mwynhau'r achlysur ddim mwy na hi. Syniad Haf oedd eu gwahodd am ddiod yn Argoed cyn Première Byd cynhyrchiad newydd Stage Wales o *Farsiandïwr Fenis*. Fel y deallodd Menna eisoes gan Gary, roedd yna fwriad i annog pobl i wisgo masgiau Fenetaidd dan yr esgus o godi arian i Plant Mewn Angen ac roedd Haf, fel actores, a Hywel, fel aelod o fwrdd Stage Wales, yn frwd i gefnogi'r syniad.

Roedd Haf yn amlwg am wneud yr un argraff heno ag a wnaeth ar noson y BAFTA, dros fis yn ôl. Gwisgai wisg rwydog, felen a gydiai yn ei chorff fel cobra am fonyn coeden ond, yn amlwg, paratoad ar gyfer cynulleidfa hwyrach oedd hyn. Symudai'n osgeiddig rhwng y gegin a'r lolfa chwaethus gyda'i chyfuniad o'r modern a'r traddodiadol, y Cymreig a'r Ewropeaidd: un cam yn uwch, barnodd Menna, na'u hymdrechion hi a Richie ym Mhlas Dinas.

Cymerodd Menna lwnc o'r port gwyn, sur. Gallai'r alcohol ei helpu i oroesi'r noson. Doedd y rhagolygon ddim yn wych. Prin fu'r Gymraeg rhwng Richie a hithau ers eu ffrae briodasol a doedd Hywel, chwaith, ddim wedi cyfathrebu ers eu dadl am ei daliad cudd. Ond y person ar flaen meddwl Menna heno oedd nid Richie na Hywel, ond Trystan Dafydd, ei blacmeliwr. Onid oedd Godineb i lawr yn ei dyddiadur ar gyfer y penwythnos? Onid oedd hi'n disgwyl galwad ffôn ganddo i gadarnhau'r trefniadau? Roedd angen iddi benderfynu – unwaith ac am byth – beth roedd hi am ei wneud.

Cymerodd Haf safle ar ganol y llawr a chyhoeddi'n ddramatig, "Rŵan, gyfeillion, 'dan ni'n dŵad at uchafbwynt y noson: seremoni gwisgo'r masgia. Fel 'dach chi'n gwybod, mi fydd Plant Mewn Angan yn elwa, sy'n achos mor dda. Felly, gosteg, os gwelwch yn dda! Caewch y drysau yn y cefn yna. Dwi'n galw ar Richard Lloyd Jones – a neb ond Richard Lloyd Jones – i sefyll ar ei draed."

"Ond chlywa i 'run corn gwlad!" meddai Richie gan godi'n anfodlon o'i sedd.

Cymerodd Haf un o'r blychau carbod oedd wrth droed y soffa. "Ges i hwn yn arbennig i chdi yn siop Showtime yn Arcêd Morgan's. O'n i'n gwybod yn syth y basat ti'n edrach yn ffantastig ynddo fo!"

"Ond oes raid i bobol neud ffŵl ohonyn nhw'u hunain er mwyn i'r plant bach gael arian? Tasan ni'n cael cyfrannu fel cwmni, mi fasach chi'n gneud tipyn mwy o bres. A phwy gafodd y syniad boncyrs o wisgo masgia carnifal ar gyfar lansio trasiedi gin Shakespeare?"

"Comedi, nid trasiedi, ydi *Marsiandïwr Fenis*," cywirodd Haf.

"Ia, un ddoniol ar y naw am Iddew'n benthyg arian ac yn cael ei dwyllo allan ohono fo."

"O leia dylai'r testun apelio atat ti," meddai Menna.

"Dydi hynna ddim yn ddoniol. Dwi'n gweithio'n galad am 'y mhres, nid yn byw ar y llog fel y bancia a'r benthycwyr arian – a'r rheini sy mewn traffarth rŵan."

"Chware teg i ti, Richie," meddai Hywel. "Ti'n biler o foesoldeb."

"A pheth arall," meddai Richie, "tua'r flwyddyn 1600 fasa Première Byd y ffwcin ddrama, nid 2008."

"Paid actio'n dwp, Richie. Mi wyddost ti'n iawn mai'r cynhyrchiad *yma* 'dan ni'n lansio heno," meddai Haf gan gymryd masg aur allan o'r blwch, un â chudynnau o wallt aur yn rholio i lawr ei wegil, nid yn annhebyg i ddelw BAFTA ei hun. "Rŵan 'ta, y foment fawr! Y chdi, am heno, ydi'r duw Apollo."

"A phwy ar y ddaear 'di o?"

"Duw'r haul, barddoniaeth, miwsig a dawns."

Gwenodd Hywel yn llydan ond gwelwodd Richie. "Nefar in Iwrop ydw i'n gwisgo hynna o flaen y genedl!"

"Ond chdi *ydi* o, Richie," meddai Haf gan osod y masg ar

ei wyneb a chlymu'r lastig y tu ôl i'w ben. Yna rhedodd ei dwylo i lawr ei ystlysau cyn sefyll yn ôl i edmygu ei gwaith ac yn wir, edrychai Richie yn ffigwr trawiadol yn ei siwt ddu, lac, gangsteraidd a'i fasg oedd â dau dwll du, bygythiol i'w lygaid.

"Ha ha, perffeth!" meddai Hywel. "Dyna ti: y Richie mewnol, pwerus, y *buccaneer* busnes sy'n sgubo popeth o'i fla'n!"

"Diolch, Hywal, am dy eiria hael – ond rhaid i chdi ddallt na hac di-nod ydw i yn trin ei bicas unig ar North Face cyfalafiaeth."

"Ac yn codi miloedd o dai yna!"

"Ond nid fi sy'n codi'r blwmin tai!"

"Na, dim ond eu gwerthu nhw am ddau gan mil y siot."

"Gawn ni weld am hynny," atebodd Richie, yn difrifoli. "Does dim byd yn sicr eto. Ges i alwad pnawn 'ma gin swyddfa Danny Goldberg. 'Dan ni'n gwybod rŵan bod y cawcws Llafur wedi methu cytuno. Mae'r Gwyrddion a'r hen chwith galad wedi dŵad i ddallt 'i gilydd, gwaetha'r modd."

"A phwy yn gwmws yw'r rheini?" gofynnodd Hywel.

"Dyrnaid o hen rebals Llafur. Es i draw i Gasnewydd i'w gweld nhw rei wsnosa'n ôl yn llyfrgell y dre. Mi gawson ni ginio wedyn ac mi fuon ni'n trafod hanas y Siartwyr, dynion efo dipyn mwy o waelod na Trystan Dafydd a'i siort – a Chymry Cymraeg oedd llawar ohonan nhw."

"Jiw, Richie, wyt ti ddim yn dechre gwyro at y Whith?"

"Nacdw, ond dwi'n dallt eu safbwynt nhw'n iawn. Wnes i egluro iddyn nhw nad oes dim byd 'cyfalafol' am godi tai i bobol leol, ac mai pobol o ffwr' oedd y Gwyrddion, a bod pobol ifanc leol, yn chwilio am rwla i fyw, yn bwysicach na wiwerod a sguthanod prin."

"Dyna ddigon o bolitics!" torrodd Haf ar eu traws. "Mae gynnon ni barti i fynd iddo fo, a 'dan ni'n dal heb sortio'r masgia! Menna, dy dro di ydi hi rŵan, a gin i un sbesial iawn i ti – Columbina!"

"A phwy ar y ddaear yw hi?"

Tynnodd Haf fasg piws allan o flwch arall. "Un o gymeriada'r Commedia dell'Arte. Hogan brydfarth ond peryglus. Morwyn ydi hi, ond mae hi'n glyfar ac yn gyfrwys, ac yn cael y gora ar ei meistri ac ar ddynion."

"Anghofia amdana i, felly!" meddai Menna. "Dynion sy'n cael y trecha arna i'n ddiweddar, a dwi'n gneud pethe twpach bob dydd."

"Mwy o reswm dros i ti wisgo'r masg. Ti wedi bod yn Menna Beynon yn rhy hir. Ti angan newid personol radical."

"Dwi ddim yn amau hynny am eiliad."

"Mae pawb angan brêc o fod yn nhw eu hunain," dywedodd Haf wrth osod y masg ar wyneb Menna. "Dyna sy'n grêt am fod yn actoras, wrth gwrs. Ti'n cael bod yn bobol erill o hyd."

"Ond pwrpas masgia mewn carnifal," meddai Richie, "ydi rhoi cyfla i bobol gamfihafio heb i neb eu nabod nhw."

"A dyna'r gwahanieth," ychwanegodd Hywel, "rhwng Fenis a Chymru. Yng Nghymru does dim angen esgus i wneud pethe drwg: mae'n garnifal rownd y flwyddyn."

Trodd Haf ei sylw'n ôl at Menna. "Rŵan, ydi masg Columbina'n ffitio'n iawn?"

"Nid y masg yw'r broblem, ond y cymeriad."

"Ond dyna 'di bwrpas y peth, wrth gwrs. A rŵan, fy annwyl ŵr! Saf ar dy draed, Hywel James."

Ond fel yr estynnai Haf am fasg yr Harlequin, canodd ffôn

Menna. Daeth enw Wyn Elis-Evans i fyny. "Esgusodwch fi," meddai gan symud tuag at y piano, "– y bòs."

"Ydi hyn yn bwysig?" atebodd dan ei hanadl. "Dwi mewn cwmni."

"Ydi, mae o. Fyddi di yna heno?"

"Fe ddywedais i y basen i."

"'Dan ni angan sgwrs ar frys. Ga'n ni ddeud Bar Lefal Dau, wrth y drws, ar ddechra'r egwyl gynta?"

"O'r gore…" atebodd Menna'n ansicr.

"Ond yr *anrhydadd*, Menna. Yr MBE! Dwi'n synnu nad wyt ti'n cofio."

"Do'n i ddim yn sylweddoli'r brys. Wela i chi yna, felly."

Roedd gormod o bethau'n digwydd gyda'i gilydd, ac wrth iddi roi'r ffôn yn ôl yn ei waled, fe ganodd eto. Yr enw ar y sgrin y tro hwn oedd Trystan Dafydd. Rhewodd yn y fan a'r lle. A ddylai ateb? A phawb yn syllu arni, dywedodd mor cŵl ag y gallai, "Esgusodwch fi eto. Dylsen i fod wedi diffodd y teclyn."

"Fel y gwnest ti noson y BAFTA," meddai Richie.

"Yn union. Ffonau symudol: gwaith y diafol," atebodd Menna gan ailadrodd geiriau Hywel. Yna llamodd trwy ddrws y ffenest Ffrengig i'r ardd gefn. Edrychodd Richie arni mewn syndod. Roedd hi fel petai'n gyfarwydd iawn â daearyddiaeth y tŷ, ond wfftiodd yr argraff o'i ben. Doedd y peth yn gwneud dim synnwyr.

★   ★   ★

"Mae hyn yn anghyfleus," meddai Menna wrth i'w llygaid araf gyfarwyddo â'r tywyllwch. "Dwi mewn parti preifat, dwi yng ngardd rhywun."

"*Romantic* iawn. Dim ond rhoi gwybod i ti am drefniade nos Sadwrn."

"Gawn ni air nes 'mlaen? Dwi'n brysur."

"Ond mae popeth yn 'i le. Ni'n cwrdd ym Mhorthcawl am bedwar o'r gloch, stafell yn enw 'T. Davies' yn y Sea Breeze. Hala i neges destun i gadarnhau."

"Porthcawl?" atebodd Menna mewn sioc, yn glanio'n sydyn ar y ddaear. "Alla i ddim trafod hyn nawr."

"Ond dyna gytunon ni."

"Ond *Porthcawl*? Nid yr enw cynta sy'n dod i'r meddwl wrth feddwl am *rendezvous* rhamantus."

"Ydi'r Celtic Manor yn fwy at dy dast di?"

"Mae hyn i gyd yn wirion, Trystan!"

"Ond dyw Porthcawl ddim yn ddewis mor dwp â ti'n feddwl. Mae'n agos, mae'n rhad, mae'n dawel mas o dymor, a does dim peryg o fwrw mewn i'r dosbarth canol Cymraeg. Bois y werin – a thwristiaid o Loeger – sy'n mynd i Borthcawl fwya, nage cyfryngis y Sianel."

"Ond mae 'na Gymry Cymraeg ym Mhen-y-bont."

"Ond dyw Carwyn Jones ddim am fynd ar y randibŵ ym mariau Porthcawl, ydi e?"

"Be wn i?"

Cymerodd Trystan anadliad dwfn. "Menna, 'sa i'n mynd i wastraffu mwy o amser ar hyn. Ydyn ni mla'n neu ydyn ni ddim?"

Gwyddai Menna fod yn rhaid iddi benderfynu. Doedd dim hanner ffordd rhwng mynd a pheidio mynd. "Iawn," dywedodd o'r diwedd. "Rho i wybod i ti."

"Ond rwy angen gwybod nawr. Dyna pam rwy'n ffonio."

"Rhodda i wybod i ti heno, dwi'n addo. Rhaid i fi tsiecio bod dim rhwystr o ochr Richie."

"Ond ti wedi gneud hynny'n barod, does bosib?"

"Sorri, ches i ddim cyfle."

"Gwna dy feddwl lan, er mwyn Crist," meddai Trystan o'r diwedd.

Diffoddodd Menna'r ffôn ac eistedd yn grynedig ar fainc *rustic* fechan. Sylwodd ar silwét y goeden berffaith gron a safai ar ganol y lawnt rhyngddi a'r clawdd. Mor groes i'r heddwch swbwrbaidd oedd y cynnwrf y tu mewn iddi. Roedd angen iddi ymdawelu cyn ailwynebu'r criw. Yna pasiodd pâr oedrannus heibio i'r clawdd, ar eu ffordd i'r bistro lleol, a sefyll am eiliad i rythu ar Menna yn eistedd yn ei chwman yn y tywyllwch gyda'i ffôn marw a'i masg Columbina.

"The Welsh are a peculiar people," meddai dyn academaidd yr olwg, a graffodd arni am eiliad cyn troi at ei wraig. "They do seem to revel in the past. These customs must be eighteenth-century, at least – pre the religious revivals."

Cerddodd y ddau ymlaen gan adael Menna ar chwâl, ond cododd o'r fainc o'r diwedd a chamu'n sigledig ar hyd y llwybr at y ffenest Ffrengig. Agorodd y ffenest a symud y llen ac yno o'i blaen, yn lolfa fawr, olau Argoed, roedd tri dieithryn: Apollo, Harlequin y Ffŵl, a chath ddu.

"Croeso'n ôl i'r parti, Columbina!" meddai Haf, â breichiau agored.

"A phwy wyt ti?"

"Fi 'di'r gath ddu! Masg roedd dynion yn ei wisgo er mwyn cogio bod yn ferchaid."

"Ond pam hynny?"

"Dynion yn licio dynion oeddan nhw! Fel 'dw i, wrth gwrs! Miaw, miaw!"

"Hm, mae'n bryd i ni fynd am y Bollinger, fi'n credu," meddai Hywel yn ffrwcslyd. "Mae e wedi bod yn dishgwl yn amyneddgar amdanon ni yn y seler. A mae 'da ni bethe i'w dathlu, on'd oes e?"

"Ond be yn union?" meddai Richie. "Dydi cynllunia Casnewydd heb eu pasio eto, a dwi'n ofergoelus. Dwi wedi bod yn ddigon hir mewn busnas i ddysgu peidio cyfri'r cywion."

"Dwi'n cytuno," meddai Menna, "a dwi'n dal i wneud pethe twp."

"Pwy ohonon ni sy ddim?" meddai Hywel. "Nage mater o beidio gneud pethe twp yw llwyddiant, ond talent tymor hir. Cymerwn ni Haf, er enghraifft. Nage ffliwcen oedd y wobr BAFTA ond coron ar flynyddoedd o actio proffesiynol. A Richie, mae'n amlwg i fi – wedi cael cip ar swyddfeydd y cwmni ac ansawdd uchel y staff – nad oes angen i chi boeni am Gasnewydd. A Menna, ti wedi profi dy hun mewn rhes o swyddi cyfrifol, a llwyddo gwnei di eto ar lwybr dy yrfa ddisglair."

Doedd gan Menna mo'r nerth i wrthwynebu. Mynnodd Hywel nôl y Bollinger o'r seler – nid o'r ffrij, fe bwysleisiodd – ac arllwys y siampên i wydrau ei westeion. Wrth iddo gynnig llwncdestun i 'Lwyddiant', sylwodd Menna ar adlewyrchiad gwan y pedwar ohonynt, yn eu masgiau gwallgo, yng ngwydr niwlog y ffenest Ffrengig a'i llenni hirion. Edrychodd mewn arswyd ar ei chysgod lledfeddw ei hun yn ei masg Columbina.

Pa mor glyfar oedd hi, a pha lwyddiant oedd ganddi i'w ddathlu, os oedd hi ar fin neidio i'r gwely gyda'i blacmeliwr?

20 Canolfan y Mileniwm

Arhosodd y tacsi y tu allan i brif fynedfa Canolfan y Mileniwm, ac ymunodd y pedwar â'r ffrwd oedd yn tyrru i'r cyntedd ac yn araf esgyn y grisiau i'r lolfa ar y llawr cyntaf. Yno safai baner fawr ddu yn hysbysebu'r cynhyrchiad newydd o *Farsiandïwr Fenis* dan gyfarwyddyd Michal Bugarow o Kraków, gyda Samil Selassie Budvar yn chwarae rhan Shylock a Ffion Aimée-Jones fel Portia. Wrth y fynedfa i'r lolfa eisteddai un o ferched gosgeiddig Stage Wales o flaen *pop-up* yn hysbysebu Plant Mewn Angen. "Enjoy the show!" meddai wrth roi tocyn i Menna yn tystio iddi gyfrannu decpunt at yr achos da.

Er mai lleiafrif oedd yn gwisgo masgiau, penerfynodd Menna y dylai gefnogi Haf, a'i bod hi'n hollol iawn i'w chyhuddo o fod yn Menna Beynon yn rhy hir. Symudodd at far y lolfa hirgron a helpu'i hun i rai o'r *canapés* a gwydraid o Prosecco. Sylwodd fod Hywel hefyd wedi mynd i ysbryd y darn ac yn actio'r ffŵl yn ei gap Harlequin gydag Anna Savage. Roedd Richie, fe sylwodd, wedi'i ddal mewn sgwrs ddwys â dyn byr â barf *designer* a merch â gwallt cynffon poni. Rhaid mai nhw oedd cyfarwyddwyr cwmni teledu Pow, a welson nhw yn y seremoni BAFTA, chwe wythnos yn ôl – ond doedd y ferch ddim i'w gweld yn rhy hapus, am ryw reswm.

Sylwodd ar y pwysigion ymhlith y dorf, oedd yn cynnwys cyflwynwyr teledu ac o leia ddau Aelod Cynulliad. Fel yn y seremoni BAFTA, roedd rhai o ffigyrau blaenllaw Sianel Cymru hefyd i'w gweld yn mwynhau'r Prosecco, gan gynnwys John Lloyd, Cadeirydd y Sianel, oedd mewn siwt gotwm olau, a Iola Thomas, ei Brif Weithredwr, oedd mewn siwt ddu, dynn, ysgwyddog. Yna sylwodd Menna ar ferch oedd â gwallt blond yn llifo dros ei chefn noeth ac yn cynnal *tête-à-tête* â dyn pen bwled oedd â wyneb Slafaidd ac yn gwisgo crys polo du. Pob clod iddi, roedd Haf wedi bachu Michal Bugarow ei hun a byddai'n siŵr o adael i'r cyfarwyddwr blaengar wybod ei bod hi'n actio mewn cyfres sebon newydd ar Sianel Pedwar.

"Hiding, Menna?" clywodd lais cyfarwydd o'r tu ôl iddi.

"Not at all. Supporting the cause, as you can see," meddai Menna wrth Jon Sutter.

"So I won't ask how are you, but who are you tonight?"

"Columbina, actually."

"And who in heaven's name is Columbina?"

"A naughty, scheming maid – and clever too. Not like me at all."

A'i ben moel yn disgleirio o dan y goleuadau wrth iddo swingio'i Prosecco, meddai Sutter, "You're clever, Menna... but I think I prefer your usual, lovely self."

"The problem is," atebodd Menna, "I've lost her mask."

Gwenodd Sutter. "I see. But don't worry, I'm sure you'll find it. And when you do, please remind her of that report."

"What report?"

"The one you promised on the Language Body's business section. It's more than a month overdue and making my own report seriously late."

"I'm sorry but I've had a stressful few weeks."

"Haven't we all? Look, Menna, I've been pretty tolerant and I need to keep my own boss happy. Unless I get it by Tuesday, I'll have to submit it as incomplete, with an explanation."

"Tuesday? But that's ridiculous!"

"Menna, it's you who's going to look ridiculous – even sillier than you're looking tonight – if you can't spare an hour or two to explain the rocketing costs of your roving business agents. You could do it in a couple of hours over the weekend."

"I don't work weekends."

Craffodd Sutter arni'n llym. "I can't believe that. Don't push your luck, Menna. I really don't wish to take this up with the Principal Officer," meddai gan doddi'n ôl i'r dorf.

Roedd hi wedi llwyr anghofio am yr adroddiad dibwrpas. Y fath nonsens. Gallasai fod wedi rhoi'r job i Gareth Bebb petai hi ond wedi meddwl. Ond roedd problemau eraill, mwy personol wedi bod yn gwasgu ar ei meddwl, a heno y broblem – eto fyth – oedd Trystan Dafydd. Roedd hi wedi addo ei ffonio i gadarnhau eu trefniadau. Ond oedd hi wir am dreulio'r penwythnos yn y gwely gydag e? Gallai dynnu allan, a rhoi'r bai ar Richie. Pa ots beth oedd yr esgus? Gallai ddweud unrhyw beth o gwbl. Trodd yn araf tuag at ffenest hirgron y lolfa ac edrych allan, rhwng llythrennau mawr, cerfiedig, dwyieithog y bardd Gwyneth Lewis i mewn i'r tywyllwch tu allan a'r llinynnau o draffig a nadreddai'n ddi-baid odani, mor aflonydd â'i meddwl hi ei hun.

Roedd hi'n dal i sefyll wrth y ffenest pan deimlodd law drom ar ei hysgwydd. Ochneidiodd. Doedd dim llonydd i'w gael. Ond Richie oedd yna.

"Iawn?"

"Ddim felly. Sutter wedi bod ar fy ôl i."

"Dwi'n cydymdeimlo. Watsia fo. A dwi'n mynd o 'ma, gyda llaw."

"I ble?"

"I'r Eli Jenkins. I'r pyb. Dwi wedi cael digon. Nath yr Annie Pow yna fy ngalw i'n gachwr yn fy wynab i. Mi wnes i reoli'n hun, trwy drugaradd. Tydi hi ddim hannar mor neis â mae hi'n udrach."

"Beth oedd y broblem?"

"Rhyw dŷ yn Radur oedd gynnon ni yng Nghae'r Dderwen. Mi werthis i o ddechra'r wythnos i ŵr busnas o Lundan. Roedd gynno fo'r cash ac roedd y gwerthwr yn hapus iawn efo hynny. Dylswn i fod wedi rhoi gwybod iddi, mae'n debyg."

"Fel gwnest ti addo, rwy'n cymryd?"

"Ac roedd yna ffactor arall. Roeddan nhw isio pedwar cant a hannar o filoedd a dwi'n digwydd gwybod, trwy Hywal, nad ydi Pow TV yn rhyw saff iawn. Mae oes aur y can miliwn ar ben, a chwmnïa bychin fel Pow fydd yn diodda – ond doedd dim iws imi godi pwnc o'r fath."

"Ond nid dy broblem di fase hynny, ond un i'r cwmni morgais?"

"Aeth hi 'mlaen i fy nghyhuddo o werthu i Sais, a deud 'mod i wedi pwysleisio mor Gymreig oedd Radur. Ond tydi un gŵr busnas cefnog sy'n comiwtio i Lundan ddim am neud cneuan o wahaniaeth i hynny."

"Ac ydi hynna'n ddigon o reswm i ti ffoi i'r dafarn?"

"Dwi ddim angan cyfiawnhau fy hun," atebodd Richie, ei dymer yn codi'n sydyn. "Dwi'n gweithio'n ddigon calad a dwi ddim yn taflu dega o filoedd i ffwrdd yn ddiangan, fel mae rhai pobol."

"Na finne, chwaith, yn ddiangen," atebodd Menna, yn synnu iddo godi'r pwnc.

"Felly gest ti'r pres yn ôl?"

"Beth? Ti ddim am drafod hynny *yma*?"

"Na, dim ond gofyn. Oes gin i hawl i wneud hynny, 'ta ddim?"

"Rhaid dy fod ti'n gwybod yr ateb dy hun, os wyt ti'n rhoi dy balfau yn fy Mac i."

Trodd Richie ati. "Wnes i ddim, ond dydi'r bastard bach ddim am ddwyn ugian mil oddi wrthan ni heb dalu'n hallt am hynny. Os na chei di'r pres yn ôl, mi ga i sgwrs fach efo fy hen ffrindia o Lerpwl. Mae 'na raddau o fastards, a does dim un gwaeth nag un sy'n blacmelio hen gariad. Nos da, a mwynha'r Shakespeare."

Trodd Richie ar ei sawdl a brasgamu at fynedfa'r bar. Pam oedd e mor gas, a pham ei bygwth hi nawr? Ai Annie Pow oedd wedi ei fwrw oddi ar ei echel? Oedd ganddo ryw gydwybod wedi'r cyfan? Yna torrodd llais dwfn, dwyieithog ar ei thraws. Dros y *tannoy galwodd ar bawb i fynd i'w seddau ar gyfer act gyntaf y Première Byd o Farsiandïwr Fenis, a fydd yn dechrau mewn tri munud, mewn tri munud. A wnewch chi gymeryd eich seddi, os gwelwch yn dda...*

* * *

Ni fwynhaodd Menna'r ddwy act gyntaf. Roedd hi'n cael trafferth canolbwyntio. Roedd ymosodiad annisgwyl Richie wedi ei brifo a'i synnu. Eto i gyd, dechreuodd y ddrama afael ynddi. Daeth i deimlo dros Shylock a fyddai, yn y man, yn cael ei dwyllo gan y gyfreithwraig orglyfar Portia. Nid peth newydd, mae'n amlwg, oedd hollti blew cyfreithiol a gallai ddychmygu Hywel yn dadlau'n debyg mewn llys barn. Dringodd y grisiau i'r lolfa ac oedodd am ennyd wrth y drws heb gofio'n ymwybodol am y trefniant i gyfarfod â Wyn Elis-Evans. Ond llwyddodd ef i'w dal hi mewn pryd.

"Menna, su'mae?" meddai, yn fyr o wynt. "Mwynhau'r ddrama?"

"Dwi'n trio 'ngore."

"Be gymi di? Plonc y tŷ? Dim cystal â'r Barolo gawson ni yn Bellini's, wrth gwrs. Roedd hi'n noson ddymunol, on'd oedd hi, am sawl rheswm?"

"Oedd, wir."

Dychwelodd Wyn yn y man â dau wydraid o win gwyn gan lywio Menna i lecyn tawel wrth y ffenest hirgron. Edrychodd arni'n ddifrifol. "Menna, deuda wrtha i'n onast: be 'di'r broblam? Oes 'na reswm dros yr oedi yma?"

"Dim un penodol."

"Mae yna bobol fasa'n neidio at y cyfla. Fel dwi wedi egluro o'r blaen, mae'r MBE yn anrhydadd uchal, a fasa'n gam ymlaen i chdi yn dy yrfa ac yn agor drysa newydd i chdi – ac mae o felly'n gynnig hael o safbwynt y Corff ei hun."

"Dwi'n gwerthfawrogi hynny. Ga i'r penwythnos i ystyried y peth?"

"Ond tan fory mae'r pwyllgor yn ei roid i mi. Maen nhw angan cael y cyfan ar eu desgia fora Llun."

"Ond pa wahaniaeth yw un dydd gwaith?"

"Nid fi sy'n gneud y rheola, Menna, ond Tŷ Gwydyr."

"Mae'n ddrwg gen i, ond mae gen i ffactorau personol i'w hystyried," atebodd Menna, heb egluro mai'r prif ffactor fyddai treulio'r penwythnos yn y gwely gydag eithafwr a fu yng ngharchar dros yr iaith am bedwar mis.

"Wir, dwi ddim yn dallt pam fod angan gneud drama o benderfyniad mor syml. Mae o'n gôl agorad i ti."

"A sut mae'r ddrama ei hun yn plesio?" atebodd Menna, yn ei hawydd i newid y pwnc.

Cymerodd Wyn lymaid anfodlon o'r gwin, a chlirio'i wddw. "Os wyt ti'n holi am y ddrama lwyfan, ro'n i'n tybio bod Ffion Aimée-Jones yn bur wych fel Portia. Faswn i ddim am hogi cleddyfa efo pishyn fel hi. Ac roedd y set blaen, ddu a gwyn yn reit effeithiol fel symbol o frwydr y drwg yn erbyn y da, on'd oedd?"

"Ond oedd angen i Shylock baentio'i wyneb yn ddu?"

"Do'n i ddim yn siŵr am hynny, fy hun, o ystyriad ei fod o'n Iddew. Ond chwalu rhagfarna hiliol, dyna'r amcan, mae'n siŵr gin i. Ella bod Bugarow yn gneud pwynt fan hyn, nad ei groen o, ond ei gymeriad o, sy'n ddu."

Triodd Menna roi'r argraff ei bod yn talu sylw i'w sylwadau ffôl – craffai Wyn yn fanwl ar ei hymatebion – ond roedd yn fwyfwy o straen. Yna digwyddodd sylwi ar wallt coch Amelia Marsh yn sefyll allan fel torch o dân ymysg y dorf. "Rhaid i chi fy esgusodi i," dywedodd yn desbret. "Dwi angen cael gair ag Amelia." Symudodd i ffwrdd yn drwsgl, ond yna gwelodd Iolo Llywelyn, y bardd-gyhoeddwr, yn anelu amdani.

"Haia Menna, su'mae ers oes mul? Ti'n edrach yn ffantastig, fel erioed."

"Yn well na dwi'n teimlo, felly. Be ti'n neud o gwmpas y brifddinas: y Cameo, a nawr fan hyn? Ydi Sgwâr y Dre ddim digon mawr i'n hogia ni?"

"Ond yn y ddinas hon mae'r grym, yntê, Menna – a sefydliada pwerus fel Corff yr Iaith Gymraeg. A dwi ddim yn credu i mi 'rioed gael cyfla i dy longyfarch di ar esgyn i'r uchal swydd. Pwy fasa'n meddwl, yntê, o gofio am y dyddia – a'r nosweithia – gwyllt a fu."

"Ond dwyt ti ddim wedi gneud yn rhy ddrwg, chwaith. Cyfrolau swmpus yn dod allan o Wasg y Fwyell yn ddiweddar, dwi'n sylwi."

"Un peth 'di cyhoeddi, peth arall 'di gwerthu. Rŵan tybed oes gan Gorff yr Iaith ran i'w chwara fan hyn, yn cefnogi cyfrola llenyddol…"

"Fe wnes i fwy na fy siâr yn yr Academi! Ti'n cofio cylchgrawn o'r enw *Agweddau*? Roedd e i fod yn gylchgrawn 'cynhwysol' ond wnaeth e ddim cynnwys llawer o brynwyr. Sawl rhifyn ddaeth mas?"

Tywyllodd wyneb Iolo. "Rhaid i ni gael sgwrs iawn, Menna. Mae honna'n stori gymhleth. Dim ond golygydd o'n i. Gynnon ni gymaint i'w drafod. Wyt ti'n rhydd wythnos nesa?"

Chwiliodd Menna eto am ddihangfa – ond mae'n rhaid bod John Lloyd wedi cael ei hun yn union yr un sefyllfa â hi. "Diod, Menna?" meddai gan bwyntio at y bar. "Dwi angen cwmni deallus o'r tu allan i'r swigen deledol. Dydi'r bobol yma ddim yn deall nad fi sy'n rhedeg y sioe ond Miss Thomas draw fan'na."

"Diolch, John. Dwi'n gwerthfawrogi'r cynnig. Iawn i fi ofyn am Vodka Martini?"

"Â chroeso. Cymer y stôl wag yna, Menna."

Er mor anaml yr oedden nhw wedi cwrdd, byddai Menna wastad yn synnu cystal yr oedd hi'n dod ymlaen â John Lloyd. Nid profiad oedd yn unigryw iddi hi: fe wyddai hynny. Derbyniodd y ddiod yn ddiolchgar a gwasgu'r sudd lemwn i mewn i'r gwydryn trionglog. Ond cyn iddynt gael cyfle i ailafael yn y sgwrs, pwy ddaeth draw at John Lloyd, a golwg flin a phenderfynol ar ei hwyneb, ond Annie Afan. Winciodd John Lloyd ar Menna, a gwneud wep, cystal â dweud, hei ho, dyma ni eto.

A'i diod yn ei llaw, symudodd Menna at y stôl wag oedd yn dal i ddisgwyl amdani wrth y bar. Roedd angen hoe arni i ystyried un pwnc dyrys roedd angen ei setlo'n fuan iawn: y cwestiwn o Odineb.

★   ★   ★

Galwodd y llais soniarus, melfedaidd, cyfarwydd ar y *tannoy* ar i bawb ddychwelyd i'w seddau yn yr awditoriwm, os gwelwch yn dda. Tra llifodd y mwyafrif yn ôl i'r theatr, sylwodd Menna fod lleiafrif penderfynol yn credu eu bod eisoes wedi talu eu pwys o gnawd i Shakespeare, ac yn paratoi i archebu rowndiau newydd. Un ohonynt, fe sylwodd, oedd John Lloyd, a eisteddai yn ei siwt fanila mewn criw dethol o ddynion siwtiog nad oedd, fe sylwodd, yn cynnwys Iola Thomas. Cryfhaodd hynny benderfyniad Menna i aros a chymerodd lwnc rhy hael o'r Vodka Martini. O'r diwedd roedd ganddi obaith am rai munudau o fwynhad hunanol.

"All alone?"

Trodd Menna'n anfodlon ar ei stôl. Gary oedd yna, â photel o Peroni yn ei law. "S'mo ti mewn i Shakespeare?"

"Na, nid i bump act ohono fe."

"Yn dyall yn iawn... na Richie chwaith?"

"Richie yn yr Eli Jenkins."

"There but for the grace of God..." meddai Gary gan dynnu stôl i fyny ati.

Rhoddodd Menna ei masg ar wyneb y bar. "Felly ti, chwaith, ddim mewn i Shakespeare?"

"Na, fi'n gneud fy siâr *backstage*."

"... yn edrych ar ôl Plant Mewn Angen? Lico'r crys-T," meddai Menna gan sylwi ar yr arth fach felen ar ei grys coch. "A'r logo!"

"Ni goffod cofio am y plant bach," meddai Gary, yn trio peidio swnio fel petai'n dychanu ei *hype* ei hun. "Ac am y logo – logo'r Corff – ni'n fwy agos na ti'n meddwl. Cwpwl o oriau ar y *moodboard*, a byddwn ni yna, fi'n sbeco."

"Ond ti'n hapus gyda heno? Digon o *bums on seats*?"

"Ni'n dri chwarter llawn. Gwd am Shakespeare."

"Felly faint o arian godoch chi i'r plantos bach?"

"Gofyn i Stage Wales. *Ideas man* y'f fi."

"A dyna pam mae'r gair *Think* lan ar wal dy stiwdio?"

"Wastad yn bwysig cael brêc i feddwl. 'Na'r gêm ni yn'o fe."

Cymerodd Menna ddracht o'i Vodka Martini. "Pwy alle ddadlau gyda hynny?"

Edrychodd Gary draw at ffigwr coesog, rhywiol Menna wrth iddi bwyso'i braich ar y bar, ei throed ar drawst y stôl. "So be nesa, Menna? Unrhyw blanie?"

"Be ti'n feddwl?"

"Fi'n meddwl am wedyn. Ffansïo *drink* bach, ti a fi, ffindo bar bach *cozy* yn y Bae? Fi'n gwbod am glwb..."

"Rhywbryd eto, falle?"

Trodd Gary at Menna. "*Relax*. Ni'n dau'n rhydd. Mae dy ŵr di ar y *piss* a ti'n mynd yr un ffordd yn glou."

"Dyna'r broblem."

"Be ti'n feddwl?"

"Dwi'n tueddu i wneud pethe dwl ar ôl cael un yn ormod – fel ti'n gwybod yn dda."

"Ond dyw danso mewn clwb nos ddim yn ddwl. Gallet ti neud pethe lot dwlach na hynny."

"Dyna dwi'n ofni."

"Un bach arall fan hyn, 'te, Menna?"

"Pam lai?"

Chwifiodd Gary ei law yn hapus ar un o'r gweinyddesau ac fe gyrhaeddodd potel ffres o Peroni i Gary, a gwydryn hir, trionglog, tryloyw i Menna. Cymerodd Menna lymaid ohono cyn troi at Gary. "Gary, iawn i fi ofyn cwestiwn personol iawn i ti?"

"Tria fi."

"Gary, ti'n normal, on'd wyt ti? Dim cwestiwn nad wyt ti'n heterorywiol?"

"Fi'n normal yn ffor yna, o leia."

"Felly ti'n lico *sex*?"

"Jiw, o'n i'n dishgwl cwestiwn 'bach mwy caled na hwnna."

"Dwed wrtha i, faset ti'n mynd i'r gwely 'da rhywun ti ddim yn ffansïo?"

"Ddim os gallen i help e."

"Ond os ti'n methu help e?"

Cymerodd Gary joch o'i gwrw Eidalaidd. "Rho fe fel hyn. Fi ddim yn recomendo fe. Os dim ond *lust* yw e, gwell cadw bant. Ti ddim isie'r profiad 'na o godi y bore wedyn a ti'n dishgwl yr ochr arall i'r gwely a ti'n meddwl, be ddiawl wnes i neithiwr a wedyn mae'r *embarrassing details* yn dod nôl atot ti, un ar ôl y llall, a ti'n panico, a ti'n begian, sut fi'n mynd i fyw trwy'r orie nesa…"

Gwenodd Menna. "Iawn, ond beth os ti ddim yn siŵr os ti'n ffansïo rhywun?"

"Gad e fod. *If you're hot you're hot, if you're not you're not.*"

"Ond oeddet ti'n *hot* am Amelia?"

"Sorri, Menna – *out of bounds.*"

Sylweddolodd ei bod hi wedi croesi rhyw linell ond allai hi ddim peidio meddwl sut oedd hi erbyn hyn rhwng Gary a Susan, ei wraig – nid un i ddiodde ffyliaid yn llawen. Hyd y gwyddai, roedden nhw'n dal gyda'i gilydd. Cymerodd Menna lwnc arall o'r Vodka Martini, ond yna cododd rhyw benchwildod arni a theimlodd y llawr yn dechrau symud odani. Sadiodd ei hun drwy bwyso yn erbyn rheilen y bar ond dychrynodd Gary. Gallai'r noson fynd allan o reolaeth a doedd e ddim am fod y pen arall i'r ffôn petai'r Richie yna – Gog na wnaeth e erioed ei hoffi – yn holi be ddiawl oedd e'n neud pan syrthiodd ei wraig yn gocos i lawr y stâr a bwrw'i phen, a smasho'i migwrn arall...

"Ti'n OK, Menna? Gaf fi alw am cab i ti?"

"Ond dwed: beth yw dy gyngor di?"

"Am beth?"

"Am gael *sex* â rhywun ti ddim yn ffansïo."

"Ti ddim yn gwrando, Menna!" Ond wrth weld Menna'n gwenu arno'n lledfeddw, newidiodd ei dôn. "Menna, ti wedi cael digon. Fi ddim yn nabod ti fel hyn."

"Wrth gwrs nad wyt ti, achos nid fi ydw i," atebodd Menna gan gymryd ei masg o lle'r oedd yn gorwedd ar y bar, a'i roi'n ôl yn gam ar ei hwyneb.

"So pwy wyt ti?"

"Columbina!" meddai Menna, gan godi'n ansicr o'i stôl. "Merch glyfar a drwg. Wela i di, Gary!"

"Aros funed! Ti'n dala tacsi nôl?"

"Ydw, ar ôl gneud un alwad ffôn. Dim angen i ti ffonio drosta i heno!"

Gyda rhyddhad, gwyliodd Gary Menna'n igam-ogamu tua drws y bar. Roedd hi wedi gwneud ei phenderfyniad. Yn y cyntedd, cymerodd Menna ei ffôn allan o'i bag a theipio neges destun at Trystan: *Iawn am y Sea Breeze dydd Sadwrn, Menna.* Yna edrychodd yn feirniadol ar y geiriau. Roedden nhw'n swnio ychydig bach yn oeraidd, fel tase hi'n cadarnhau presenoli mewn cyfweliad, felly ychwanegodd y geiriau: *Edrych ymlaen, XXX.*

21 **Beca**

Tua deg o'r gloch y cyrhaeddodd y neges destun. *Edrych ymlaen, XXX*. Roedd hynny'n sioc i Trystan, wedi'r alwad ffôn anodd yna pan oedd Menna, meddai hi, mewn 'gardd', ac a orffennodd mor ansicr. Felly wedi noson o amheuon dwfn, dechreuodd ef, hefyd – o'r diwedd – edrych ymlaen. Dyna'r elfen hollbwysig, wrth gwrs. Heb hynny, heb ddim. Nid yn unig yr oedd e wedi llwyddo i ddenu un o ferched mwyaf pwerus a deniadol Cymru i'w wely, yr oedd e hefyd wedi llwyddo i'w chael hi i edrych ymlaen at hynny.

Roedd Trystan wrthi ar y pryd yn trio trefnu'r llyfrau ail-law yn y stafell fach, ond heb lawer o lwyddiant. Nawr, a threfniant Porthcawl yn gadarn, y flaenoriaeth oedd cadw Beca'n dawel. Roedd angen trafod trefniadau'r penwythnos a byddai'n rhaid iddo reoli ei gyffro. Roedd e wedi sôn, rai dyddiau'n ôl, am y posibilrwydd o gwrdd â Jeff, ond a fyddai Beca'n cofio? Aeth i'r gegin i nôl potel o Foster's o'r ffrij, yna cerdded yn orhamddenol yn ôl i'r lolfa, lle'r oedd Beca'n gwylio'r rhaglen newyddion yn ei dillad Nike glas, fel y byddai bob nos Iau ar ôl ei dosbarth ioga.

Roedd hi wedi ymgolli yn rhaglen newyddion deg ar y teledu, lle'r oedd Barak Obama, arlywydd newydd America, wrthi'n traethu am obaith a chyfiawnder a heddwch byd, ac meddai Trystan, "Iawn i dorri ar draws Gobaith Mawr y Ganrif?"

"Pam ti'n deud hynna? Mae o'n cynnig rhyw obaith i'r byd 'ma, ydi o ddim?"

"Ond dyna wedes i!"

"Ond yn sbeitlyd."

"Ta beth, ti'n cofio fi'n sôn am Jeff? Ffoniodd e, a mae e whant bwrw Abertawe ryw noson."

"Gin i gof am hynny, ond dwi ddim yn ei gofio fo'i hun, chwaith."

"Boi da. O Dreforys, arfer bod ar gyrion criw'r FWA. Bachan tene, barfog, ond nawr â busnes da yn rhedeg hanner dwsin o danceri olew ar draws Ewrop. Ni heb gwrdd ers ache."

"Wel pam lai?" atebodd Beca. "Mae 'na sbel ers i mi fod yn siopa yn Abertawe. Mi allsan ni gwarfod wedyn. Mi fasa'n newid braf i ni, yn basa?"

"Syniad Jeff yw gneud noson ohoni. Aros lawr 'na."

"Ond mae 'na fysus o Abertawe bob hannar awr."

"Meddwl oedden ni am sesh bach."

"A dwi'n dallt yn iawn be ma' hynna'n feddwl: meddwi'n gaib ar Wind Street, stryd berycla de Cymru efo Black Marias ac ambiwlansys wedi parcio bob pen fel yn Belffast."

"Dyna ti eto. Does neb yn sôn am Wind Street nac am feddwi."

"Felly rw't ti am gael sesh heb feddwi?"

Sylweddolodd Trystan ei gamsyniad yn trio chwilio am esgus i gyfiawnhau ei noson i ffwrdd. "Anghofia amdano fe. Falle na fydda i yma nos Sadwrn, dyna i gyd wi'n gweud."

"O, felly mae? Peidio deud – ai dyna'r polisi newydd? Mi allswn i holi ble'r oeddat ti nos Sadwrn dwytha, pan oeddat ti yng ngardd Kitty's efo'r hwrod Sysnag, ond wnes i ddim. Diniwad o'n i, yntê? Y cyfan o'n i isio oedd cyrri bach yn y Taj, dathliad bach i ni'n dau ar gorn Menna Beynon – ond roedd Meic a'i feic yn bwysicach."

"Do'n i ddim yn hwyr iawn. Es i'n syth i'r Taj wedyn, ar ôl gadael y clwb. Ti drodd yn styfnig."

Tra oedd Beca'n rhestru ei ffaeleddau, llyncodd Trystan ei gan o Foster's a throi i'r gegin am un arall. Safodd am rai eiliadau yn nrws y lolfa, yn synhwyro'r storom oedd ar ddod. Roedd y set yn barod ar gyfer y ddrama neuadd bentre: gwraig flin ar y soffa, dillad yn sychu ar y rheiddiaduron, cwpwl o lampau llychlyd, Sineaidd yn hongian o'r nenfwd, *tumble dryer* yn dyrnu'n dawel yn y cefndir – a gŵr yn mynd fel oen i'r lladdfa.

Eisteddodd Trystan ar ben agosaf y soffa. Edrychodd Beca arno'n feirniadol wrth gydio yn ei mŵg o de oer. "Dwn i ddim be sy wedi digwydd i ni yn yr wsnosa dwytha yma. Dro ar ôl tro, ti'n talu dim sylw i be dwi'n ddeud. Mi brynist ti'r beic heb ofyn allsan ni ei fforddio fo. Wedyn nos Sadwrn dwytha, pan ddest ti'n ôl yn yr oria mân, roeddat ti'n drewi, fatha 'sat ti wedi bod yn awyr planed arall. A rŵan, efo'r Jeff yma, ti'n gwrando dim. Mi allsat ti gadw un nos Sadwrn yn y pedwar tymor i ni'n dau. Mi fasa noson allan yn Abertawe yn neis iawn."

"Dim problem, awn ni eto. Dyw Abertawe ddim ond lawr yr hewl."

"A dyna fatar bach y tŷ yn Dan y Gamlas, sef holl bwrpas y strach efo Miss Beynon. Yn sydyn iawn ti'n gwrthod symud, ac alla i yn 'y myw â dallt pam."

"Ocê, y tŷ," atebodd Trystan gan roi ei gan i lawr. "Iawn, beth yn gwmws yw'r sefyllfa? Fe wnaeth y gwerthwyr wrthod ein cynnig cynta ni, a chynnig arall, medden nhw. Ond does dim pwynt gwylltu. Ni angen trafod ydyn ni am roi cynnig uwch i mewn, dyna i gyd, neu ydyn ni'n chwilio am dŷ rhatach."

Wedi cynhyrfu, dywedodd Beca, "Ond mae'r tŷ yna'n berffaith i ni! Mi allan ni godi'r cynnig o bum neu ddeng mil. Fasa hynny ddim yn gneud gwahaniath mor fawr â hynny i'r morgais, nid efo benthyciad dy chwaer Eira a rhodd Anti Moira."

"Mae angen gweithio'r ffigyre mas, dyna i gyd."

"Ond pam yr oedi? Efo pob dydd sy'n pasio, 'dan ni'n debycach o golli'r tŷ."

"Ond mae John Francis wedi addo'n cadw ni yn y pictiwr."

"Elli di ddim trystio ocsiwnïars. Tasa rhyw Sais yn cynnig arian parod am y cyfan, dyna Ffarwél Ffaro."

Cymerodd Trystan lwnc hael o'r Foster's. "Mae 'na gwestiwn mwy, on'd oes e? Sef ydyn ni am dreulio gweddill ein dyddie ar y ddaear yn talu morgej bant i Nationwide?"

"Mae hynny'n well na'u treulio nhw'n talu rhent i Mrs Broughton!"

"Ond pa wahanieth, ar ôl ein dyddie ni? Pwy fydd yn cael y tŷ wedyn?"

Edrychodd Beca arno mewn sioc a phenbleth. "Beth wyt ti'n trio'i ddeud, Trystan?"

"Fi jyst ddim yn siŵr be ni'n ennill o dalu lawr am dŷ."

"Be ti'n feddwl? Y tŷ yn Dan y Gamlas – 'ta unrhyw dŷ?"

Sgubodd Trystan y cwestiwn i ffwrdd â'i law.

"Beth?" meddai Beca, yn gwelwi. "Wyt ti'n ama ddylian ni brynu tŷ o gwbl?"

"Wnes i ddim gweud hynny."

"Ond dyna ti'n feddwl, yntê?"

"Mae hawl 'da fi ofyn y cwestiwn, oes e?"

Craffodd Beca arno. Roedd rhywbeth wedi newid yn Trystan, a wyddai hi ddim beth.

★   ★   ★

Cododd Beca o'r soffa a mynd i'r gegin i ferwi mwy o de iddi'i hun, ei siom yn cydio ac yn tyfu y tu mewn iddi. Dychwelodd gyda mŵg o de a bisged Digestive at y soffa lle'r oedd Trystan yn syllu'n swrth ar y can Foster's a ddaliai rhwng ei benliniau.

O'r diwedd, dywedodd Beca, "Rhag i ni gam-ddallt ein gilydd, wyt ti, 'ta wyt ti ddim, yn meddwl y dylsan ni godi'n cynnig ni am y tŷ yn Dan y Gamlas?"

"Dim ond gweud ydw i nad oes dim rhaid i ni wylltu."

"Dwi'n methu credu hyn. Wyt ti'n deud wrtha i nad wyt ti – ar ôl i ni lwyddo'n wyrthiol i gael ugian mil o bwrs Menna Beynon – am fynd ymlaen efo prynu'r tŷ?"

"Falle ddim yn syth, dyna i gyd."

Cydiodd Beca mewn ffolder sgleiniog o'r silff o dan y bwrdd coffi lle'r oedd y papurau newydd. "Dyma fo, yn fa'ma, yn disgwl amdanan ni. Mae o'n dŷ bach del, un o res o bedwar ar lan y gamlas lle'r wyt ti mor hoff o gerddad, efo gardd fach yn y cefn. Fydd hynny'n brofiad newydd iawn i ni: dechra garddio!"

"Wel, ie…"

"Mae o'n dŷ reit fach, mae'n wir, ond digon i ni'n dau yn ein henaint. Felly be 'di'r broblam? Os codwn ni 'chydig ar y cynnig, mi fydd gynnon ni siawns dda o'i gael o."

"*Os* penderfynwn ni fynd amdano fe…"

"Be sy'n ein rhwystro ni?"

"Wel, bydde'r tŷ yn ein clymu ni lawr."

"Ond dyna ydan ni isio – rhywla sefydlog i fyw. Gwreiddia, yntê? 'Ta wyt ti am symud o 'ma, o Bentawe, dy filltir sgwâr, lle cest ti dy eni a dy fagu?"

"Nid hynny, ond dylen ni fod yn rhydd i wneud hynny, tasen ni isie."

Trodd Beca at Trystan. "Ond nid amdanan *ni* rwyt ti'n sôn, ond amdanach chdi dy hun."

"Wel, bydden ni'n dau 'bach yn fwy rhydd."

"Ond i ba bwrpas? Dwi ddim yn dy ddallt di. Wyt ti am aros yma, 'ta wyt ti ddim?"

"Wel, 'sa i'n siŵr ydw i am farw yn fy nwbwl dros ddesg y Swyddfa Waith."

"Ti'n debycach o lawar o farw yng ngardd Kitty's!"

"Iawn, ti'n sôn am Kitty's eto. Base dim ots 'da fi farw yn yr Hen Dderwen. Be sy ar ôl 'ma ym Mhentawe? Bwndel o dafarne garw a hen gaffis angen cot o baent, siope elusen sy ar agor am ddwyawr neu dair y dydd a chragen o gapel gwag fel rhywbeth mas o ffilm Dracula – a'r Farts Centre, wrth gwrs. Rhaid llanw penne pobol. A'r bobol eu hunain: nid gwerin, nid crach, nid Cymry, nid Saeson. Beth y'n nhw? Wnaeth y Chwyldro ddim digwydd, do fe?"

"Be sy wedi dod drostat ti?" atebodd Beca, yn dal mewn sioc. "Dwyt ti erioed wedi siarad fel hyn o'r blaen. Beth wyt ti'n trio'i ddeud?"

Gafaelodd Trystan yn y rheolydd teledu a diffodd wyneb brwd Obama gan adael dim ond logo coch a gwyn Lucky-Goldstar, 'Life's Good', i droi a throsi'n araf ar ganol y sgrin fawr lwyd. Trodd Trystan at Beca. "Ga'n ni siarad mewn heddwch? Fi'n chwech a deugain, pen blwydd nesa…"

"Dim ond dwy flynadd yn iau 'dw i."

"Dyna'r pwynt. S'mo ni'n ifanc. Plant y Chwyldro, i fod – ond nawr yn hen. Biti deng mlynedd sy 'da fi ar ôl o fywyd iawn."

"Be ti'n feddwl: bywyd *iawn*?"

"'Sda fi ddim plant i 'nghadw i yma. Ti'n lwcus. Gest ti briodas a dau o blant 'da Charlie, er taw Saeson bach ydyn nhw."

"Gad Charlie allan o hyn, wir Dduw – fe wnes i 'ngora glas, cred ti fi."

"Ond o leia ti wedi'i neud e. Ti wedi byw. Ti'n dyall: does 'da fi ddim byd i 'nghlymu i, a cha i ddim plant rhagor, ddim 'da ti."

"Be ddeudist ti?" meddai Beca, yn gwelwi.

"Dim ond ffaith syml, fiolegol."

"Ond am beth uffernol o greulon i'w ddeud! Wyt ti'n planio cael plant gin rywun arall, 'lly?"

"Wrth gwrs na. Dim ond dweud odw i 'mod i angen clirio 'mhen a gweithio pethe mas, cyn clymu'n hunan lawr i'r tŷ 'ma."

Cymerodd Beca lwnc o de wrth i eiriau plaen Trystan suddo i mewn. Meddai, "'Dan ni'n nabod ein gilydd ers pum mlynadd dda, yn tydan? Pum mlynadd o gyd-fyw – a chydymladd, weithia, dwi'n gwybod – ond o freuddwydio hefyd am fywyd brafiach a rhywla i setlo i lawr. 'Dan ni wedi bod trwy dipyn. Dylsat ti fod wedi gweld dy hun pan welis i chdi gyntaf yn steddfod Meifod. Roedd 'na olwg go arw arna chdi a do'n i ddim yn dallt sut oedd Llywodrath Prydain Fawr yn gadael i rywun weithio iddyn nhw efo'r farf fawr, wyllt yna."

"A nethet ti ddim clawr *Vogue*, chwaith."

"Dwi'n cyfadda nad oedd bywyd efo Charlie yn rhoid yr

un amsar i mi ista o flaen y drych â Miss Beynon. Ond 'dan ni wedi cyrradd i lle 'dan ni rŵan, efo'r pres yn 'i le, a mae o'n wirion bost i beidio mynd amdani. Ddaw'r cyfla yma byth eto."

Triodd Trystan ei thawelu. "Ydi hwnna'n wir? Mae wastad tai ar werth ym Mhentawe. Dyw Saeson ddim yn ciwio am dai ffor'ma. Nage'r Mwmbwls yw Pentawe."

"Ond pam oedi? Dwi'n gwybod yn fy esgyrn, os na wnawn ni o rŵan, wnawn ni o byth," meddai gan gydio yn nhaflen yr arwerthwr, y dagrau'n dechrau cronni yn ei llygaid.

Symudodd Trystan yn aflonydd ar y soffa. "Fi angen 'bach o lonydd, 'bach o ryddid, dyna i gyd."

Syllodd Beca arno mewn braw. "*Rhyddid*. Gair mawr. Ond be ddiawl mae o'n feddwl?"

"'*Bach* o ryddid wedes i, i fynd a dod."

"Ond gen ti hynny rŵan. Wnes i 'rioed dy rwystro di rhag mynd ar dy feic i unrhyw le ar y ddaear."

"Ond cymer nos Sadwrn. Fi'n cwrdd â Jeff. Falle cymra i ddydd neu ddau bant wedyn. Falle fwy, yn dibynnu ar yr hwylie."

"Beth? Mwy na dim ond y penwythnos?"

"Ie, cawn weld. Fi am fod yn rhydd i benderfynu, dyna i gyd."

"Rŵan dwi'n dallt: rw't ti'n mynd i Abertawe *ar y beic*?"

"Ydw."

"Ond beth am dy swydd?"

"'Da fi wylie mewn llaw."

"Ond wyt ti wedi cael caniatâd?"

"Gawn weld be wedan nhw. Un cam ar y tro."

Hoeliodd Beca ei llygaid ar Trystan, ei hwyneb yn wyn

a'i llygaid yn llaith. "Mae rhywbath wedi digwydd i chdi, on'd oes? Tuag adag y cwarfod yna efo Menna Beynon y dechreuodd o. Ti'n rwdlan am ryddid fatha ryw hipi o'r chwedega, ond ti'n llawar rhy hen i hynny. A'r un syndrom sy gin ti efo'r moto-beic yna, ti'n glafoerio drosto fo fatha cychgrawn porn. Ond wyt ti wedi gweithio'r peth allan? Fyddi di'n gweithio i'r Swyddfa Waith wedyn, 'ta fyddi di ddim?"

"'Sa i wedi penderfynu eto. Mae'n dibynnu."

"Heb gyflog yn dŵad i mewn, mi fyddi di'n ôl yn y gwtar."

"Fues i erio'd mewn unrhyw gwter."

"Naddo wir? Beth am y cyfnod yna yn Blackburn?"

"Roedd hwnna'n wahanol – ond tynnes i'n hunan nôl mas o fan'na, hefyd."

Dechreuodd Beca feichio crio. "Creu cartra i ni'n dau, dyna'r cwbl o'n i isio – ac roedd o yn ein gafal ni. Roedd gynnon ni'r pres – gallsa Menna Beynon fod wedi fforddio dwbl yr arian efo'r plasty sy gynni hi yng ngogladd Caerdydd a'r tai erill – ond dyma chdi'n taflu'r fuddugoliaeth i'r gwynt er mwyn rhedag ar ôl rhyw rith. Rhyddid medda chdi. 'Ta rhedag ar ôl rhyw hogan wyt ti? Be wn i?" ychwanegodd Beca, yn deffro i'r posibilrwydd newydd.

"Nonsens," atebodd Trystan yn gyflym. "Mae'r arian gyda ni. Allwn ni wneud fel ni moyn â'r tŷ, ac unrhyw beth arall."

"Celwydd 'di hynny. Os na awn ni am y tŷ rŵan, awn ni byth. Ti'n anonast yn ogystal â dan din, ond un rhyfadd fuast ti erioed. Mi ddylswn fod wedi sylweddoli hynny cyn hyn. Dwi'n meddwl tybad ai'r sbel yng ngharchar wnaeth dy ddrysu di, 'ta un felly fuast ti o'r crud, un rhyfadd a gwirion, a rhywbath yn ei esgyrn o, na fasa byth yn hapus nac yn setlo i lawr i fywyd normal."

"Bywyd normal," atebodd Trystan. "Be sy mor wych am fywyd normal?"

"Ia, dyna chdi eto, yn profi 'mhwynt i. Ond dwi'n cymryd na fasa chdi byth yn gymaint o gachwr ag i ddwyn pres Menna Beynon orwtha i."

"Beth sy'n gneud i ti feddwl hynny?"

"Mae'n iawn i mi gael gwybod lle dwi'n sefyll yn ariannol, ar ôl hyn i gyd."

"Beth, ti'n amau fasen i'n rhoi'r arian i ti?"

"Ydw, erbyn hyn," meddai Beca. "Dwi am i ti ei symud o i 'nghyfri i bora fory. Dwi ddim yn dy drystio di."

"Iawn," meddai Trystan yn niwlog. Heb yn wybod i Beca, roedd e eisoes wedi trefnu bod Eira, ei chwaer, yn agor cyfri banc newydd yn ei henw hi i guddio'i arian. Roedd ef ac Eira, oedd yn athrawes gynradd, wastad wedi deall ei gilydd yn dda, a fuodd hi erioed yn rhy hoff o Beca.

Edrychodd Beca draw at Trystan, y dagrau'n cronni. "Dwn i ddim beth sydd wedi digwydd i chdi, nac i ni. Wna i ddim gwrthod yr arian ond roeddan ni'n iawn fel oeddan ni o'r blaen. Dwi'n dechra dyfaru naethon ni erioed boetsio efo'r Menna Beynon yna. Hi sydd wedi chwalu'n bywyda ni. A chditha, wrth gwrs, efo dy wendid amdani, rhyw wendid oedd yna erioed, dwi'n ama."

"Ond dy syniad di oedd mynd ar ei hôl hi! Ti oedd yn mynd mla'n a mla'n am frad y crach Cymraeg."

"Mae 'na fatha erill o frad hefyd, matha mwy personol, matha gwaeth."

Cododd Beca'n araf o'r soffa a chamu heibio Trystan tua'r stafell wely mewn pensyndod, ei byd ar chwâl. Doedd dim diben i Trystan ei dilyn hi yno heno; roedd yna sach gysgu yn y stafell sbâr gyda'r llyfrau ail-law. Ond roedd angen i'w ben glirio ac arhosodd yn y gadair am ddeng munud da yn syllu'n swrth ar logo coch a gwyn Lucky-Goldstar yn troelli'n ddiog ar y sgrin fawr lwyd: *Life's Good*.

22 **Porthcawl**

Gyrrodd Menna i lawr yr M4 a throi am Ben-y-bont cyn troi i'r chwith ar y drofan i Borthcawl. Roedd hi'n parhau i frwydro â'i hamheuon, oedd wedi amlhau yng ngolau oer y dydd. Roedd hi wedi trio dychmygu (a) beth fyddai'r canlyniad gorau posib i'w hantur, a (b) beth fyddai'r un gwaethaf. Doedd hyd yn oed yr un gwaethaf ddim yn cynnwys llofruddiaeth, marwolaeth, methdaliad, canser, crogi cyhoeddus na llusgo'i chorff noeth i lawr Heol y Santes Fair, ac roedd (a) yn cynnwys adfer ei harian, ei hunan-barch, ac efallai ei phriodas, er bod ganddi amheuon ynglŷn â hynny erbyn hyn.

Ni chafodd drafferth i ffeindio'r Sea Breeze, un o'r gwestai mwyaf ar yr Esplanade. Roedd hi wedi gweld y llun ar eu gwefan: gwesty mawreddog, Edwardaidd gyda tho o deils coch a thŵr castellog a lolfa lydan yn ymwthio allan i'r môr. Lle posibl, meddyliodd Menna, i ddawnsio'r *jitterbug* i hoglau sigâr Giwbaidd cyn y Rhyfel Byd Cynta – ond i gwrdd â dyn, at bwrpas rhywiol, yn 2008?

Llywiodd y Lexus Coupé i'r maes parcio gwag yn y cefn, ei hwyliau ar rewbwynt. Gan lusgo ei chês olwynog, gwthiodd ei hun trwy un o ddrysau cefn y gwesty, yna cerdded trwy goridor hir i'r cyntedd eang. Roedd hi fel y bedd, ond wedi canu'r gloch sawl gwaith daeth gwraig oedrannus at y ddesg.

Oedd, roedd 'na stafell ddwbl wedi ei chadw yn enw 'Mr T. Davies' – ac ai Mrs T. Davies oedd hi, felly? Heb ei holi ymhellach, rhoddodd gerdyn plastig iddi ar gyfer stafell 324.

Cymerodd y lifft hi i'r trydydd llawr ac wedi trec hir trwy'r coridorau, fe ffeindiodd y rhif. Agorodd y drws a wynebu stafell fach, sgwâr â waliau melyn a gwely dwbl yn y canol ac un gadair Parker Knoll lliw leim gyda'r coesau pigog yna oedd yn ffasiynol hanner canrif yn ôl. Roedd llun o Dŵr Eiffel ar un wal a Phont Westminster ar wal arall, a silff yn dal offer gwneud paneidiau: jwg fach drydan, bagiau papur o siwgr gwyn a brown, a rhes o botiau bach plastig. Safai hen set deledu o flaen y ffenest yn lled-guddio'r olygfa o'r môr.

Wrth ochr y drws roedd yna arwydd *EXIT* a map argyfwng yn dangos ble i ymgynnull pe byddai'r gwesty'n llosgi'n ulw. Am syniad deniadol, meddyliodd Menna'n sydyn: byddai'n datrys ei holl broblemau mewn fflach. Neu gallai ffoi heb yr angen am dân. Edrychodd ar ei wats: roedd yn union bedwar o'r gloch. Roedd yn glir iddi nawr mai camsyniad mawr oedd y cyfan. Roedd wedi gwneud pethau yn y drefn anghywir. Dylsai, wrth gwrs, fod wedi setlo'r arian cyn, nid ar ôl, y rhyw – a chyn glanio yn y gell hon o stafell. Ond yn rhy hwyr, clywodd ddau guriad siarp ar y drws, a chlec y ddolen yn troi.

"Menna, ti yna?" meddai Trystan.

Camodd i mewn i'r stafell, gyda'i sgrepan ar ei ysgwydd ac un fraich tu ôl i'w gefn. Lledodd ei wên nerfus wrth iddo roi ei sgrepan ar lawr a chynnig tusw o flodau melyn i Menna. "I ddathlu ein haduniad anhygoel," meddai.

Wedi ei synnu, ac yn ansicr beth i'w ddweud, cymerodd Menna'r blodau. "Diolch. Ydi, mae'n anhygoel ac afreal."

"Ond dyna fi'n lico," meddai Trystan. "Pwy fase byth yn

credu'r stori, ein bod ni yma, gyda'n gilydd, chwarter canrif wedyn – ar ôl popeth a ddigwyddodd."

Rhoddodd Menna'r blodau yn ofalus ar y fainc dal cesys. "Dyna'r broblem, yntefe. Y pethe ddigwyddodd. Y blacmel..."

"Ond ai blacmel oedd e?"

"Ta beth oedd e, mae gormod o ddŵr wedi llifo dan y bont, a thipyn o fwd hefyd."

"Ond mae hynny heibio. Ni'n dau yn derbyn hynny. Dyna pam ry'n ni yma."

Eisteddodd Menna ar y gadair Parker Knoll tra parciodd Trystan ei hun ar gornel y gwely. Meddai Menna, "Ydi e mor syml â hynny? Ni'n ganol oed nawr. Ni'n bobol wahanol. Allwn ni ddim esgus mai dau gariad coleg y'n ni yn trio ailgynnau hen fflam."

"Ond dy'n ni ddim, chware teg!" protestiodd Trystan.

Edrychodd Menna'n daer at Trystan. "Ta beth y'n ni'n meddwl y'n ni'n gneud, 'sa i'n credu ei fod e'n mynd i weithio mas, ydi e?"

"Ond mae hynny lan i ni."

"Ti'n hollol iawn. Mae e lan i ni. Dyna'r pwynt."

Rhoddodd Trystan ei sgrepan ar y gwely. "Ond beth yw'r broblem? Alla i yn 'y myw â deall beth ti'n trio'i weud."

"Realistig ydw i. Ni'n oedolion. 'Da ni'r ddawn i ragweld pethe, ac i dynnu mas o sefyllfaoedd."

"Ond does bosib, ti ddim yn sôn am dynnu mas o hyn?"

"Wynebu'r sefyllfa'n onest ydw i, dyna i gyd, cyn i bethe fynd yn rhy bell."

Pwysodd Trystan yn erbyn cefn y gwely. "Ti ddim o ddifri?"

"Mae hawl 'da fi godi'r cwestiwn."

"Ond mae 'bach yn rhy hwyr i wneud hynny, on'd yw

e? Ni yma! A dy syniad di oedd e. Ti ddaeth ar fy ôl i â negeseuon testun a galwadau ffôn. Ti sibrydodd *Dawnsionara* yn 'y nghlust. O'n i'n ddigon hapus ar ôl ein cyfarfod ni yn y Carlton."

"A dwi'n synnu dim at hynny."

"Ond roeddet ti, hefyd. Wnes i ddim gofyn i ti am y siec. Ti roiodd e i fi."

Herciodd y sgwrs ymlaen ond roedd yn rhy hwyr, a gwyddai Menna hynny. Roedd pwynt Trystan yn gywir: hi awgrymodd ail gyfarfod, nid fe. Roedd hi lle'r oedd hi. Os nad oedd hi'n cerdded allan gyda'i chês yr eiliad hon, roedd y gêm drosodd. Roedd hi wedi'i dal mor sicr â chimwch yng nghawell pysgotwr.

"Paned?" awgrymodd Trystan wedi i'r sgwrs dawelu. "Cystal defnyddio cyfleusterau'r gwesty."

"Dim o'i le ar hynny."

"Gyda llaw, rwy wedi trefnu rhywbeth gwell i ni ar gyfer heno. Fi wedi cadw bwrdd yn Isabella's, bwyty bach wrth yr harbwr. Lle cartrefol, bwyd da, adroddiadau da ar Tripadvisor."

"Diolch am feddwl, Trystan. Byddai pryd o fwyd yn dderbyniol, cyn mynd adre."

"Cyn mynd adre?"

"Dwi am gadw fy newisiadau'n agored."

"Ocê," atebodd Trystan gan reoli'i hun. Beth oedd yn bod arni? Ond gwell na chodi cnec diangen nawr fyddai gadael i'r noson ddilyn ei chwrs. "'Sa i'n dy orfodi i wneud dim yn erbyn dy ewyllys. Gwneud be ni moyn yw beth mae heno i gyd amdano."

"Diolch," meddai Menna'n llipa, ond gwyddai – fel Trystan – na fyddai hi'n debyg o ddiflannu i'r gofod wedi rhai oriau o gydfwyta a chydfwynhau. Os gyrru adre, byddai'n rhaid gwneud hynny nawr. Ond oedd hi am anghofio am ei chynllwyn? Oedd hi wir am ei ildio mor rhwydd? Onid oedd yna ddwy ochr i'r hafaliad? Os oedd Trystan am ei chael hi i'w wely e, onid oedd hi am ei gael e i'w gwely hi?

"Rwy'n mynd am gawod," meddai Menna o'r diwedd.

"Syniad da. Cymer dy amser. Mae 'na chwaraeon ar y teledu, fi'n siŵr."

Cymerodd Menna ei chês i mewn i'r *en suite* gan ofalu peidio styrbio'r tusw o flodau melyn a orweddai'n gam ar y fainc. Cofiodd y stori am Gareth, gŵr Marianne, yn cael ei ddal yn prynu blodau yn Howells. Pam fod hynny'n anaddas heno? Clodd ei hun yn y gell blastig gan bentyrru ei dillad ar sedd y tŷ bach. Trodd y gawod ymlaen a rhwygo'r pacedi o *gel* a siampŵ a rhwbio'r trochion sebon yn ei gwallt ac yn gylchoedd dros ei breichiau, ei choesau, ei bronnau. Yna gadawodd i'r dŵr oer chwistrellu'n greulon drosti.

Y broblem, wrth gwrs, oedd y rhyw. Roedd yn bris rhy uchel i'w dalu am yr arian – am unrhyw arian. Wrth gwrs, byddai wedi rhoi ei chorff yn hael petai hi mewn cariad. Ond doedd hi ddim. Wrth sychu'i hun, cofiodd am rywbeth ddywedodd Ann-Marie, un o'i staff, yn y Barocco un nos Wener, sef na fyddai'n breuddwydio cael rhyw heb help gan Dr Nice neu Wedding Cake, a sylweddolodd mai dyna'i hail gamsyniad heno: nid gwneud pethau yn y drefn anghywir, ond eu gwneud heb gymorth parod canabis neu gôc.

* * *

A'i hwyliau ychydig yn well, gadawodd Menna i Trystan gydio yn ei gwasg wrth iddynt groesi'r ffordd at yr

Esplanade, a gwynt y môr yn chwythu i'w hwynebau. Yn y pellter safai'r Pafiliwn enwog lle cynhelid Steddfod y Glowyr flynyddoedd yn ôl. Cofiodd Trystan am ei dad yn sôn amdani, ond nawr, dim ond olion yr Elvis Festival oedd i'w gweld ar hen bosteri styfnig roedd y gwynt a'r glaw wedi methu'u difa oni bai am gysgod ambell *sideburn* hir neu gudyn gwallt cwt hwyaden.

Pan ddaethon nhw at stondin hufen iâ Sidoli's, awgrymodd Trystan, "Pan yn Rhufain?"

"Pan ym Mhorthcawl..."

Yn gafael mewn *cornetto* yr un, daethant at sedd rad yn edrych dros y môr a bu'r ddau yn bwyta'r hufen iâ wrth wylio bad modur unig yn torri cwys o ewyn gwyn ar wyneb llwyd y dŵr. Roeddent wedi syrthio, erbyn hyn, i batrwm o sgyrsio arwynebol ac roedd hynny'n iawn gan Menna. O leia doedd Trystan ddim yn ei iwnifform beiciwr: gwisgai siaced ledr olau a chrys siec, oedd yn atgoffa Menna o'r hen Drystan ifanc, diofal. Yn ganolig o dal ac yn ffit, ac â'i farf wedi ei thrimio'n glòs ar gyfer yr achlysur, doedd dim angen iddi gywilyddio yn ei gwmni.

Ymhell i'r chwith gallent weld traeth Bae Trecco gyda'i aceri o garafannau, a ffair Coney Beach. Craffodd Menna ar y ffigwr wyth a chylch mawr llonydd yr Olwyn Fawr. Yn y tu blaen safai siâp tywyll, grotésg yr Incredible Hulk, ei freichiau'n hongian o'i ysgwyddau fel dau grafanc. Am ryw reswm, teimlodd ysfa ryfedd i'w astudio'n agosach.

"Gawn ni fynd i'r ffair? Am un reid wallgo, fythgofiadwy?"

Edrychodd Trystan ar ei wats. "Lico'r syniad, ond 'bach yn dynn yw hi. Mae'r bwrdd wedi'i gadw ar gyfer hanner awr wedi saith."

"Beth am wedyn, 'te?"

"Iawn," meddai Trystan, ychydig yn anfodlon, "ond bydd e wedi hen gau erbyn hynny."

"Dim ots. Mae'r gorila mawr yna yn fy atgoffa o Richie, a licen i daflu ceiniog i mewn i'w fwced e."

Chwarddodd Trystan. Roedd yn falch o weld Menna'n ymlacio o'r diwedd. "Beth am beint bach gynta? Mae'r Waterfront reit ar bwys. Wyt ti'n gêm?"

"Ydw, os awn ni i'r ffair wedyn."

Daethant at y dafarn fywiog. A hithau'n nos Sadwrn, roedd yna gymeriadau garw, lleol yn mwynhau'n swnllyd yn y bar gyda'i ddarts a'i deledu a'i fyrddau pŵl. Archebodd Menna hanner o lager, gan ymuno yn ysbryd y darn a theimlo eiddigedd at allu'r criw gwerinol i fwynhau eu hunain mor llwyr a difeddwl. Pam na allai hi ddiffodd switsh ei sensor mewnol, a mwynhau? Pwy o'r rhain fuasai'n meddwl ddwywaith am ladrata un noson gyda hen gariad?

Troesant wedyn i gyfeiriad y goleudy a'r hen harbwr lle'r oedd dau ddwsin o gychod lliwgar wedi angori yn yr hafan. Roedd hi'n dechrau tywyllu a sylwodd Menna ar ffenestri'r bwyty'n creu patrwm o sgwariau bach melyn fel dominos ar wal adeilad yr harbwr. Roedd yn olygfa ramantus ac yn brofiad newydd na fuasai wedi ei gael oni bai am ei hantur ffôl gyda Trystan. Siarsiodd ei hun i fod yn fwy agored ei meddwl a chymerodd lwnc dwfn o awyr iach y môr cyn dilyn Trystan i'r bwyty.

Wrth astudio'r bwydlenni, daeth Menna'n ymwybodol o rywun yn edrych draw ati o fwrdd arall. Doedd dim modd camgymryd perchennog y sgarff streipiog yna: ei hen ffrind, Elwen Morus, yr oedd hi wedi ei gwahodd i'w noson allan ym Mhontcanna. Wedi rhai eiliadau o ansicrwydd, daeth Elwen draw at eu bwrdd.

"Menna, am syrpréis! Ddim yn dishgwl dy weld ti ffordd yma!"

"Na finne, tithe."

"Felly sut aeth y sesh ym Mhontcanna? Drwg iawn 'da fi na allen i ddod. Pethe mla'n."

"Deall yn iawn. Fy mai i."

"Felly cethoch chi amser da?"

"Rhy dda. Fe wnes i ei gor-wneud hi wrth gwrs. Gei di'r hanes eto. Ond dim angen i ti boeni, mae Cymru i gyd yn gwybod."

Prysurodd Elwen i egluro, "Mae Geraint a fi wedi bod yn gweithio ar syniade am gyfres am hen eglwysi'r fro – Llandudwg, Trelales ac ati – ac yn tretio'n hunain i bryd bach heno."

"Ti'n dal gyda'r BBC?" gofynnodd Menna wrth sylwi ar ddyn canol oed penfoel ond hirwallt yn cuddio y tu ôl i blanhigyn gwyrdd ym mhen arall y stafell.

"Ydw, ond ni wedi creu cwmni bach i bitsio am waith i'r Sianel."

"Pob lwc gyda hynny. Buodd Trystan a fi," eglurodd Menna, "yn Aber 'da'n gilydd. Jyst hen ffrindie'n dala lan ar yr hen amserau."

"Wrth gwrs. Hen ffrindie yw'r rhai gore wastad."

Trodd Menna at Trystan. "Roedden ni yn Ysgol Tre-gib ond aeth Elwen i'r Coleg ar y Bae yn lle'r Coleg ger y Lli."

"Call iawn," meddai Trystan. "Tasen i wedi mynd i Abertawe, lawr yr hewl, basen i wedi arbed bwndel o drwbwl."

Gan gamddeall y sylw, gwenodd Elwen yn awgrymog, a thaflu'i sgarff liwgar yn ôl dros ei gwddw. "Dishgwl mla'n at ddala lan yn y Chapter."

"Yn bendant."

"Y Chapter?" gofynnodd Trystan ar ôl iddi ddychwelyd at ei bwrdd. "Beth oedd hwnna?"

"Ni'n cael *cappuccino* bach 'na tua unwaith y mis. A *croissant* wrth gwrs. Mae Elwen yn byw rownd y gornel i ni yn yr Eglwys Newydd."

"Beth, mae hi'n gymydog i ti?"

"Hynny ddim yn broblem i *ti*, ydi e?"

Dychwelodd y gweinydd â photel o Rioja. Arllwysodd ychydig ohono i Menna ei brofi. Roedd yn flasus, ac wedi ei stafellu'n gywir, ond wnaeth hynny ddim gwella'i hwyliau. Dyna gyd-ddigwyddiad anhygoel oedd cwrdd ag un o'i chymdogion yn un o fwytai mwyaf anghysbell Porthcawl. Fe wyddai hi am y Geraint yna: Geraint Eirug, cynhyrchydd newydd ymddeol o'r BBC. Byddai mewn safle perffaith i gynnig am waith gan y Sianel. Roedd Elwen wedi dewis yn dda.

Mae pawb wrthi, mae'n amlwg. Pwy sy'n poeni? Cystal mwynhau na pheidio. Doedd dim pwynt trio brwydro yn erbyn ffawd, nac awyrgylch fywiog y bwyty. Na'r cwmni, yn wir. Sylwodd fod Trystan yn ymddwyn fwyfwy fel petai e wedi ei pherchnogi am y noson. Fel yr oedd e, wrth gwrs. Oedd hi wir yn gweld ei hunan yn gyrru'n ôl i Gaerdydd ar ôl y pryd yma?

"Potel arall?" awgrymodd Trystan ar ôl y cwrs cyntaf. "Y Rioja 'ma'n stwff ffein."

"Ond nid i fi. Bydde mwy o win yn 'y mwrw i dros y ffin."

Gan ei hanwybyddu, cododd Trystan ei law ar y gweinydd. "We'll have another bottle, please, waiter. This is an excellent wine."

"Ond dwi ddim wedi penderfynu eto…"

"Gad y penderfyniade i'r swyddfa dydd Llun. Fe gorcwn ni e, a mynd ag e 'da ni nôl i'r gwesty."

"Ond ydyn ni'n mynd i'r ffair gynta?"

"Ti wir eisie cerdded am hanner awr yn yr awyr rewllyd dim ond i weld mwnci sy'n dishgwl fel Richie?"

Dechreuodd agwedd Menna newid. Roedd y Trystan yma – a siaradai Saesneg mor awdurdodol gyda'r gweinydd – yn wahanol i Drystan y blacmeliwr. Oedd hi'n cymryd y noson yma ormod o ddifri? Roedd hi'n ferch fawr ac wedi dysgu tric neu ddau am sut i drin dynion erbyn hyn, does bosib? Doedd dim rhaid iddi gydsynio i gael rhyw llawn.

Cymerodd lwnc arall o'r Rioja, ac yna'n sydyn, nid y blacmeliwr oedd yn eistedd o'i blaen, ond yr hen Drystan hwyliog, hyderus, y chwaraewr rygbi, y rebel o Gwm Tawe, y beiciwr, yr yfwr, y myfyriwr gwyddoniaeth. Trystan fel yr oedd cyn i'w ben e gael ei chwalu gan wleidyddiaeth a charchar: ei hen gariad.

23 **Dawnsionara**

GWTHIODD AC AILWTHIODD Trystan y cerdyn plastig i'r clo ac o'r diwedd fflachiodd y llygad bach gwyrdd. Caeodd y drws â chlec drom wedi i Menna gamu i mewn i'r stafell. Yna teimlodd don newydd o glawstroffobia yn oeri ei hwyliau. Roedd hi wedi mwynhau'r pryd a'r gwin, y ddiod yn y Waterfront a'r tro i lawr at yr harbwr, a hyd yn oed eu tro hwyr yn ôl i'r gwesty, ond nawr wynebai'r un waliau melyn ag o'r blaen, yr un gadair Parker Knoll, yr un gwely dwbl – a'r un blacmeliwr.

Tynnodd Menna ei chot PVC ddu a'i hongian yn araf y tu ôl i'r drws. Triodd frwydro yn erbyn y don o deimladau negyddol a lifodd drosti mor sydyn. Pan ac os byddai wedi tynnu'r drws yma ar ei hôl, beth fyddai wedi digwydd? Pa gatalog o brofiadau gwael?

"Cic yn y Rioja 'ma," meddai Trystan yn harti gan ddychwelyd o'r *en suite* â dau gwpan plastig. "Wydden i ddim ei fod e'n dod o Wlad y Basg."

"Galwodd dau Fasgwr yn y swyddfa rai wythnosau'n ôl. O Bilbao. Maen nhw'n cynhyrchu papur dyddiol Basgeg draw 'na."

"Mae'r Basgiaid yn fwy o fois na ni. Drycha ar ETA."

"Maen nhw'n lladd pobol. Ti'n cefnogi hynny?"

"O leia maen nhw'n gneud mwy na siarad am chwyldro."

Cafodd Menna ei themtio i ddweud "Fel ti?" Ond sut gallai? Onid aeth e i garchar dros yr iaith?

Eisteddodd yn y gadair gyda'r cwpan plastig a'r Rioja tra diffoddodd Trystan brif olau'r stafell a chynnau un o'r lampau pen gwely. Dywedodd, "Wyt ti wedi sylwi pa mor debyg yw'r stafell yma i d'un di ym Mhantycelyn? Waliau melyn, y cwpwrdd *chipboard* cam, y gadair o'r chwedegau – a sŵn y môr."

"Doedd dim sŵn y môr ym Mhantycelyn."

"Rwy'n siŵr ei fod e."

"Yn dy ben di oedd e."

"Na, roedd e yna weithiau, fel nawr, pan oedd hi ychydig bach yn stormus."

Gwrandawodd y ddau am rai munudau ar y tonnau'n hyrddio'n rhythmig yn erbyn mur y rhodfa. Curai calon Menna i'w rhythm ei hun. Roedd hi lle'r oedd hi. Doedd 'na ddim ffordd allan – dim ond ymlaen. Byddai'n rhaid iddi lynu at ei chynllun. Yr unig gwestiwn nawr oedd: pryd i godi'r pwnc ariannol tyngedfennol? Nawr, cyn mynd i'r gwely, neu yn y gwely ei hun?

Sylwodd fod Trystan yn tynnu dyfais blastig gron allan o'i sgrepan, a gwifrau a chlustffonau'n hongian ohoni. "Sony Walkman," eglurodd, "gyda chwaraewr MP3. Byddwn ni angen 'bach o fiwsig, 'yn byddwn?"

"Wyt ti o dy go, Trystan?"

"Nagw. Y dewis arall yw pop Saesneg ar Radio Un neu *light music* ar Radio Dau – a gas 'da fi *light music*. Stwff ffiaidd. Base 'bach o Endaf Emlyn yn well – neu Jarman, wrth gwrs. Y plwg yma'n handi, o dan y lamp. Dim angen batri wedyn."

"Ara bach. Dwi heb gytuno i ddod i'r gwely 'da ti eto."

"Ti wedi dod â'r ffurflen 'da ti?"

"Bydden i'n hapus â chytundeb llafar."

Edrychodd Trystan ar Menna mewn anobaith. "Am faint yn fwy mae'r nonsens yma am bara? Ni yma, ni gyda'n gilydd, ni mewn cariad – neu fe oedden ni – mae 'da ni wely dwbl, hanner potel o Rioja, a stafell o'r un lliw melyn â Neuadd Pantycelyn. Oes 'na unrhyw beth arall alla i ychwanegu at y rhestr?"

"Oes: ugain mil o bunnau," mentrodd Menna.

Roedd yna dawelwch llethol cyn i Trystan ateb, "Menna, pa blaned ti'n byw arni?"

"Yr un sy'n troi rownd yr haul. Yr un mae pawb arall yn byw yn hapus arni, lle mae pobol yn onest â'i gilydd ac yn parchu eu dyledion."

"Na," atebodd Trystan. "Yr un ti'n byw arni yw'r un sy'n troi rownd Menna Beynon."

"Ond mae 'na bwnc difrifol i'w drafod, on'd oes, a ti'n gwybod beth yw e."

"Ydw: hyn, yma, nawr. Y cyfarfod ofynnaist ti amdano. Dy syniad di oedd e. Ti adawodd negeseuon awgrymog ar fy ffôn i, yn sôn am *Dawnsionara* a rhyw a miwsig, a fi nath ufuddhau, a threfnu'r gwesty a'r pryd yn yr harbwr..."

"... a ti nath fy mlacmelio, hefyd."

Ochneidiodd Trystan mewn rhwystredigaeth. "Ti'n deall dim a ti'n bradychu popeth. Cer i ddiawl."

Rhedodd Menna o'i chadair i'r *en suite* yn ei dagrau. Pwysodd ei hun yn erbyn y drych. Dyma'i hunlle. *Brush-off* llwyr, a dim ffordd ymlaen heblaw i'r gwely dwbl. Roedd angen iddi ystyried pam ddaeth hi yma o gwbl. Onid cael Trystan i'r gwely *oedd* y cynllun, a'i holl amcan wrth ddod i Borthcawl? Ond doedd e byth bythoedd am weithio mas fel hyn. Ymdawelodd a sblasio ychydig o ddŵr dros ei hwyneb a'i gwddw.

Dychwelodd i'r brif stafell â dau wydryn plastig o ddŵr tap.

"Diolch, eith e'n iawn gyda'r gwin coch."

Tynnodd Menna ei siaced a'i rhoi ar gefn y gadair Parker Knoll. "Ro'n i'n anghywir i godi'r pwnc yna nawr ... mae'n boeth 'ma, on'd yw hi?"

"Nid fy mai i yw hynny."

"Y thermostats mas o reolaeth, braidd fel Pantycelyn."

"Falle hynny, wir."

Eisteddodd Menna yn y sedd a chymryd diferyn o Rioja, a rhoi'r gwydryn i lawr wrth droed y gadair. Yna dechreuodd dynnu ei sgidiau sodlau uchel. Gwelodd Trystan ei bod hi'n cael trafferth â'i throed dde oherwydd y rhwymyn oedd am ei migwrn. "Ges i ddamwain fach ryw fis yn ôl," eglurodd.

"Y Cameo, tybed?"

"Wrth gwrs, ti'n gyfarwydd iawn â'r we. Halest ti'r stori i'r *Welsh Eye*?"

"Fe wnes i egluro i ti. Basen i byth wedi gwneud shwd beth."

"Cymera i di ar dy air."

Heb dynnu'r esgid dde, ymlaciodd Menna yn y gadair gan roi un goes yn araf dros y llall. Sylwodd Trystan ar fotwm agored ei blows. Rhaid ei bod hi wedi ei ddatod yn yr *en suite*. Synhwyrai fod yna newid yn yr awyr. "Dere lan," meddai Trystan. "Fel o'r bla'n. Ti soniodd am Bantycelyn…"

Edrychodd Menna arno'n awgrymog. "Iawn, Trystan, ti wedi ennill."

Cododd yn araf o'i chadair a symud i fyny at Trystan ar y gwely a gorwedd wrth ei ochr. Edrychodd Trystan arni mewn hapusrwydd a syndod llwyr, yn methu credu ei sefyllfa newydd. Cyffyrddodd yn ysgafn ag ymylon ei gwallt.

Saethodd iasau trwy ei gorff, iasau yr oedd yn rhaid iddo'u rheoli. Ni allai fforddio gwastraffu'r eiliadau hyn o felyster. Rhedodd ei law yn dyner i lawr ei hystlys ac ymatebodd Menna trwy glosio ychydig ato. Yna trawodd gusan ysgafn ar ei dalcen a rhoddodd ef ei freichiau am ei gwddf. Wedi rhai munudau o gyffro amrwd, gwthiodd Menna ef yn dyner ar ei gefn, a'i orfodi i lonyddu. Yna agorodd ei grys a chwarae â'r blewiach cyrliog a oedd, fe sylwodd, yn fwy brith nag yn yr hen ddyddiau.

"Sorri, fi ddim Schwarzenegger."

"Paid â phoeni, ti'n dipyn mwy ffit na Richie."

"Mae *gym* Pentawe'n help."

"Roeddet ti ar y *power tower* pan ffoniais i, on'd oeddet?"

Triodd Trystan agor clip y bra a methu yn ei ffrwst. Dim ots, roedd ei chorff main, benywaidd gydag ef yn gwmni mor glòs ag a allai e ddymuno byth, a chaeodd ei lygaid wrth i'r atgofion lifo. Dyma'r corff main a gofleidiodd mewn pabell ac ar draeth ac mewn hostel pan oedden nhw'n ugain oed. Llifodd yr atgofion yn ôl am haf poeth wyth deg dau, amdani'n gafael fel gefail yn ei wasg pan oedd e'n gyrru'r hen BSA ar hyd hewlydd culion Gŵyr, a'r nodwydd yn cyffwrdd wyth deg milltir yr awr...

Ond yna teimlodd ryw ymatal gan Menna, fel petai hi'n tynnu'i hun oddi wrtho. Ond manteisiodd ar hyn i'w arafu ei hun. Cododd yn lletchwith o'r gwely, yn dal yn ei jîns. "Ni angen un peth arall i wneud y profiad yn berffaith: *Dawnsionara*, y record fwya secsi yn yr iaith Gymraeg..."

Ond cyn i Trystan gael cyfle i danio'r miwsig, meddai Menna, "I wneud y profiad yn berffaith, dwi angen rhywbeth arall hefyd."

"A beth alle hynny fod?"

Cododd Menna ar ei heistedd. "Dy ddyled. Mae angen i ni sgwario hynny gynta. Talais i ugain mil o bunnau i ti dan gamddealltwriaeth. Doedd gen i ddim syniad dy fod ti eisoes wedi derbyn y swm."

"Ond nid talu'r blacmel wnest ti. Dywedaist ti hynny'n glir."

"Ond wedest ti gelwydd, trwy beidio sôn o gwbl am y taliad."

"Sut mae hynny'n bosibl? Be ddiawl sy'n mynd mla'n 'ma? Roedden ni'n caru rai munudau'n ôl – ond nawr ti'n rhoi bil mewn amdano fe!"

"Nid am y caru mae'r bil."

Edrychodd Trystan arni, mor agos ond mor bell, ac yn fwy rhywiol nag erioed yn ei blows agored a'r sgert ddu flêr. "Ti wedi bod yn chwarae gêm â fi trwy'r nos, on'd do, yn defnyddio dy gorff er mwyn cael arian. Ti ddim gwell na hwren."

"Gwell bod yn hwren na blacmeliwr," atebodd Menna. "Mae hwren yn cynnig gwasanaeth. Dyw blacmeliwr ddim ond yn dwyn."

*   *   *

Ei du mewn yn corddi, cymerodd Trystan lwnc hir o'r Rioja gan syllu'n swrth at y llun cerdyn post o Dŵr Eiffel ar y wal bellaf. Yna trawodd ei wydryn i lawr â chlec galed. "Ocê," dywedodd. "Gei di e."

"Ga i beth?"

"Gei di'r ffycin arian. Ti sydd wedi ennill. Dyw'r boendod ddim werth e. Ti'n bwysicach i fi nag unrhyw arian."

"Felly'r ugain mil i gyd?"

"Ie, achos nid blacmeliwr ydw i," atebodd Trystan, ei dymer yn codi. "Roedd Beca'n iawn. Roedd arnat ti'r arian yna i fi, bob dime. Rhai fel fi sy wedi dy roi di a dy siort lle'r wyt ti, yn ennill can mil y flwyddyn yn chware achub iaith. Y rhai aeth i garchar greodd yr holl swyddi eraill newydd, dwyieithog yn y llywodraeth a'r cyfryngau. Tra mae'r iaith yn marw mewn llefydd fel Pentawe, mae pobol fel ti yn prynu ail dai, ail geir, ail forgeisi ac ail wragedd tra mae pobol fel fi yn methu fforddio morgais cyntaf."

"Ond ydi hwnna'n wir?" atebodd Menna'n bwyllog. "Oedd ugain mil ddim yn ddigon i ti roi lawr ar forgej?"

"Mae tipyn wedi digwydd ers hynny. Dyw pethe ddim yn wych rhwng Beca a fi ac rwy wedi ailfeddwl am brynu tŷ, ac yn wir am ein dyfodol gyda'n gilydd."

"Felly ti'n pocedu'r cyfan dy hunan? Celwydd oedd y blacmel?"

"Nid ar y pryd. Mae popeth wedi newid nawr. Bydda i angen arian ar gyfer y daith ac ar gyfer byw wedyn. Ti ddim yn sylweddoli mai'r noson gyntaf yw hon mewn antur newydd i fi. Nid jyst noson o ryw oedd 'da fi mewn golwg."

"*Y daith?* 'Sa i'n deall. Taith i ble?"

"'Sa i'n siŵr eto. Cawn weld. Ond dyna'r pwynt. Rwy angen profi blas o ryddid cyn eith hi'n rhy hwyr arna i. Rwy wedi bod yn gweithio i'r llywodraeth ers chwarter canrif."

"A finne hefyd, mewn un ffordd neu'r llall. Dwi'n nabod yr ysfa yna i dorri'n rhydd. Ond rhydd i beth?"

"Cawn weld. Ti'n darganfod y cwestiwn weithiau ar ôl cael yr ateb."

Gwenodd Menna er ei gwaethaf. Roedd hynny fel rhai o'r pethau od fyddai Trystan yn eu dweud slawer dydd – ond oedd e'n gwneud unrhyw synnwyr? Oedd e ar siwrne i unman, i ebargofiant? "A beth am Obaith Mawr y Ganrif?" gofynnodd Menna. "Oes unrhyw obaith ar ôl?"

"Rhodda i wybod i ti ar ôl wythnos neu ddwy ar y Kawasaki."

"Basen i'n hoffi clywed."

"Fe gei di," atebodd Trystan gan edrych draw at Menna yn ei chadair. Hongiai un esgid stileto goch i fyny'n bryfoclyd, ei phigyn hir, sarffaidd, erotig yn pwmpio ei awch amdani. Doedd hi ddim am ddianc y tro hwn. "Ti'n dod draw 'ma," dywedodd yn frwysg, "am y ffwc ddruta yn hanes Cymru?"

"Ond sut alla i wybod?"

"Gwybod beth?"

"Dy fod ti'n dweud y gwir. Dy fod ti am dalu'r arian, yr ugain mil."

"Ydi 'ngair i ddim digon da? Falle dy fod ti'n cario symiau fel'na yn dy boced, ond dwi ddim. Gawn ni setlo'r manylion yn y bore."

"*Yn y bore*? Bydd hi'n rhy hwyr wedyn."

"Ti ddim yn 'y nghredu i?" atebodd Trystan, yn gwylltio o ddifri. "Oes 'da fi Feibl neu Destament Newydd? Neu gyllell i fi dorri llw mewn gwaed? Neu beth am ffonio cyfreithiwr? Fi'n nabod un yng Nghlydach, Jones & Partridge. Gallen i adael neges ar eu Ansafone nhw."

"Cwlia lawr, Trystan, paid ag actio'r ffŵl."

"Ti yw'r ffŵl, Menna, yn chwarae â thân trwy'r nos, a ti'n gwybod beth sy'n digwydd i bobol sy'n chwarae â thân."

"Ond ti daniodd y fatsien gyda dy flacmel creulon a gwarthus."

Roedd hyn yn ormod i Trystan. Gafaelodd ym mraich Menna a'i thynnu'n filain ato. Ymladdodd hi'n ôl ond defnyddiodd Trystan ei gryfder i'w gwthio ar ei chefn ar y gwely, a'i dal i lawr. Ond a'i choesau'n cicio fel melin, brwydrodd Menna'n ôl gan ddefnyddio'i sawdl stileto i gicio

Trystan yn greulon rhwng ei goesau. Sgrechiodd mewn poen, a rhuthro i'r *en suite* yn gafael yn ei gerrig.

Gwelodd Menna ei chyfle. Cipiodd ei chot a'i bag a'i chês a'u llusgo trwy'r drws a'i slamio ar ei hôl, ei chalon ar ras a'i hysgyfaint yn chwythu fel megin. Roedd hi wedi disgwyl catalog o drychinebau – ac fe'i cafodd.

*   *   *

Herciodd Menna gyda'i chês i lawr y coridor, heibio'r rhes hir o lampau diogelwch gwelw. Roedd yna boen newydd yn ei migwrn. Oedd hi wedi ei niweidio? A fyddai'n rhaid iddi fynd nôl i Ysbyty'r Waun? Arhosodd wrth ddrws y lifft, mewn ofn y gallai Trystan ddod ar ei hôl, ond doedd dim sôn amdano. Oedd e wedi ei frifo, efallai'n ddifrifol? Ond roedd e wedi gofyn amdani. Pam ddylai hi boeni? Oni bai iddi amddiffyn ei hun – gyda help y sawdl hirfain – Duw a ŵyr pa gyflwr fyddai arni nawr.

I lawr yn y cyntedd roedd porthor croenddu yn darllen cylchgrawn o dan y ddesg. Cododd ei lygaid wrth ei gweld hi'n cerdded heibio gan guddio'r rhwyg yn ei dillad. "You OK, Miss?"

"Not really."

"Some bastard fuck you around, excuse me asking?" meddai'r dyn. Yn rhy aml fe welodd ferched yn cael eu cam-drin o ganlyniad i fethu gwneud trefniadau talu clir.

"Yes, you could say so," meddai Menna, nawr yn eistedd yn ei gwendid yn un o'r seddi yn y dderbynfa.

"He no rob you?"

"Well he did, in a way – but no need to call the police."

"See what you mean. Betta keep da fuzz away."

"But could you make me a strong coffee? I'm driving but don't feel quite up to it."

"You take your time, lady," meddai'r dyn. "Da fuzz, they everywhere, man. You in Wales now, they got nothing betta to do. It's a real no man's land."

"Yes, you're right there."

"They got a funny language, too, but you donna hear it often. You relax now, lady. Just gimme two minutes."

Edrychodd Menna o gwmpas y cyntedd mawreddog gyda'i batrymau chwyrlïol Art Nouveau oedd wedi llwydo a melynu. Llyncodd y coffi'n ddiolchgar. Gallai fod dros y ffin yfed wedi mwynhau dau wydraid o Rioja yn y bwyty a hanner wedyn yma. Wedi sadio'i hun, ffarweliodd â'r dyn caredig a gwthio'i ffordd allan trwy'r coridor cefn ac allan i'r maes parcio. Yno, hyrddiodd gwynt oer y môr i'w hwyneb. Roedd hi wedi ystyried cymryd tro ar yr Esplanade i sobri ond gwelai'n awr y byddai'n ormod iddi. Doedd ganddi ddim dewis ond ei mentro hi a gyrru i Landeilo.

Agorodd ddrws y Lexus a ffonio'i mam o'r sedd flaen. Yna edrychodd draw at Kawasaki Trystan oedd wedi'i barcio wrth y wal bellaf. Sgleiniai'r anghenfil piws ac arian yng ngolau gwan y lleuad denau. Sylwodd ar y babell a'r blychau plastig a glymwyd yn dynn o dan y pilion: roedd Trystan wedi paratoi'n fanwl ar gyfer ei antur. Yna gwelodd y Ddraig Goch fach, drionglog yn hongian oddi ar bolyn bach ar gefn y beic. Roedd yn crynu'n ffyrnig yn y gwynt, yn symbol o ryddid, fel petai'r ddraig ei hun am neidio'n rhydd oddi wrth ei baner.

Taniodd yr injan a chyffwrdd yn ofalus â'r brêc. Saethodd colyn o boen i fyny ei choes, a chwa o ofn sobreiddiol i'w phen. Does dim *clutch* mewn car awtomatig a diolchodd i'r nef mai model felly o'r Lexus Coupé a archebodd hi, tua dwy flynedd yn ôl, gan ei chyflogwr, Corff yr Iaith Gymraeg.

24 Brecwast

AM GYFNODAU DROS y Sul, bu Menna'n paratoi ei meddwl ar gyfer ei *showdown* â Richie. Roedd ei chydwybod yn glir a'i chorff wedi'i gleisio, i brofi hynny – a doedd hi ddim wedi godinebu, chwaith. Petai Richie'n gwybod y cyfan, byddai'n debyg o'i chanmol ond doedd wiw iddi sôn am Borthcawl. Ar y llaw arall fe allai sôn – yn niwlog – am Bentawe a dweud iddi alw yno ar ei ffordd i Landeilo. Ond yna meddyliodd Menna: pam y cyfrwystra? Pam na allai ddweud y gwir a gofyn am faddeuant – os oedd angen y fath beth arni o gwbl.

Ond doedd Richie ddim yna fore Llun. Gadawodd nodyn ar y bwrdd brecwast yn dweud iddo ddal trên cynnar i Gasnewydd ar gyfer cyfarfod y pwyllgor cynllunio llawn. Cofiodd Menna iddo sôn am hynny yn y parti gwirion yn Argoed. Fore Mawrth, sylwodd fod Richie mewn hwyliau da pan ddaeth i lawr i frecwast. Yn unol â'i hen arfer, cymerodd ddwy dafell o dost gwyn o'r tostiwr, yna'u taenu â menyn a marmalêd. Arllwysodd Menna goffi o'r *cafetière* i'r ddau ohonynt. Y tu allan i'r ffenest lydan pefriai gwyrddni heddychlon y lawnt a'r tŷ gwydr gyda'r planhigion yr oedd Richie'n rhy brysur i'w trin.

Roedd yn well gan Richie Radio 4 ond roedd wedi ildio i ddymuniad Menna i gael Radio Cymru fel cefndir boreol.

Y bore 'ma traethai economegydd o Brifysgol Caerdydd ar benderfyniad Gordon Brown i achub Banc yr Alban a chododd Richie ei ben o blygion y *Daily Telegraph*.

"Glywist ti hynna? Anhygoel. A mae o'n fa'ma mewn du a gwyn. Mae Brown am ffeindio trigain biliwn – *biliwn*, coelia – i achub Banc yr Alban! Mae o'n andros o swm."

"Tipyn mwy nag ugain mil o bunnau!"

"Ydi wir," cytunodd Richie gan roi ei drwyn yn ôl yn y papur.

"Felly sut aeth hi yn y pwyllgor cynllunio?" gofynnodd Menna.

"Ro'n i am sôn. Roedd 'na ryw gymint o ddadla, ond mi basion nhw o blaid cynllun Wideacre efo dim ond criw bach yn erbyn o'r chwith galad a'r Blaid Werdd. Tipyn o strach a chwys o edrach yn ôl, ond y canlyniad sy'n bwysig: un–dim i ni."

"Felly siawns am elw da i Mansel Allen?"

"Mi ddylian ni neud dwy filiwn ar y parsal cyntaf, mewn ffioedd gwerthu. Cadw'r peth rhag y dyn treth fydd yr hen broblam."

"Mae dwy filiwn yn dipyn mwy nag ugain mil," meddai Menna mewn llais penderfynol. "Felly gawn ni anghofio am Trystan Dafydd a'i ddyled?"

A'r geiniog wedi syrthio, meddai Richie, "Na, dwi ddim yn meddwl! Nid pres Trystan Dafydd ydi o, ond dy bres di."

"Ond neith e fyth ddychwelyd yr arian. Rwy'n gwybod hynny."

"Be, wnest ti ofyn iddo fo?"

"Do. Es i i Bentawe i'w weld e, ar y ffordd i Landeilo."

"Nest ti hynny wir?" atebodd Richie mewn sioc.

"Wel, do'n i ddim am ei ffonio fe, o'n i, na gadael cerdyn busnes?"

"A sut oedd o? Mewn hwylia arbennig o dda, dwi'n siŵr!"

"Roedd e'n gyfarfod anodd a swreal. Roedd yn rhyfedd iawn i gwrdd ar ôl yr holl amser ac ro'n i'n casáu pob munud. Ond doedd dim symud arno fe. Be fwy allen i neud?"

Rhoddodd Richie ei bapur i lawr. "Ti i dy ganmol am drio. Ond nid y swm, wrth gwrs, ydi'r peth pwysicaf, er ei fod o'n un sylweddol – ond yr egwyddor. Be sy'n anfaddeuol ydi bod y bastad bach – y rebal mawr o'r dyddia fu – wedi dy gonio di a dy robio di. Mae o'n lladrad noeth a mae o'n anghyfreithlon a dydi'r crinc ddim am gael getawê efo fo."

Arswydodd Menna. "Ond faint elwach ydyn ni o'i haslo fe â bygythiadau gwag?"

"Yn union. Rhoi wltimatwm i'r diawl sydd isio. Talu – *or else*."

"Ond fi sy'n cymryd y golled, neb arall. Gawn ni gladdu'r bali peth?"

Oedodd Richie am eiliad, a gollwng ei fŵg coffi. "Fe liciwn i gladdu Trystan Dafydd yn fawr iawn, efo'r rhaw honno oedd gin fy nhaid yn Rhiw ystalwm. Ond ydan ni'n gadal iddo fo gadw'r pres? Alla i yn 'y myw â dallt pam nest ti dalu'r diawl yn y lle cynta, heb angan o gwbl."

"Ond roedd e'n bygwth chwalu 'ngyrfa i."

"Ond bygythiad gwan iawn oedd o. Ti'n dal yn Nashi: dyna wraidd y drwg, yntê? Oni bai am hynny, fasat ti ddim wedi cael dy flacmelio, na chael dy dynnu i mewn i'r criw yna o fandals bach."

"Ond wnes i ddim cymryd rhan yn y weithred! A fues i ddim yn agos at y Gymdeithas wedyn, nac unrhyw blaid wleidyddol – ac i brofi hynny, dwi wedi cael cynnig MBE!"

Rhoddodd Richie ei dost ar y plât. "MBE? Wir?"

"Ie, *Member of the British Empire*."

"Argol, wyddwn i ddim am y peth. Pam 'sa chdi wedi deud? Llongyfarchiada, yntê!"

"Ond dwi ddim wedi'i dderbyn e eto."

"Ond fasat ti'n boncyrs i beidio! Pryd glywist ti?"

"Dechreuodd Wyn sôn amdano fe'n hysh hysh dros fis yn ôl. Ro'n i'n ansicr ar y pryd. Dwi ddim yn ffan o'r Ymerodraeth a dwi'n amheus o Wyn a'i gronis."

"Ond tydi'r ots amdano fo. Rhaid i ti feddwl amdanat ti dy hun, a dy yrfa."

"Dyna dwi wedi dod i feddwl, hefyd," atebodd Menna, yn cael ei hun, am y tro cyntaf ers tro, yn cytuno â'i gŵr. "Ond dwi angen brysio os dwi am ddal y cwch."

Sylwodd Menna ei fod yn awr yn edrych arni ag edmygedd newydd. "Rhaid i chdi ystyriad – wyt ti am aros efo'r Corff Cymraeg tan y bedd? Dim ond cwango iaith ydi o wedi'r cyfan, a wnes i 'rioed ddallt be 'dach chi'n gneud go iawn. Beth am Sianal Cymru? Ddeuodd Hywal wrtha i nad ydi'r Iola Thomas yna yn rhodd Duw i ddarlledu."

"Nefi, ti'n neidio nawr."

"Ond mi rw't ti wedi dal nifar o swyddi reit wahanol ac yn dal yn dy bedwardega, a dwi'n dy weld di'n dŵad ymlaen yn dipyn gwell efo John Lloyd nag efo'r hen Wyn Elis-Evans yna. Hen rwdlyn ydi o, yntê."

"Ond ydw i am fod yn *poster girl* i'r Ymerodraeth Brydeinig?"

"Dyna'r pwynt, yntê. Matar o ganfyddiad ydi o, dim mwy. Dydi hi ddim yn bodoli, go iawn. Chwara'r system ydan ni i gyd, yntê, does dim mwy i'r peth na hynny."

"Neu ai'r system sy'n ein chware ni?"

"Ti'n glyfrach na hynny," meddai Richie gan roi tafell dew arall o fara gwyn yn y tostiwr. "Dos am yr MBE yna, a dwi'n meddwl y gallwn ni anghofio am y ffwcin Trystan Dafydd yna, a phopeth ynglŷn â'r ffwcar, er mor uffernol o boenus ydi hynny."

"Wir?" meddai Menna gan edrych allan trwy'r ffenest tua'r ardd.

Yn sydyn, goleuodd yr ardd a'i gwyrddni a daeth aderyn du pigfelyn i ymuno â'r un oedd wedi bod yn canu ar ben y goeden ers o leia ddeng munud.

* * *

Tra oedden nhw'n sgyrsio, roedd Grug wedi camu'n dawel i lawr y grisiau. Aeth i'r gegin a chymysgu bowlaid o greision, ychwanegu iogwrt, a helpu'i hun i wydraid o sudd afal cymylog o'r ffrij. Wedi sylwi ar yr hwyliau gwell nag arfer oedd ar ei rhieni, gofynnodd, "Chi'n iawn? Oes 'na newyddion?"

"Yn rhyfadd iawn, *mae* gynnon ni dipyn o newydd i chdi bora 'ma, Grug. Mae'n cynllunia ni wedi cael y gola gwyrdd gin Bwyllgor Cynllunio Cyngor Casnewydd, ond yn bwysicach na hynny, glywist ti fod dy fam wedi cael cynnig MBE?"

"Dim eto!" pwysleisiodd Menna. "Mae dy dad wedi cyffroi braidd."

"Ond be mae MBE yn feddwl?" gofynnodd Grug.

"*Member of the British Empire*, dyna ydi o'n llythrennol," eglurodd Richie.

"Y *British Empire*? Ydi e'n bod?"

"Dyna be ddeudis i. Ac oes otsh os nad ydi o? Dyna ro'n i'n ei egluro rŵan i dy fam."

"Ond *roedd* e'n bod. Lladdon nhw gan miliwn o bobol

yr India, mewn rhyfel neu newyn, medde Kumar. Mae e'n siarad 'da ni weithie yn yr Atma."

"All hynna fyth bod yn wir," meddai Richie. "Rhaid ei fod o'n gwylio Al Jazeera."

"Na, mae'n wir, medde Kumar, am yr amser i gyd."

"Wrth gwrs," meddai Richie, "canfyddiad ydi popeth. Cymar di'r Blaid Lafur, plaid sosialaidd i fod – ond chwara teg iddyn nhw, maen nhw am achub Banc yr Alban a'r systam gyfalafol yn yr un gwynt."

"Ond arian cyhoeddus sy'n mynd i achub y banciau. Dyw'r system ddim yn gyfalafol o gwbl!"

Craffodd Richie ar ei ferch. "Wyt ti'n Farcsydd, dwa'?"

"Na, ddim eto."

"Ond cyfalafwr ydw i, wrth gwrs?"

"Ti sy'n dweud hynny, Dad."

Eisteddodd Richie'n ôl ar ei stôl frecwast. "Mae mor hawdd rhoi labeli ar bobol, tydi? Dwi'n gweithio'n galad am 'y mhres. Doedd gin i ddim dima pan ddechreuis i. Gwreiddia gwerinol sy gin i, yng nghefn gwlad Llŷn."

"… lle ti bia tŷ haf."

"A lle 'dan ni'n tri wedi mwynhau sawl gwylia bendigedig. Coffa da am yr hen Anti Marged, yntê."

"A sôn am Ben Llŷn," meddai Menna gan estyn am gerdyn hir, lliwgar, sgleiniog allan o bentwr o amlenni oedd heb eu hagor ar y bwrdd. "Falle bydd hwn o ddiddordeb i ti…"

"Be 'di o? *Timeshare* arall?"

"Na, gwahoddiad i arddangosfa yn y Martin Tinney."

"Dim diolch! Fydd angan gwisgo masgia? Dwi wedi cael digon ar lansiada oddi ar y pantomeim yna yn lle'r Mileniwm."

"Ond llunie Glyn Elwyn sydd yna," meddai Menna gan

ddangos y gwahoddiad. "A fynte wedi marw, maen nhw'n gneud arddangosfa o'i waith e ac yn cynnig disgownt arbennig i hen brynwyr."

"Dos di, Menna. Gin i ormod ar 'y mhlât."

"Ond ti yw'r un o Ben Llŷn."

"Ond ddeudist ti fod y boi wedi marw. Mae o'n fuddsoddiad da, felly."

"Wel mi roedd e. Bydd y prisiau'n codi nawr."

"Ond mae 'na ddisgownt, on'd oes? Dos yna a phryna lun i fynd efo'r un sy gynnon ni, rwbath lliwgar."

Cymerodd Menna'r gwahoddiad yn ôl a chraffu arno. "Iawn, felly. Nos Fercher am chwech. Gallen i ffitio fe mewn ar ôl gwaith. Beth ti'n feddwl, Grug? Oes angen llun arall arnon ni o Ben Llŷn?"

"*I don't think so*, ond *go for it*, Mam," meddai Grug, "a joia dy hun."

"Dwi'n cytuno," meddai Richie gan lyncu ei goffi a chodi o'r bwrdd. "Ti angan brêc ar ôl popeth ti wedi bod trwyddo fo yn yr wsnosa dwytha 'ma."

"Ond beth am yr arian? Hyd at faint alla i fynd?"

"Dim angan i ti boeni am hynny. Jyst deuda wrthyn nhw i 'milio i. Maen nhw'n gwybod pwy ydw i. Ac os oes 'na rwbath arall ti isio, rho hynna hefyd ar y bil."

Edrychodd Menna arno mewn syndod. Doedd hi ddim wedi gweld Richie mewn hwyliau cystal ers tro. Ac roedd y ddau aderyn bach wedi dechrau canu unwaith eto yn yr ardd.

25 Y Martin Tinney

Bu Menna yn y Martin Tinney o'r blaen, ond heno, am chwech o'r gloch nos Fercher, teimlai hud arbennig yr oriel gelf a'i waliau golau a'i luniau chwaethus a'r blodau carnasiwn coch a osodwyd hwnt ac yma yn wrthbwynt i'r llwyni o ddail gwyrdd a lenwai'r ffenest. Eisoes nyddai'r dorf, yn unigolion a chyplau, rhwng y lloriau gyda'u gwydrau o Chardonnay lliw gwenith. Cynigiai'r cyfan addewid o noson fywiog a chymdeithas dda a phenderfynodd Menna bod yna bleserau unigryw o ddinesig yr oedd yn bwysig eu meithrin a'u mwynhau.

O'i chwmpas roedd y gorau mewn celfyddyd gyfoes Gymreig – Claudia Williams, John Knapp-Fisher a Shani Rhys James – ynghyd â nifer dethol o luniau gan gewri fel Ceri Richards, Augustus John a Kyffin. Ond heno neilltuwyd y brif stafell i gasgliad o waith y diweddar Glyn Elwyn, yr artist a fu farw chwe mis yn ôl ac oedd yn enwog am ei luniau o dirwedd Pen Llŷn.

Cododd Menna wydraid o Chardonnay o'r bwrdd yn y cyntedd, ac wedi cyfarch hwn a'r llall, symudodd i'r brif arddangosfa. Roedd disgwyl iddi brynu un o'r lluniau, ond ni allai ganolbwyntio. Roedd mater arbennig yn gwasgu ar ei meddwl. A ffars Porthcawl drosodd, a Trystan naill ai mewn ysbyty neu'n mwynhau ei wythnos gyntaf o 'Ryddid' yn ei babell blastig, roedd agwedd Menna at yr MBE wedi newid.

Roedd siniciaeth iach Richie wedi llacio ei hamheuon ac anfonodd Menna e-bost brysiog at Wyn yn pwysleisio'i diddordeb yn y cynnig. Derbyniodd frawddeg yn ôl ganddo yn dweud y byddai'n pasio ei neges ymlaen i Dŷ Gwydyr. Roedd Menna'n amheus o ateb mor swta ac felly wedi gofyn yn ddiplomataidd i ysgrifenyddes Wyn a fyddai'n debyg o fod yn yr arddangosfa. Allai hi ddim rhoi ateb pendant iddi, ond gwyddai Menna, o'i hadnabyddiaeth o'i bòs, y byddai'n debyg o fod am gael ei weld yn y fath ddigwyddiad, os oedd yn rhydd.

Trodd ei sylw at y lluniau olew. Teimlai fod rhywbeth gorsyml yng ngwaith Glyn Elwyn, braidd fel paentio wrth rifau. Ond sylwodd fod nifer o'i luniau yn dangos y cylch bach coch *Sold*/Gwerthwyd. Tybiodd Menna mai yn eu naïfrwydd yr oedd eu hapêl i'r gynulleidfa soffistigedig, ddinesig. Safodd o flaen y lluniau mewn penbleth. Sut allai hi benderfynu dros Richie gyda'i syniadau pendant? Cymerodd ei iPhone allan gyda'r bwriad o dynnu lluniau o rai ohonynt, ond tra oedd hi'n straffaglu i ffocysu, teimlodd fysedd yn mwytho cefn ei gwddf.

"Whant buddsoddi?" meddai llais hamddenol y tu ôl iddi.

Ar unwaith adnabu gyffyrddiad cyfarwydd a synhwyrus Hywel James.

"Ddim yn bersonol," atebodd gan droi ato. "Dwi'n gweithredu fel rhyw fath o asiant i Richard Lloyd Jones. Beth amdanat ti? Chwilio am Gyffin arall? Mae 'na gwpwl ar y llawr ucha, ro'n i'n sylwi."

"Na, mae Haf am i ni fynd am rywbeth gwahanol y tro 'ma: llun gan artist ifanc, addawol. Dyna oedd y *brief*. Ond Haf fydd yn penderfynu. Hi yw *supremo* chwaeth tŷ ni. Rwy'n eitha lico llunie Glyn Elwyn fy hunan."

"Os felly, ti ddylai ddewis llun drosto i!"

"Gormod o gyfrifoldeb, a fydden i ddim am bechu Richie. A sôn am hynny, sut mae pethe'n gyffredinol?"

"Wedi troi cornel, rwy'n credu," meddai Menna gan flasu'r gwin.

"Dwi ddim yn synnu at hynny. Ti'n dishgwl yn dda heno."

"Maddeuwch i fi," torrodd llais dieithr ar eu traws, "ond ga i fod mor hy ag eilio'r sylw yna."

Trodd Menna at John Lloyd yn ei siwt gotwm fanila. "Diolch, ond mae arna i ymddiheuriad i chi."

"Am beth, yn enw'r nef?"

"Do'n i ddim ar 'y ngore," atebodd Menna, "yn y parti gwirion yna yng Nghanolfan y Mileniwm. Rhaid eich bod chi wedi sylwi."

"I'r gwrthwyneb, rhaid eich bod chi wedi sylwi arna i. Ro'n i wedi cael diferyn yn fwy nag oedd yn ddoeth. Ond wedyn, dyw Shakespeare ddim *Pobol y Stryd*."

"Na *Pobol y Stryd* ddim Shakespeare, chwaith," jociodd Hywel.

Trodd John at Menna. "O ran diddordeb, ydych chi'n gwylio *Pobol y Stryd* eich hun?"

"Alla i ddim â dweud 'mod i'n wyliwr cyson."

"Na finne, chwaith. Dau beth gwahanol ydi creu rhywbeth, a'i fwynhau. Dyw cyhoeddwyr llwyddiannus ddim yn sgwennu llyfrau, dyw ceidwaid orielau ddim yn paentio lluniau a dyw cogyddion Michelin llwyddiannus ddim yn coginio, ond yn croesawu cwsmeriaid ym mlaen y tŷ."

"At beth yn hollol y'ch chi'n anelu, John?"

"Dwi ddim yn siŵr eto, fy hun, Menna. Mae angen i mi feddwl am y peth. Heb orfeddwl, wrth gwrs. Mae gan hynny ei beryglon ei hun."

Doedd Menna ddim yn siŵr beth i'w wneud o'r sgwrs ond yna, wrth gofio am siec agored Richie, penderfynodd y dylai roi cynnig arall ar gael rhai o luniau Glyn Elwyn ar ei ffôn, o leia. Safodd am rai munudau ar ganol y llawr, wedi ei hamgylchynu gan gaeau, bythynnod, waliau cerrig, cychod a thraethau. Roedd yn dasg anobeithiol. Trodd at Hywel. "Dwi ddim yn siŵr am y syniad yma o ddewis llun dros rywun arall. Sut wyt ti'n dod ymlaen?"

"Ddim yn dda, ond Haf oedd i fod i wneud y pryniad dros y penwythnos. Dim ond yma ar *recce* ydw i. A gweud y gwir, rwy'n credu y ffonia i hi."

"Gwydryn arall o win?"

"Syniad da. Galle hynny glirio'r meddwl ar y pwnc."

Sylwodd Menna fod yna gwlwm o bobl awdurdodol wedi cyrraedd yr oriel ac yn llanw'r dderbynfa gan drafod – fe ddychmygai – nid lluniau Glyn Elwyn, ond materion mwy gwleidyddol a dinesig. Aeth Menna at y bwrdd diodydd i godi gwydrau newydd o win cyn sylwi ar ffigwr trwm Wyn Elis-Evans yn traethu yn eu canol.

Curodd ei chalon. Gwyddai mai dyma ei chyfle olaf i setlo mater yr MBE, ac i gau cegau ei gŵr a'i chyd-weithwyr fel ei gilydd. Gallai arwain at lwybr gyrfa newydd ac ymddangosai ei chyfarfodydd diweddar â John Lloyd yn addawol. Ond wrth symud tuag at Wyn, sylwodd ei fod yn sgyrsio â merch fain tua'r deg ar hugain oed mewn ffrog ysgafn flodeuog, sbectols crynion a gwallt oedd yn gwlwm uwch ei phen. Adnabu Menna hi'n syth: Mirain Mai o'r Comisiwn Llyfrau. Bu'n pwyllgora gyda hi ar Bwyllgor Gorffen yr Iaith Gymraeg – ond doedd hynny ddim am wyro Menna rhag ei bwriad.

"Ddrwg gen i ymyrryd," meddai Menna. "Siawns am air?"

Edrychodd Wyn arni'n syn. *"Yma?"*

"Dwi angen gwybod beth ydi fy sefyllfa, dyna i gyd. Halais i neges atoch chi…"

"Alla i ddeud dim mwy wrtha chdi rŵan. Nid y fi sy'n gneud y penderfyniad a dwi'n meddwl i mi egluro hynny'n fanwl i chdi o'r blaen," meddai Wyn gan giledrych yn ôl at y ferch.

Edrychodd Menna at Wyn, ac eilwaith at Mirain Mai, a deallodd y sefyllfa'n reddfol. Roedd gan Wyn *protégé* newydd i'w edmygu ac i fwynhau ei swperau. A oedd neu a fyddai ganddi ddim i'w wneud ag anrhydedd arbennig neu â Chorff yr Iaith, ni wyddai, a doedd dim angen iddi wybod. Eisteddai Wyn ar fyrddau eraill, ac roedd ganddo linynnau eraill i dynnu arnynt. Yr unig beth roedd angen i Menna ei wybod oedd ei bod hi wedi canu ar ei siawns am MBE.

"Diolch am egluro'r sefyllfa," meddai Menna'n sych wrth droi i ffwrdd tua'r brif arddangosfa. Doedd ganddi neb ond hi ei hunan i'w feio am fethu â neidio at abwyd yr MBE. Mae'n siŵr bod Trystan yn ffactor a'i daliodd hi'n ôl. Ni allai feddwl yn glir sut y byddai hyn yn effeithio ar ei pherthynas â'i bòs ac â'i gyrfa. Ciciodd ei hun yn feddyliol ond wrth symud yn ôl at y cyntedd, gwelodd Hywel yn gwgu i mewn i'w ffôn.

"Probleme?" gofynnodd Menna.

"Siom fach, ond nid diwedd y byd, chwaith. A tithe?"

"Siom fach hefyd – ond mae dy broblem di yn dipyn mwy diddorol, dwi'n siŵr."

"Rwy'n amau. Haf, pwy arall? S'mo hi'n dod i'r arddangosfa, wedi'r cyfan. Mae am aros ym Mryste dros y penwythnos. I addurno'r fflat, medde hi. Ond roedd ein cytundeb ni'n eitha clir: yr wythnos waith ym Mryste, y penwythnose yng Nghaerdydd."

"Chware teg, rhaid bod tipyn o waith cael fflat newydd i drefn."

"'Sda fi ddim problem 'da hynny ond mae 'da hi bob nos o'r wythnos i baentio *skirtings*. A ta beth, dim ond am flwyddyn y'n ni'n rhentu'r dam lle. Does dim pwynt gwario arno fe... Prynes i Mini Cooper newydd iddi i gael teithio nôl a mla'n, ond yn amlwg, i ddim pwrpas. Fi yw'r ffŵl."

"Ti'n gorymateb, Hywel, rwy'n credu. Un penwythnos yw e."

Edrychodd Hywel o'i gwmpas. "Ta beth, does dim pwrpas i ni hongian o gwmpas yma."

"Ond gen i lunie i'w tynnu."

"Gad i Richie eu dewis nhw dros y penwythnos. Fe yw'r dyn o Ben Llŷn. Cystal i ni symud ymlaen."

"Ond i ble?"

"Y Vulcan yn Adamsdown. Ti'n gwybod amdano fe?"

Edrychodd Menna'n ddrwgdybus ar Hywel. "Ydi hyn yn ddoeth?"

"Falle ddim – ond dim ond hanner o Brains oedd 'da fi mewn golwg, i gefnogi'r achos. Mae Cyngor Caerdydd yn bygwth dymchwel y dafarn. Rhaid dy fod ti wedi clywed am yr helynt."

"Soniodd Grug am y lle, yn rhyfedd iawn. Mae hi'n galw yna weithiau ar nos Wener, ar ôl bod yn chware I-Ching mewn caffe llysieuol."

"Dyna setlo'r peth, felly."

"Ond mae'n bell i gerdded."

"Tua hanner milltir, yr ochr draw i Hewl Casnewydd. Gallen ni ddal tacsi'n ôl."

"Diolch am y cynnig, Hywel – ond ydyn ni am fynd nôl... at hynna i gyd?"

"Dim o gwbl – ond mae'n bwysig cefnogi'r achos."

"Fel gyda Plant Mewn Angen?"

"Beth y'n ni i gyd, Menna, ond plant mewn angen?" atebodd Hywel gan gydio yn ei braich a'i thynnu i ffwrdd.

*   *   *

A hithau'n nos Fercher, doedd hi ddim yn orbrysur yn y Vulcan Hotel. Roedd rhes o hynafgwyr wedi meddiannu'r bar a byrddaid o fyfyrwyr wedi setlo o dan y ffenest. Roedd un o'r myfyrwyr, sylwodd Menna – bachgen tal mewn crys-T gwyn a chap *baseball* glas 'NY' – yn chwilio'n ddyfal yn ffenest y jiwcbocs. Felly dyma dafarn arall oedd yn credu mewn cadw'r hen alawon yn fyw, meddyliodd Menna.

Dychwelodd Hywel â pheint a hanner gloyw o Brains SA i'r gornel dywyll lle'r oedd Menna'n disgwyl amdano, a daeth pwl o *déjà vu* drosti. Dyma nhw unwaith eto'n mwynhau cwrw ffres o'r gasgen mewn cornel o dafarn dywyll, draddodiadol. Roedd yna hen luniau ar y waliau o graeniau yn crafangu dros y dociau a cheffylau'n tynnu tryciau o lo. Ond doedd Menna ddim am droi'r cloc yn ôl. Roedd ei sefyllfa hi a Hywel yn gymaint peryclach nawr, a Hywel yn briod – a doedd hi chwaith ddim am beryglu ei pherthynas â Richie.

Cymerodd y ddau ddracht o'r Brains a wynebu'i gilydd mewn munud o dawelwch annisgwyl.

"Poeni am Haf?" mentrodd Menna.

"Anghofia am yr episod yna," atebodd Hywel. "Colles i'n limpin, braidd. Mae Haf yn gneud beth mae Haf moyn. Ro'n i'n gwybod hynny pan briodes i hi. A beth oedd dy broblem di?"

"Nid problem yn hollol. Byddi di'n chwerthin pan weda i. Golles i'r siawns am MBE."

Edrychodd Hywel arni'n syn. "Glywes i neb o'r bla'n yn sôn am hynny fel problem."

"Wyn godod y pwnc tua dau fis yn ôl ond wnes i ddim talu llawer o sylw. Ar wahân i bopeth arall, do'n i ddim yn siŵr am yr Ymerodraeth Brydeinig. Ydi hi'n bodoli? Faint ohoni sydd ar ôl?"

"Wel mae Cymru a'r Alban yn dal i mewn ac Ynysoedd y Falklands – neu'r Ffwclands ar lafar gwlad – ac ambell ynys ym Môr y De i gyfoethogion gael cuddio'u harian rhag dyn y dreth."

"Yn union. Ond roedd Richie'n gryf o blaid yr MBE ac o'n i'n gweld manteision gyrfaol. Symud ymlaen – *excelsior* – ac o'n i wedi cael digon ar Wyn ond ddim yn sylweddoli mai fe oedd y dyn allweddol os o'n i am symud ymlaen…"

"Ond ymlaen i ble?"

"Pwy ŵyr? Sianel Cymru?"

Ystyriodd Hywel. "Wel, dyw e ddim allan o'r cwestiwn. Rwy wedi dod i nabod John Lloyd yn eitha da erbyn hyn."

"Ond mae'r cwestiwn nawr yn academaidd, wrth gwrs," meddai Menna gan gymryd llwnc rhy hael o'r Brains. "Fy mai i oedd peidio cydio yn y bachyn pan oedd e'n hongian o flaen 'y nhrwyn i." Rhoddodd y gwydryn i lawr yn ansicr ar y bwrdd crwn, ond wrth wneud hynny, teimlodd y stafell yn dechrau troi. Sadiodd ei hun yn erbyn y bwrdd. Edrychodd o'i chwmpas. Ble oedd hi? Roedd y myfyriwr yn y cap *baseball* glas yn dal i astudio'r jiwcbocs. Roedd popeth yn iawn, felly, ac fel y dylai fod. Yna teimlodd don sydyn a dieithr o gynhesrwydd yn llifo drwyddi.

"Ti'n iawn?" gofynnodd Hywel. "Wedi cael pwl?"

"Ydw, twtsh o bendro."

"Ti'n iawn?"

"Ydw. Mae rhyw len wedi codi. Sut wnes i erioed feddwl bod cael bali MBE yn beth da? Os gall Trystan dorri ei gŵys i ryddid, fe alla i hefyd."

"Beth?" atebodd Hywel yn ddryslyd. "Wyt ti ddim am ddilyn y diawl yna?"

"Na, dwi jyst wedi penderfynu plesio fy hun am newid. Nid plesio Wyn, nid plesio Sutter, nid plesio John Lloyd, na phlesio Richie – ond plesio Grug."

"Grug?"

"Ie, Grug, fy merch, *ein* merch."

"Ti'n cablu!" hisiodd Hywel dan ei anadl. Ond yna dechreuodd gwên ledu dros ei wyneb wrth iddo sylweddoli'r newid yn Menna. "Penderfyniad da, a gwell hwyr na hwyrach."

"Ac un a wnes i heb dy gyngor di, Hywel."

"Mae hynny o'i blaid e, wrth gwrs. Fi yw'r ffŵl."

"A fi yw Columbina!"

Craffodd Hywel yn amheus ar Menna. "Oes gan Haf rywbeth i'w wneud â hyn?"

"O leia, mae hi wedi dangos sut i ddilyn ei llwybr ei hun mewn bywyd."

"Mae hynny'n berffeth wir."

Edrychodd Hywel ar ei wats. "Wyth o'r gloch. Mae'n fore eto'n Seion. Dylen ni ddathlu hyn, y penderfyniad da iawn ond hwyr. Mae 'da fi goffi ffres yn Argoed, a chacen Bortiwgeaidd, a Vinho Verde, os bydd galw am shwd beth. Fe drefna i dacsi i ni nawr."

"Na, Hywel! Does dim tryst ar fy ymddygiad i yn Argoed."

"Ond awn ni ddim o'r lle 'ma heb dacsi…"

"Fe gymra i'r tacsi felly ond dwi ddim yn siŵr am y Vinho."

Roedd Hywel ar fin ffonio Capital Cabs pan dorrodd y myfyriwr yn y cap glas ar eu traws. Roedd e wedi gwneud ei ddewis o'r diwedd: 'Take it Easy' gan yr Eagles. Yn hapus â'i benderfyniad, cerddodd yn hamddenol yn ôl at y ffenest wrth i'r gân dreiddio drwy'r bar gyda'i rhythm hwyliog.

"Lico'r gân?" gofynnodd Hywel.

"Mae'n iawn."

"Hen gân o'r saithdege. Tipyn o anthem. Gan bwyll, yntefe? – dyna'r ystyr. Taset ti wedi pwyllo pan gest ti'r neges blacmel, baset ti wedi safio tipyn o ofid – ac o arian, hefyd."

"A ti, hefyd, taset ti wedi cyfri i ddeg cyn anfon dy daliad di i gyfri banc Trystan Dafydd. Pam wnest ti e, Hywel? Dwi'n dal ddim yn deall yn iawn. Roedd e'n dipyn o arian i daflu i'r gwynt."

"Ti'n gofyn pam? Er ein mwyn ni, wrth gwrs. Pwy arall?"

"Felly cariad pur: dyna oedd y cymhelliad?"

"Hollol ffôl, wrth gwrs, o edrych nôl. Doedd dim angen i'r un ohonon ni wneud dim. Mor amal mewn bywyd mae gwneud dim yn well na gwneud rhywbeth. Roedden ni'n gwybod yn iawn, ar noson y BAFTA, taw camsyniad oedd cyffwrdd â'r blacmeliwr â bla'n picwarch... felly beth am goffi ar y ffordd nôl?"

"Rhaid i fi ystyried. Rwy'n rhydd nawr, ti'n deall. Rwy'n gwrthod fy hen ffyrdd. Dwi ddim yn was i unrhyw ddyn, na Chorff nac ymerodraeth."

"Hwrê i hynny – ond *Take it Easy*, Menna, fel mae'r gân yn weud."

"Ond mae'n well 'da fi gân arall o'r saithdegau, un Gymraeg."

"A p'un yw honno?"

"'Gobaith Mawr y Ganrif'."

"O felly? Cân Geraint Jarman?"

"Ie. Oedden ni'n dawnsio iddi pan oedden ni'n y coleg."

"A phwy yw Gobaith Mawr y Ganrif? Ti?"

"Debyg iawn!" meddai Menna, gan chwerthin. "Pwy wyt ti'n meddwl yw e? Trystan Dafydd?"

"Na, ond wnaeth e'n twyllo ni'n dau."

"Do, fe fachodd e'r arian a mae e nawr yn defnyddio'r deugain mil i chwilio am Ryddid ar ei foto-beic."

"Wir?"

"Wir i ti. Duw a ŵyr ble mae e nawr. Ar ryw Route 66 i ebargofiant?"

Gwenodd y ddau ar ei gilydd a thorri allan i chwerthin. Cyffyrddodd Hywel â choes Menna cyn llyncu mwy o'r Brains, a sblasiodd dros ei siaced wen.

Afallon

"Nofel ddarllenadwy a chrefftus gan awdur hyderus a greddfol"
SIONED WILLIAMS

Enillydd Gwobr Goffa Daniel Owen 2012

Robat Gruffudd

Mae Rhys John, wedi cyfnod yn gweithio i gwmni pharma yn Berlin, yn edrych ymlaen at ymddeol i Abertawe. Mae'n prynu fflat a chwch yn y marina ond un pnawn Sadwrn ar draeth Langland, mae'n cwrdd ag Americanes ddeniadol sy'n dweud ei bod hi am ddysgu Cymraeg...
Enillydd Gwobr Goffa Daniel Owen
987 - 1 - 84771 - 526 - 5
£9.95

Gan yr un awdur

Lolian
Y dyddiadur ecsentrig ac annoeth a gadwodd y cyhoeddwr a'r ymgyrchydd iaith dros yr hanner canrif diwethaf. Unigryw!
987 - 1 - 78461 - 335 - 8
£9.99